I0783636

Boccaccio. Maupassant. Marqués de Sade. Flaubert. Margarita de Navarra. D. H. Lawrence. Quiroga. Poe. Mérimée. Martínez Galindo

EROTISMO Y PASIÓN

(Diecisiete relatos)

astria

EROTISMO Y PASIÓN (DIECISIETE RELATOS)
Boccaccio. Maupassant. Marqués de Sade. Flaubert. Margarita de Navarra. D. H. Lawrence. Quiroga. Poe. Mérimée. Martínez Galindo

©Astria Ediciones
Diseño de portada: Andrea Rodríguez—Mariana Turcios
Supervisión Editorial: Óscar Flores López
Administración: Tesla Rodas y Jessica Cordero
Director Ejecutivo: José Azcona Bocock

Primera edición
Tegucigalpa, Honduras—Junio de 202

LOS DIECISÉIS CUENTOS DE ESTA ANTOLOGÍA

1. Meter el diablo en el infierno (Giovanni Boccaccio)

Un cuento pícaro y humorístico que juega con dobles sentidos religiosos y sexuales. Un "exorcismo" peculiar muestra la ingenuidad de unos y la picardía de otros.

2. Mademoiselle Fifi (Guy de Maupassant)

Durante la guerra franco-prusiana, una mujer francesa enfrenta con valentía y dignidad a un oficial alemán abusivo. Un relato sobre orgullo, resistencia y redención.

3. El cornudo de sí mismo o la reconciliación inesperada (Marqués de Sade)

Una historia de celos mal fundados y enredos conyugales, donde el verdadero engañado termina siéndolo por su propia imaginación. Irónico y divertido.

4. La mujer vengada (Marqués de Sade)

Un relato de astucia femenina: una esposa humillada toma revancha con inteligencia y elegancia, demostrando que la mejor venganza no siempre es violenta.

5. El marido cura (Marqués de Sade)

Cuento burlesco en el que un esposo adopta la apariencia de clérigo para engañar o beneficiarse. Satírico, irreverente y en tono anticlerical.

6. El fingimiento feliz (Marqués de Sade)

Una historia donde el fingimiento —por amor, interés o necesidad— termina dando frutos inesperados. Un juego entre la mentira y la fortuna.

7. Herodías (Gustave Flaubert)

Una relectura literaria y simbólica del mito bíblico de Salomé y Juan el Bautista, con una mirada estética, crítica y profundamente sugestiva.

8. Después de abusar de la mujer de un hidalgo (Margarita de Navarra)

Relato erótico en tono de sátira social: la traición y el honor se entrecruzan en una historia de deseos, abuso de poder y justicia simbólica.

9. Habiéndose acostado con su mujer (Margarita de Navarra)

Una historia breve de engaños maritales, donde los roles se invierten y la complicidad se mezcla con la culpa. Humor, picardía y crítica social.

10. El clérigo incestuoso (Margarita de Navarra)

Relato moralizante y provocador que critica la hipocresía religiosa mediante la figura de un cura que trasgrede los votos y los lazos familiares.

11. La virgen y el gitano (D. H. Lawrence)

Una joven reprimida se encuentra con la pasión encarnada en un gitano libre y sensual. La historia explora el deseo, la libertad y los tabúes sociales.

12. La estatua de sal (Leopoldo Lugones)

Un científico obsesionado con sus experimentos presencia cómo un hombre queda petrificado tras exponerse a una sustancia desconocida. Lejos de horrorizarse, observa el fenómeno con fría fascinación científica.

13. El vampiro (Horacio Quiroga)

El primer cuento moderno sobre vampiros. Un aristócrata encantador oculta un oscuro secreto. Seducción, misterio y muerte se entrelazan en este clásico.

14. El retrato oval (Edgar Allan Poe)

Un hombre descubre un retrato tan real que parece absorber la vida de su modelo. Un cuento breve y gótico sobre arte, obsesión y sacrificio.

15. La Venus de Ille (Prosper Mérimée)

Una estatua antigua parece cobrar vida tras recibir un anillo de compromiso. Misterio, superstición y tragedia se combinan en este relato inquietante.

16. El padre Ortega (Arturo Martínez Galindo)

Un sacerdote hondureño vive una lucha interna entre su vocación y los deseos humanos. Reflexivo, espiritual y cargado de tensión moral.

17. El incesto (Arturo Martínez Galindo)

Un drama familiar que aborda una pasión prohibida. El relato explora el dolor, la culpa y las consecuencias de cruzar límites morales.

METER EL DIABLO EN EL INFIERNO

Por *GIOVANNI BOCCACCIO*[1]

En la ciudad de Cafsa, en Berbería, hubo hace tiempo un hombre riquísimo que, entre otros hijos, tenía una hijita hermosa y donosa cuyo nombre era Alibech; la cual, no siendo cristiana y oyendo a muchos cristianos que en la ciudad había alabar mucho la fe cristiana y el servicio de Dios, un día preguntó a uno de ellos en qué materia y con menos impedimentos pudiese servir a Dios. El cual le repuso que servían mejor a Dios aquellos que más huían de las cosas del mundo, como hacían quienes en las soledades de los desiertos de la Tebaida se habían retirado.

La joven, que simplicísima era y de edad de unos catorce años, no por consciente deseo sino por un impulso pueril, sin decir nada a nadie, a la mañana siguiente hacia el desierto de Tebaida, ocultamente, sola, se encaminó; y con gran trabajo suyo, continuando sus deseos, después de algunos días a aquellas soledades llegó, y vista desde lejos una casita, se fue a ella, donde a un santo varón encontró en la puerta, el cual, maravillándose de verla allí, le preguntó qué es lo que andaba buscando.

La cual repuso que, inspirada por Dios, estaba buscando ponerse a su servicio, y también quién le enseñara cómo se le debía servir.

El honrado varón, viéndola joven y muy hermosa, temiendo que el demonio, si la retenía, lo engañara, le alabó su buena disposición y, dándole de comer algunas raíces de hierbas y frutas silvestres y dátiles, y agua a beber, le dijo:

—Hija mía, no muy lejos de aquí hay un santo varón que en lo que vas buscando es mucho mejor maestro de lo que soy yo: irás a él.

Y le enseñó el camino; y ella, llegada a él y oídas de este estas mismas palabras, yendo más adelante, llegó a la celda de un ermitaño joven, muy devota persona y bueno, cuyo nombre era Rústico, y la

---

[1] Nació en Certaldo o Florencia en 1313 y murió en Certaldo el 21 de diciembre de 1375. Fue narrador, poeta y humanista, considerado uno de los precursores del Renacimiento italiano. Su obra más importante es El Decamerón, una colección de cuentos que retrata con agudeza y humor la condición humana, y que marcó el desarrollo del cuento corto en Europa.

petición le hizo que a los otros les había hecho. El cual, por querer poner su firmeza a una fuerte prueba, no como los demás la mandó irse, o seguir más adelante, sino que la retuvo en su celda; y llegada la noche, una yacija de hojas de palmera le hizo en un lugar, y sobre ella le dijo que se acostase.

Hecho esto, no tardaron nada las tentaciones en luchar contra las fuerzas de este, el cual, encontrándose muy engañado sobre ellas, sin demasiados asaltos volvió las espaldas y se entregó como vencido; y dejando a un lado los pensamientos santos y las oraciones y las disciplinas, a traerse a la memoria la juventud y la hermosura de esta comenzó, y además de esto, a pensar en qué vía y en qué modo debiese comportarse con ella, para que no se apercibiese que él, como hombre disoluto, quería llegar a aquello que deseaba de ella.

Y probando primero con ciertas preguntas que no había nunca conocido a hombre averiguó, y que tan simple era como parecía, por lo que pensó cómo, bajo especie de servir a Dios, debía traerla a su voluntad.

Y primeramente con muchas palabras le mostró cuán enemigo de Nuestro Señor era el diablo, y luego le dio a entender que el servicio que más grato podía ser a Dios era meter al demonio en el infierno, adonde Nuestro Señor lo había condenado. La jovencita le preguntó cómo se hacía aquello; Rústico le dijo:

—Pronto lo sabrás, y para ello harás lo que a mí me veas hacer.

Y empezó a desnudarse de los pocos vestidos que tenía, y se quedó completamente desnudo, y lo mismo hizo la muchacha; y se puso de rodillas a guisa de quien rezar quisiese y contra él la hizo ponerse a ella. Y estando así, sintiéndose Rústico más que nunca inflamado en su deseo al verla tan hermosa, sucedió la resurrección de la carne; y mirándola Alibech, y maravillándose, dijo:

—Rústico, ¿qué es esa cosa que te veo que así se te sale hacia afuera y yo no la tengo?

—Oh, hija mía —dijo Rústico—, es el diablo de que te he hablado; ya ves, me causa grandísima molestia, tanto que apenas puedo soportarlo.

Entonces dijo la joven:

—Oh, alabado sea Dios, que veo que estoy mejor que tú, que no tengo yo ese diablo.

Dijo Rústico:

—Dices bien, pero tienes otra cosa que yo no tengo, y la tienes en lugar de esto.

Dijo Alibech:

—¿El qué?

Rústico le dijo:

—Tienes el infierno, y te digo que creo que Dios te haya mandado aquí para la salvación de mi alma, porque si ese diablo me va a dar este tormento, si tú quieres tener de mí tanta piedad y sufrir que lo meta en el infierno, me darás a mí grandísimo consuelo y darás a Dios gran placer y servicio, si para ello has venido a estos lugares, como dices.

La joven, de buena fe, repuso:

—Oh, padre mío, puesto que yo tengo el infierno, sea como queréis.

Dijo entonces Rústico:

—Hija mía, bendita seas. Vamos y metámoslo, que luego me deje estar tranquilo.

Y dicho esto, llevada la joven encima de una de sus yacijas, le enseñó cómo debía ponerse para poder encarcelar a aquel maldito de Dios. La joven, que nunca había puesto en el infierno a ningún diablo, la primera vez sintió un poco de dolor, por lo que dijo a Rústico:

—Por cierto, padre mío, mala cosa debe ser este diablo, y verdaderamente enemigo de Dios, que aun en el infierno, y no en otra parte, duele cuando se mete dentro.

Dijo Rústico:

—Hija, no sucederá siempre así.

Y para hacer que aquello no sucediese, seis veces antes de que se moviesen de la yacija lo metieron allí, tanto que por aquella vez le arrancaron tan bien la soberbia de la cabeza que de buena gana se quedó tranquilo. Pero volviéndole luego muchas veces en el tiempo que siguió, y disponiéndose la joven siempre obediente a quitársela, sucedió que el juego comenzó a gustarle, y comenzó a decir a Rústico:

—Bien veo que la verdad decían aquellos sabios hombres de Cafsa, que el servir a Dios era cosa tan dulce; y en verdad no recuerdo que nunca cosa alguna hiciera yo que tanto deleite y placer me diese como es el meter al diablo en el infierno; y por ello me parece que cualquier persona que en otra cosa que en servir a Dios se ocupa es un animal.

Por la cual cosa, muchas veces iba a Rústico y le decía:

—Padre mío, yo he venido aquí para servir a Dios, y no para estar ociosa; vamos a meter el diablo en el infierno.

Haciendo lo cual, decía alguna vez:

—Rústico, no sé por qué el diablo se escapa del infierno; que si estuviera allí de tan buena gana como el infierno lo recibe y lo tiene, no se saldría nunca.

Así, tan frecuentemente invitando la joven a Rústico y consolándolo al servicio de Dios, tanto le había quitado la lana del jubón que en tales ocasiones sentía frío en que otro hubiera sudado; y por ello comenzó a decir a la joven que al diablo no había que castigarlo y meterlo en el infierno más que cuando él, por soberbia, levantase la cabeza:

—Y nosotros, por la gracia de Dios, tanto lo hemos desganado, que ruega a Dios quedarse en paz.

Y así impuso algún silencio a la joven, la cual, después de que vio que Rústico no le pedía más meter el diablo en el infierno, le dijo un día:

—Rústico, si tu diablo está castigado y ya no te molesta, a mí mi infierno no me deja tranquila; por lo que bien harás si con tu diablo me ayudas a calmar la rabia de mi infierno, como yo con mi infierno te he ayudado a quitarle la soberbia a tu diablo.

Rústico, que de raíces de hierbas y agua vivía, mal podía responder a los envites; y le dijo que muchos diablos querrían poder tranquilizar al infierno, pero que él haría lo que pudiese; y así alguna vez la satisfacía, pero era tan raramente que no era sino arrojar un haba en la boca de un león; de lo que la joven, no pareciéndole servir a Dios cuanto quería, mucho rezongaba.

Pero mientras que entre el diablo de Rústico y el infierno de Alibech había, por el demasiado deseo y por el menor poder, esta cuestión, sucedió que hubo un fuego en Cafsa en el que en la propia casa ardió el padre de Alibech con cuantos hijos y demás familia tenía; por la cual cosa Alibech de todos sus bienes quedó heredera. Por lo que un joven llamado Neerbale, habiendo en magnificencias gastado todos sus haberes, oyendo que esta estaba viva, poniéndose a buscarla y encontrándola antes de que el fisco se apropiase de los bienes que habían sido del padre, como de hombre muerto sin herederos, con gran placer de Rústico y contra la voluntad de ella, la volvió a llevar a Cafsa y la tomó por mujer, y con ella de su gran patrimonio fue heredero.

Pero preguntándole las mujeres que en qué servía a Dios en el desierto, no habiéndose todavía Neerbale acostado con ella, repuso que le servía metiendo al diablo en el infierno y que Neerbale había cometido un gran pecado con haberla arrancado a tal servicio. Las mujeres preguntaron:

—¿Cómo se mete al diablo en el infierno?

La joven, entre palabras y gestos, se los mostró; de lo que tanto se rieron que todavía se ríen, y dijeron:

—No estés triste, hija, no, que eso también se hace bien aquí, Neerbale bien servirá contigo a Dios Nuestro Señor en eso.

Luego, diciéndoselo una a otra por toda la ciudad, hicieron famoso el dicho de que el más agradable servicio que a Dios pudiera hacerse era meter al diablo en el infierno; el cual dicho, pasado a este lado del mar, todavía se oye.

Y por ello vosotras, jóvenes damas, que necesitáis la gracia de Dios, aprended a meter al diablo en el infierno, porque ello es cosa muy grata a Dios y agradable para las partes, y mucho bien puede nacer de ello y seguirse.

MADEMOISELLE FIFI

Por *GUY DE MAUPASSANT*[2]

El conde de Farlsberg —teniente coronel y comandante prusiano— acababa de leer su correo, arrellanado en un amplio sillón de tapiz, con sus botas sobre el refinado mármol de la chimenea. Sus espuelas, en los tres meses desde la toma del castillo de Uville, habían trazado dos surcos profundos, horadando un poco más cada día.

Una taza de café humeante sobre una mesita de marquetería, manchada por los licores, quemada por los cigarros, rayada por el cortaplumas del oficial conquistador que, algunas veces, después de afilar un lápiz, trazaba sobre el mueble delicado unos signos o unos dibujos, según la fantasía de sus sueños irreflexivos.

Cuando terminó sus cartas y hojeó los periódicos alemanes que su cartero le había traído, se levantó y, luego de tirar al fuego tres o cuatro enormes leños verdes —ya que estos señores arrasaban poco a poco el parque para calefaccionarse—, se acercó a la ventana.

La lluvia caía en oleadas, una lluvia normanda que se diría lanzada por una mano furiosa, una lluvia al sesgo, espesa como una cortina, formando una suerte de muro de rayas oblicuas, una lluvia punzante, mojadora, ahogándolo todo, una verdadera lluvia de los alrededores de Rouen, esa bacinica de Francia.

El oficial miró largo tiempo el césped inundado, y, al fondo, el Andelle crecido que desbordaba; y tamborileaba contra el vidrio un vals del Rin, cuando un ruido le hizo volverse; era su segundo, el barón de Kelweingstein, que tenía el grado equivalente de capitán.

El comandante era un gigante, de anchas espaldas, guarnecido de una larga barba en abanico formando un mantel sobre su pecho; y todo su continente solemne evocaba la idea de un pavo militar, un pavo que tuviera su cola desplegada en su mentón. Tenía ojos azules, fríos y

---

[2] Nacido en Dieppe, Francia, el 5 de agosto de 1850 y fallecido en París el 6 de julio de 1893, fue uno de los grandes cuentistas franceses del siglo XIX. Su estilo realista, conciso y psicológico se refleja en obras como Bola de sebo, Mademoiselle Fifi y Bel-Ami, donde retrata la hipocresía y los conflictos sociales de su época.

gentiles, una mejilla cortada por un golpe de sable en la guerra de Austria; se decía que era un buen hombre y un valiente oficial.

El capitán, pequeño, de cara roja, con un vientre abultado fajado con fuerza, llevaba casi afeitada su barba rojiza, cuyos hilos de fuego harían creer, cuando se encontraba bajo ciertos reflejos, que su cara estaba frotada con fósforo. Dos dientes perdidos en una noche de farra, sin que se recordara cómo, hacían que escupiera unas palabras pringosas que no siempre se entendían; era calvo en la coronilla del cráneo solamente, tonsurado como un monje, con un vellón de pelitos, dorados y brillantes, alrededor de ese círculo de carne desnuda.

El comandante le dio la mano, se tomó de un trago su taza de café (la sexta en la mañana), escuchando el informe de su subordinado acerca de las novedades del servicio; luego ambos se aproximaron a la ventana comentando que eso no era agradable. El comandante era un hombre tranquilo, casado en su tierra, se acomodaba a todo; pero el barón capitán, vividor tenaz, mujeriego, frenético perseguidor de mujeres, rabiaba de estar confinado por tres meses en la castidad obligatoria de esa guarnición perdida.

Como llamaron a la puerta, el comandante gritó:

—Entren.

Era un hombre, uno de los soldados bajo su mando. Se asomó en el vano, anunciando con su sola presencia que el almuerzo estaba servido.

En la sala se encontraban los tres oficiales de menor grado: un teniente, Otto de Grossing; dos subtenientes, Fritz Scheunabourg y el marqués Wilhelm d'Eyrik, un rubiecito fiero y brutal con los hombres, duro con los vencidos, y violento como un arma de fuego.

Después de su entrada a Francia, sus camaradas le llamaban solamente Mademoiselle Fifí. Este sobrenombre le venía de su coquetería, de su talle delgado que se diría hecho por un corsé, por su cara pálida donde su naciente bigote aparecía apenas, y también de su costumbre que había adquirido, para expresar su soberano desprecio por los seres y las cosas, de emplear siempre la expresión francesa "fi, fi donc", que pronunciaba con un ligero silbido.

El comedor del castillo de Uville era una larga y regia estancia cuyos espejos de cristal antiguo, acribillado de balas, y las grandes tapicerías de Flandes, cortadas por golpes de sables y colgando en tiras, hablaban de las ocupaciones de Mademoiselle Fifí durante sus horas de ocio.

En las paredes, tres retratos de familia —un militar en armadura, un cardenal y un presidente— fumaban en largas pipas de porcelana, mientras que, en su marco desdorado por el paso del tiempo, una noble dama de pechos ceñidos mostraba con aire arrogante un enorme par de bigotes dibujados al carbón.

Y el almuerzo de los oficiales se desarrolló casi en silencio en ese comedor mutilado, ensombrecido por el aguacero, triste por su aspecto derrotado, y cuyo antiguo parqué de roble se había puesto sórdido como el piso de una taberna. A la hora del tabaco, cuando empezaron a beber, habiendo terminado de comer, se pusieron, igual que todos los días, a hablar de su aburrimiento. Las botellas de coñac y de licores pasaban de mano en mano; y todos, arrellanados en sus sillas, tomaban pequeños sorbos repetidos, manteniendo en la comisura de la boca la larga pipa curvada que terminaba en un huevo de loza, siempre pintarrajeado como para seducir hotentotes. Cuando sus vasos estaban vacíos, los reemplazaban con un gesto de cansancio resignado. Pero Mademoiselle Fifí rompía siempre el suyo, y un soldado inmediatamente le servía otro.

Una niebla de humo acre los ahogaba, y parecían contagiados de una borrachera soñolienta y triste, en esa lúgubre borrachera de gente que no tiene nada que hacer.

Pero el barón, de repente, se enderezó. Una rebelión lo sacudía; blasfemó:

—¡Por Dios, esto no puede continuar! Debemos inventar algo para terminarlo.

El teniente Otto y el subteniente Fritz, dos alemanes dotados eminentemente de fisonomías alemanas pesadas y graves, replicaron:

—¿Qué, mi capitán?

Pensó algunos segundos, después respondió:

—¿Qué? Muy bien, organizaremos una fiesta si el comandante lo permite.

El comandante, sacándose la pipa, preguntó:

—¿Cuál fiesta, capitán?

El barón se acercó:

—Yo me encargo de todo, mi comandante. Yo enviaré a Rouen a Le Deber que nos traerá las damas; sé dónde las puede encontrar. Prepararemos aquí una cena; nada nos falta por lo demás, y al menos pasaremos una buena velada.

El conde de Farlsberg alzó los párpados sonriendo:

—Está loco, mi amigo.

Pero todos los oficiales estaban de pie, rodeando al jefe, suplicándole:

—Permítale al capitán, mi comandante. Es triste aquí.

Finalmente el comandante cedió:

—Bueno —dijo.

E inmediatamente el barón fue a llamar a Le Deber. Era un viejo suboficial que nunca se le veía sonreír, pero que cumplía fanáticamente todas las órdenes de sus jefes, cualquiera que ellas fuesen.

De pie, con su cara imperturbable, recibió las instrucciones del barón; luego salió; y cinco minutos más tarde, un gran vehículo de convoy militar, cubierto de un toldo de molino tendido como una cúpula, arrancaba bajo la lluvia feroz, al galope de cuatro caballos.

Inmediatamente un estremecimiento de renovación pareció correr por los espíritus: las actitudes lánguidas se enmendaron, los rostros se animaron y se pusieron a charlar.

Aunque el aguacero continuaba con tanta más furia, el mayor afirmó que estaba menos oscuro; y el teniente Otto comentó con convicción que el cielo estaba aclarando. Mademoiselle Fifí mismo parecía no poder mantenerse en su lugar. Se levantaba, se volvía a sentar. Sus ojos claros y duros buscaban alguna cosa para romper. De repente, fijándose en la dama de los bigotes, el rubio jovencito sacó su revólver.

—Tú no lo verás —dijo.

Y sin moverse de su lugar, disparó. Dos balas sucesivamente perforaron los dos ojos del retrato. Luego gritó:

—¡Hagamos la mina!

Y bruscamente la conversación se interrumpió, como si un interés irresistible y novedoso se hubiese apoderado de todos.

La mina era de su invención, su manera de destruir, su entretención preferida.

Al abandonar su castillo, su legítimo propietario, el conde Fernando d'Amoys de Uville, no tuvo tiempo para llevarse nada, ni esconder nada, salvo la platería en la cavidad de un muro. Ahora, como era muy rico y espléndido, su gran salón, cuya puerta abría hacia el comedor, presentaba, ante la precipitada huida del dueño, el aspecto de una galería de museo.

De las murallas colgaban las telas, los dibujos y las acuarelas de valor, mientras que en los muebles, los libreros, y en las finas vitrinas, miles de adornos, potiches, estatuillas, figuras de Sajonia, figuritas chinas, marfiles antiguos, cristales de Venecia, poblaban el vasto departamento de su colección valiosa y peculiar.

Escasamente algo quedaba. No es que lo hubiesen saqueado; el comandante, conde de Farlsberg, no lo hubiese permitido; pero Mademoiselle Fifí, de vez en cuando, hacía la mina; y todos los oficiales, ese día, realmente se divertían durante cinco minutos.

El marquesito fue a buscar al salón lo que necesitaba. Trajo una linda tetera rosada china, de la familia, que llenó de pólvora de cañón, y por el pitorro introdujo cuidadosamente un largo pedazo de mecha, la encendió, y corrió a dejar esta máquina infernal en el apartamento vecino.

Luego volvió muy rápido y cerró la puerta. Todos los alemanes esperaban, de pie, con el rostro sonriente de una curiosidad infantil; una vez que la explosión sacudió el castillo, se precipitaron todos al mismo tiempo.

Mademoiselle fue el primero, aplaudiendo con delirio delante de una Venus de terracota cuya cabeza había saltado por fin; cada uno recogió unos pedazos de porcelana, impresionado por los bordes extraños de los escombros, examinando los nuevos destrozos, comentando los daños como producto de la reciente explosión; y el comandante contemplaba con aire paternal el vasto salón arruinado por esta metralla a lo Nerón, sembrado de cascotes de obras de arte.

El primero en salir, declaró cándidamente:

—Fue muy exitoso esta vez.

Pero tal torbellino de humo entró al comedor que, mezclado con el del tabaco, no se podía respirar. El comandante abrió la ventana, y todos los oficiales, volviendo para beber otra copa de coñac, se acercaron.

El aire húmedo saturaba la habitación, dando una suerte de polvo de agua que empolvaba las barbas, y un olor de inundación. Miraron los grandes árboles abatidos por los chubascos, el gran valle oscurecido por esta capa de nubes sombrías y bajas, y, muy a lo lejos, el campanario de la iglesia erecto como una punta gris en la lluvia martilleante.

Después de su llegada no había sonado nunca más. Era, por lo demás, la única resistencia que los invasores habían encontrado en los alrededores: la del campanario. El cura de ninguna manera se había negado a recibir y alimentar a los soldados prusianos; él mismo había muchas veces aceptado beber una botella de cerveza o de Burdeos con el comandante enemigo, que lo utilizaba como intermediario benévolo; pero no debía pedírsele ni un solo tañido de su campana; antes se habría dejado fusilar. Era su manera de protestar contra la invasión, protesta pacífica, protesta de silencio, la única, decía, que era adecuada al sacerdote, hombre de dulzura y no de sangre; y todo el mundo, a diez leguas a la redonda, alababa la firmeza, el heroísmo del abad Chantavoine, que osaba manifestar el duelo público, proclamarlo, por el mutismo obstinado de su iglesia.

El pueblo entero, entusiasmado por esta resistencia, estaba presto a apoyar hasta el fin a su pastor con toda valentía, considerando esta protesta tácita como la salvaguardia del honor nacional. A los campesinos les parecía que así hacían mejor mérito por la patria que Belfort y que Estrasburgo, que habían dado un ejemplo equivalente; que el nombre de la aldea se inmortalizaría; y, fuera de eso, no negaban nada a los prusianos vencedores.

El comandante y sus oficiales se reían juntos de este coraje inofensivo; y como en toda la región se mostraban complacientes y flexibles a su autoridad, toleraban gustosamente su patriotismo mudo.

Solo el marquesito Wilhem quería forzar para que la campana sonara. Se enojaba por la condescendencia política de su superior para con el sacerdote; y diariamente le suplicaba al comandante:

—Déjeme hacer "ding-don-don", una vez, una pequeñísima vez, para reírme un poco solamente.

Y lo pedía con esas zalamerías de gata, engatusamientos de mujer, unas suaves voces de una matrona enloquecida por un antojo. Pero el comandante no cedía, y Mademoiselle Fifí, para consolarse, hacía la mina en el castillo de Uville.

Los cinco hombres permanecieron allí, amontonados, inhalando la humedad. El teniente Fritz, finalmente, dijo en medio de una risa pastosa:

—Las señoritas verdaderamente no tendrán buen tiempo para su paseo.

Luego se separaron cada uno a su trabajo, y el capitán tenía mucho quehacer para los preparativos de la cena.

Cuando se reunieron nuevamente a la caída de la noche, se miraban sonriéndose por su apariencia acicalada y reluciente como en los días de revista general, engominados, perfumados, lozanos. El cabello del comandante parecía menos gris que en la mañana; y el capitán se había afeitado, manteniendo solo el bigote, que parecía una llama bajo la nariz.

A pesar de la lluvia, se dejó la ventana abierta; uno de ellos a veces iba a escuchar. A las seis y diez, el barón señaló un lejano ruido rodante. Todos se precipitaron, y pronto el gran vehículo apareció, con sus cuatro caballos al galope, embarrados hasta las ancas, humeantes y resoplantes.

Cinco mujeres descendieron por la escalinata, cinco bellas jóvenes escogidas con cuidado por un compañero del capitán, para quien Le Deber era portador de una carta de su jefe.

No se habían hecho de rogar, seguras de ser bien pagadas, conociendo por lo demás a los prusianos, después de tratarlos por tres meses, resignadas a los hombres como a la situación.

—El oficio lo requiere —decían en el viaje, para responderse sin duda a algún escozor secreto de un resto de conciencia.

Enseguida entraron al comedor. Iluminado, parecía más lúgubre ahora en su deterioro lastimoso; y la mesa cubierta de comida, de rica vajilla y platería encontrada en el muro donde la había escondido su dueño, daba al lugar el aspecto de una taberna de bandidos que cenan después de un pillaje.

El capitán, radiante, se apoderó de las mujeres como de algo propio, las justipreciaba, las olía, las evaluaba en su valor como mujeres para el placer; y como los tres jóvenes quisieron elegir cada uno, se opuso con autoridad, reservándose el derecho de hacer la repartición con toda justicia, de acuerdo a los grados, para no herir en nada la jerarquía.

Entonces, con el fin de evitar toda discusión, toda disputa y toda sospecha de parcialidad, las alineó en línea por altura, y dirigiéndose a la más alta, con tono de comandante:

—¿Tu nombre?

Respondió alzando la voz:

—Pamela.

Entonces dijo:

—Número uno, la mentada Pamela, adjudicada al comandante.

Habiendo en seguida abrazado a Blondine, la segunda, en signo de propiedad, ofreció al teniente Otto la gorda Amanda, Eva la Tomate al subteniente Fritz, y la más pequeña de todas, Raquel, una morena jovencita de ojos negros como una mancha de tinta, una judía cuya nariz respingada confirmaba la regla que da picos curvados a toda su raza, al más joven de los oficiales, al frágil marqués Wilhelm d'Eyrik.

Todas, por lo demás, eran bonitas y entradas en carne, con fisonomías parecidas, hechas muy similares de aspecto y piel por las prácticas de amor cotidianas y la vida en común de las casas públicas.

Los tres jóvenes caballeros pretendieron inmediatamente llevarse sus mujeres, bajo pretexto de ofrecerles cepillos y jabón para su aseo; pero el capitán se opuso astutamente, afirmando:

—Están bien para sentarse a la mesa. Y aquellos que subieran desearían cambiar al bajar y molestarían a las otras parejas.

Su experiencia triunfó. Hubo solamente muchos besos de expectación.

De repente, Raquel se ahogó, tosía hasta las lágrimas, y expulsaba humo por las fosas nasales. El marqués, bajo pretexto de besarla, le insufló un chorro de humo de cigarro por la boca. No se enojó, no dijo una sola palabra, pero miró fijamente a su poseedor con una cólera nacida en el fondo de sus ojos negros.

Se sentaron. El comandante mismo parecía encantado; puso a la derecha a Pamela, a Blondine a su izquierda, y dijo, desplegando su servilleta:

—Usted ha tenido una brillante idea, capitán.

Los tenientes Otto y Fritz, educados como delante de mujeres de sociedad, intimidaban un poco a sus vecinas; pero el barón de Kelweingstein, relajado en su vicio, radiante, lanzaba palabras obscenas, parecía encendido con su corona de cabellos rojos. Galanteaba en francés del Rin; y sus cumplidos de taberna, expectorados por el hoyo de sus dos dientes quebrados, llegaban a las muchachas en medio de una metralla de saliva.

Ellas no entendían nada, por lo demás; y su comprensión no pareció despertar hasta que escupió unas palabras obscenas, unas expresiones crudas, estropeadas por su acento. Entonces todas, al mismo tiempo, comenzaron a reír como locas, cayéndose sobre los vientres de sus vecinos, repitiendo los dichos que el barón se puso a desfigurar entonces con placer para hacerles decir palabrotas. Las vomitaban en cantidades, borrachas a las primeras botellas de vino; y volvieron, abierta la puerta, a sus costumbres; besaban los bigotes de la derecha y de la izquierda, pellizcaban los brazos, lanzaban gritos violentos, se bebían todos los vasos, cantaban coplas francesas y unos fragmentos de canciones alemanas aprendidas en sus relaciones cotidianas con el enemigo.

Pronto los propios hombres, embriagados por esta carne de mujer a disposición de sus narices y bajo sus manos, se enloquecieron, aullaban, quebraban la vajilla, mientras que detrás de ellos los soldados imperturbables les servían.

Solo el comandante guardaba la compostura.

Mademoiselle Fifí había sentado a Raquel sobre sus rodillas, y se animaba fríamente; a veces besaba locamente los rizos de ébano de su cuello, oliendo por la estrecha holgura entre el vestido y la piel el dulce calor de su cuerpo y todo el aroma de su persona; a veces, a través de la ropa, la pellizcaba con furor, la hacía gritar, poseído de una ferocidad apasionada, dominado por su necesidad de destrucción. Frecuentemente, también, la abrazaba con todos los brazos, apretándola como si quisiera fundirla con él, apoyaba largamente sus labios sobre la boca fresca de la judía, la besaba hasta perder el aliento; pero de repente la mordió con tanta fuerza que un reguero de sangre descendió sobre el mentón de la joven mujer y goteó en su corpiño.

Una vez más, ella lo miró fijamente a la cara y, limpiando la herida, murmuró:

—Lo pagarás.

Él se puso a reír, con una risa dura.

—Lo pagaré —dijo.

Llegaron a los postres, sirvieron el champaña. El comandante se levantó y, con el mismo tono que habría puesto para brindar a la salud de la emperatriz Augusta, brindó:

—¡Por nuestras damas!

Y comenzó una serie de brindis; unos brindis de una galantería de soldadotes y borrachos, entremezclados de chistes obscenos, transformados y más brutales aún por la ignorancia del idioma.

Se levantaban uno después del otro, buscando en su mente, esforzándose por ser ingeniosos; y las mujeres, ebrias de caerse, los ojos vagos, los labios pastosos, aplaudían cada vez desaforadamente.

El capitán, deseando sin duda darle a la orgía un aire galante, levantó otra vez su copa y dijo:

—¡Por nuestra victoria sobre los corazones!

Entonces el teniente Otto, especie de oso de la Selva Negra, se levantó, inflamado, saturado de tragos. Invadido bruscamente de patriotismo alcohólico, gritó:

—¡Por nuestra victoria sobre la Francia!

Aun borrachas como estaban, las mujeres se quedaron en silencio; y Raquel, temblando, contestó:

—Sabes, conozco franceses delante de los cuales no dirías eso.

Pero el pequeño marqués la mantenía sobre sus rodillas; se puso a reír, muy alegre por el vino:

—¡Ja, ja, ja! ¡Yo mismo jamás los he visto! ¡Inmediatamente que nosotros aparecimos, ellos huyeron!

La muchacha, agraviada, le gritó en la cara:

—¡Tú, bastardo!

Durante un segundo, él fijó sobre ella sus ojos claros, como los fijaba en los cuadros que agujereaba a tiros de revólver; luego se puso a reír:

—¡Ja, sí, hablemos de ello, buena moza! ¿Estaríamos nosotros aquí si fueran valientes?

Y animándose:

—¡Nosotros somos los amos! ¡Nuestra es la Francia!

Se bajó de sus rodillas, volviendo a su silla. Él se levantó, tendió su copa en medio de la mesa y repitió:

—¡Nuestra es Francia! ¡Y los franceses, los bosques, los campos y las casas francesas!

Los otros, todos borrachos, sacudidos repentinamente por un entusiasmo militar, entusiasmo animal, alzaron sus copas vociferando:

—¡Viva Prusia!

Y las vaciaron al seco.

Las muchachas no protestaron nada, reducidas al silencio y paralizadas de miedo. Raquel misma callaba, incapacitada para responder.

Entonces el marquesito puso sobre la cabeza de la judía su copa de champaña, llenándola de nuevo:

—¡Son nuestras también —gritó— todas las mujeres de Francia!

Ella se levantó tan bruscamente, que el cristal se volcó; se vació el vino amarillo sobre su cabello negro, como en un bautizo, y cayendo al suelo, se quebró. Con los labios temblando, ella miraba desafiante al oficial que continuaba riendo, y balbució con una voz estrangulada de cólera:

—Eso... eso no es verdad... ya que ustedes no poseerán a las mujeres francesas.

Él se sentó para reír a sus anchas e, imitando el acento parisino, dijo:

—¡Ella está desquiciada, desquiciada! ¿Qué, entonces, has venido a hacer aquí, nena?

Cortada, se quedó callada primero, sin comprender en su apuro. Después, cuando hubo comprendido bien lo que decía, le lanzó, indignada y vehemente:

—¡Yo! ¡Yo no soy una mujer! ¡Yo... yo soy una puta: es todo lo que se merecen los prusianos!

No había terminado cuando él la abofeteó al vuelo; pero cuando levantó la mano nuevamente, loca de rabia, ella tomó de la mesa un pequeño cuchillo de postre con hoja de plata y, tan bruscamente que nadie se dio cuenta, se lo enterró derecho en el cuello, justo en el hueco donde comienza el pecho.

Una palabra que él pronunciaba se cortó en su garganta; permaneció boqueando, con una mirada espantosa.

Todos lanzaron un rugido y se levantaron en tumulto; pero, habiendo lanzado su silla en las piernas del teniente Otto —que cayó a todo su largo—, corrió a la ventana, la abrió antes de que pudieran alcanzarla y saltó a la noche, bajo la lluvia que continuaba cayendo.

En dos minutos, Mademoiselle Fifí estaba muerto.

Entonces Fritz y Otto desenvainaron y querían masacrar a las mujeres, que se arrastraban de rodillas. El comandante, con esfuerzo, impidió esta carnicería; las hizo encerrar en un dormitorio bajo la guardia de dos hombres —las cuatro jóvenes, desesperadas—; luego, como si desplegara a sus soldados para un combate, organizó la persecución de la fugitiva, seguro de apresarla.

Cincuenta hombres, fustigados de amenazas, fueron lanzados al parque. Otros doscientos rastrearon los bosques y todas las casas del valle.

La mesa, desmantelada en un instante, servía mientras tanto de litera mortuoria, y los cuatro oficiales, rígidos, sobrios, con la cara endurecida de hombres de guerra en funciones, permanecían de pie ante la ventana, escudriñando la noche.

La lluvia torrencial continuaba. Un chapoteo llenaba la oscuridad, un flotante murmullo de agua que cae y de agua que corre, de agua que gotea y de agua que salpica.

De repente un tiro resonó, luego otro más lejos; y, durante cuatro horas, se escucharon así, de vez en cuando, unas detonaciones cercanas y lejanas, y unos gritos de ánimo, unas palabras extrañas lanzadas como llamados de voces guturales.

En la mañana regresaron todos. Dos soldados habían sido muertos y otros tres heridos por sus compañeros en el fragor de la caza y la alarma de esta persecución nocturna.

No habían encontrado a Raquel.

Entonces los habitantes fueron aterrorizados, las moradas revueltas, toda la región explorada. La judía no parecía haber dejado ni una huella de su paso.

El general, prevenido, ordenó echar tierra al incidente, para no dar malos ejemplos en el ejército, y ordenó un castigo disciplinario al comandante, quien castigó a su vez a sus subordinados. El general había dicho:

—No se hace la guerra para divertirse y acariciar mujeres públicas.

Y el conde de Farlsberg, exasperado, resolvió vengarse del pueblo.

Como le era necesario un pretexto a fin de actuar con rigor, hizo venir al cura y le ordenó tañer la campana en los funerales del marqués d'Eyrik.

Contra todo lo esperado, el sacerdote se mostró dócil, humilde, lleno de consideración. Y cuando el cuerpo de Mademoiselle Fifí, llevado por unos soldados, precedido, rodeado, seguido de soldados que marchaban con el fusil cargado, salió del castillo de Uville, dirigiéndose al cementerio, por primera vez la campana tocó su tañido fúnebre con un ritmo alegre, como si una mano amiga la hubiese acariciado.

Tocó aún en la tarde, y la mañana siguiente también, y todos los días; repicó tanto como querían. A veces, incluso en la noche, se ponía sola en movimiento y lanzaba dulcemente dos o tres sones en la oscuridad, impregnada de una alegría singular, despierta no se sabía por qué. Todos los campesinos del lugar la creyeron embrujada; y nadie, excepto el cura y el sacristán, se aproximaba al campanario.

Es que una pobre muchacha vivía en lo alto, en la angustia y la soledad, alimentada en secreto por esos dos hombres.

Permaneció allí hasta la partida de las tropas alemanas. Luego, una tarde, el cura —habiendo pedido prestada la carreta de bancas al panadero— condujo él mismo a su prisionera hasta la puerta de Ruan. Habiendo arribado, el sacerdote la besó; descendió y caminó apresuradamente hasta los pies del prostíbulo, cuyo madame la creía muerta.

Fue sacada de allí algún tiempo después por un patriota sin prejuicios que la amaba por su bella acción. Después, habiéndola querido por sí misma, la desposó, convirtiéndola en una dama que valía tanto como muchas otras.

EL CORNUDO DE SÍ MISMO O LA RENCONCILIACIÓN INESPERADA

Por *El Marqués de Sade*[3]

Uno de los peores defectos de las personas mal educadas es el de estar siempre aventurando un sinnúmero de indiscreciones, murmuraciones o calumnias sobre todo ser viviente y, por si fuera poco, delante de gente a la que no conocen. Es imposible calcular la cantidad de enredos que son fruto de esa clase de charlatanería, pues, para ser sinceros, ¿quién es el hombre honrado que oye hablar mal de aquello que le conviene y no aprovecha la ocasión que le sale al paso? A los jóvenes no se les inculca suficientemente el principio de un comportamiento sensato, no se les enseña lo bastante a conocer el medio, los nombres, los atributos o las cualidades de las personas con las que han de vivir; en lugar de eso, les enseñan mil estupideces que sólo sirven para que se rían de ellas tan pronto como alcanzan la edad de la razón.

Da siempre la impresión de que están educando a unos capuchinos; en todo momento beaterías, supercherías o inutilidades, y nunca una máxima de moral oportuna. Peor aún, preguntad a un joven sobre sus verdaderos deberes para con la sociedad, preguntadle sobre lo que se debe a sí mismo y lo que debe a los demás o cómo hay que comportarse para ser feliz. Os contestará que le han enseñado a ir a misa y a recitar las letanías, pero que no comprende nada de lo que le preguntáis; que le han enseñado a bailar y a cantar, pero no a vivir con las demás personas. La presente historia, fruto del defecto que acabamos de señalar, no llegó a hacer correr la sangre y sólo dio lugar a una simple broma. Para poder contarla con detalle vamos a abusar unos minutos de la paciencia de nuestros lectores.

El señor de Raneville, de unos cincuenta años de edad, poseía uno de esos caracteres flemáticos que no dejan de tener cierto encanto. Se

---

[3] Donatien Alphonse François, nació en París el 2 de junio de 1740 y murió en el manicomio de Charenton el 2 de diciembre de 1814. Fue narrador, dramaturgo y filósofo libertino. Su obra, marcada por el erotismo extremo y la crítica a la moral, incluye títulos como Justine y Los 120 días de Sodoma, y ha generado amplios debates éticos y literarios.

reía poco, pero hacía reír mucho a los demás, y tanto por sus rasgos de mordaz ingenio como por la frialdad con que los deslizaba, sabía encontrar a menudo, bien sólo con su silencio o bien con las graciosas expresiones de su taciturna fisonomía, la clave del secreto para divertir a las tertulias a las que era invitado, mejor cien veces que esos plúmbeos charlatanes, pesados y monótonos, que siempre están dispuestos a contar una historia de la que ya se están riendo una hora antes de empezar y que no son ni siquiera tan afortunados como para entretener a quienes les escuchan. Desempeñaba un cargo bastante lucrativo de recaudador de impuestos, y para consolarse de un funesto matrimonio que antaño había contraído en Orleáns, tras dejar allí a su casquivana esposa, se dedicaba a gastar tranquilamente en París veinte o veinticinco mil libras de renta con una bellísima mujer a la que mantenían él y otros amigos tan generosos como él.

La amante del señor de Raneville no era precisamente una muchacha; era una mujer casada y por eso mismo mucho más atractiva, pues, por mucho que se diga, esa pizca de sal del adulterio aporta insospechados alicientes al placer. Era muy hermosa, tenía treinta años y el más bonito cuerpo imaginable. Separada de un marido molesto y anodino, había venido de provincias a buscar fortuna en París, y no había tardado mucho en encontrarla. Raneville, libertino por naturaleza, siempre al acecho de cualquier bocado apetitoso, no había dejado que éste se le escapara, y desde hacía tres años, a base de un trato inteligente, de derroches de ingenio y de dinero, hacía olvidar a la joven en cuestión todos los pesares que el himeneo había sembrado anteriormente en su camino.

Como los dos habían tenido la misma suerte, se consolaban juntos y podían comprobar esa gran verdad que, sin embargo, a nadie le sirve de escarmiento: la de que hay tantos matrimonios fracasados y, por consiguiente, tanta desdicha en el mundo porque unos padres avaros o imbéciles prefieren unir fortunas en vez de unir caracteres; pues, como decía Raneville a menudo a su amante, no cabe la menor duda de que si el destino nos hubiera unido a ambos en vez de entregaros a vos a un marido tiránico y ridículo y a mí a una desvergonzada, en lugar de haber estado recogiendo espinas durante tanto tiempo, rosas hubieran crecido bajo nuestros pies.

Un asunto sin importancia, que no vale la pena mencionar, condujo cierto día a Raneville a ese poblado cenagoso y malsano llamado Versalles, donde unos reyes que deberían ser objeto de adoración en su propia capital parecen rehuir la presencia de los súbditos que les anhelan; adonde la ambición, la venganza y la soberbia conducen día tras día a multitud de desdichados que, devorados por el hastío, van a ofrecer sacrificios al ídolo del día; donde la flor de la nobleza francesa, que tan importante papel podría desempeñar en sus posesiones, consiente en ir a humillarse en antecámaras, hacer la corte de manera ruin a los suizos de la puerta o mendigar humildemente una cena, peor que la suya propia, en casa de uno de esos individuos a los que la fortuna saca por un instante de las brumas del olvido para sumirlos de nuevo en él poco después.

Terminadas sus gestiones, el señor de Raneville monta de nuevo en uno de esos coches a los que llaman «orinales» y en su interior se encuentra por pura casualidad con un tal señor Dutour, hombre muy parlanchín, muy gordo, muy pesado y bromista sempiterno, empleado como el señor de Raneville en el departamento de recaudación de impuestos, pero en Orleáns, su tierra, que, como acabamos de decir, era igualmente la del señor de Raneville. Empiezan a charlar y Raneville, que, siempre lacónico, no revela su identidad, ya conoce el nombre, los apellidos, el lugar de nacimiento y los negocios de su compañero de viaje antes de haber pronunciado una sola palabra. Tras estos detalles, el señor Dutour pasa a los de las relaciones personales.

—¿Has estado en Orleáns, verdad, señor? —le pregunta Dutour—. Creo que me lo acabás de decir.

—Pasé unos meses allí, pero hace ya tiempo.

—Y, ¿conociste, te pregunto, a una tal señora de Raneville, una de las mayores p... que hayan vivido nunca en Orleáns?

—¿La señora de Raneville? ¿Una mujer bastante atractiva?

—La misma.

—Sí, la conocí.

—Muy bien, pues te diré confidencialmente que yo pasé con ella unos tres días, así de sencillo. Si hay un marido cornudo puede decirse sin la menor duda que es ese pobre de Raneville.

—¿Y a él, lo conociste?

—No, en absoluto. Es un tipo despreciable que, según dicen, se dedica a arruinarse en París con rameras y con libertinos como él.

—Nada puedo contestaros a eso, no le conozco, pero compadezco a los maridos cornudos. ¿No lo seréis vos por casualidad, caballero?

—¿Cuál de las dos cosas: cornudo o marido?

—Cualquiera de las dos; ese tipo de cosas van tan unidas hoy en día que, en verdad, es muy difícil apreciar la diferencia.

—Yo estuve casado, señor. Tuve la desgracia de casarme con una mujer que nunca se llevó bien conmigo, como tampoco a mí me agradaba su carácter. Nos separamos amistosamente; ella quiso venir a París para compartir la soledad de una pariente suya, religiosa en el convento de Sainte-Acre, y vive en esa residencia desde donde me envía de vez en cuando alguna noticia suya, pero no la veo nunca.

—¿Es que es devota?

—No, quizá eso habría sido mejor.

—¡Ah!, ya comprendo. ¿Y nunca habéis sentido curiosidad por enteraros de su salud, en estas ocasiones en que vuestros asuntos os traen a París?

—Pues, para ser sincero, no me gustan los conventos; amigo de la alegría, de la jovialidad, hecho para todo tipo de placer y bien relacionado en sociedad, no me apetece pasar seis meses de convalecencia por visitar una clausura.

—Pero tratándose de una esposa...

—Es una persona que puede resultar atractiva cuando se hace uso de ella, pero de la que hay que saber alejarse sin vacilaciones cuando poderosas razones así nos lo aconsejan.

—En lo que decís hay cierto resentimiento.

—No, en absoluto... hay filosofía... es la moda actual, el lenguaje de la razón; hay que adoptarlo o pasar por tonto.

—Eso hace pensar en algún defecto de vuestra mujer; contestadme esto: ¿defecto de naturaleza, de compatibilidad o de comportamiento?

—De todo un poco... de todo un poco, caballero, pero dejémoslo, os lo ruego, y volvamos a la querida señora de Raneville. Pardiez, no comprendo que hayáis estado en Orleáns y no os hayáis divertido con esa criatura... todo el mundo lo hace.

—No todo el mundo, pues veis que yo no estuve con ella. No me gustan las mujeres casadas.

—Y si no es demasiada curiosidad, ¿puedo preguntaros en qué empleáis vuestro tiempo?

—En primer lugar en mis negocios, y después en una criatura bastante atractiva con la que voy a cenar de vez en vez.

—¿No estás casado, caballero?

—Sí, lo estoy.

—¿Y tu esposa?

—Vive en provincia y allá la dejo, como tú dejas a la tuya en Sainte-Acre.

—¿Casado, señor? ¿Casado e incluso perteneciente a la misma cofradía? Contéstame, por favor.

—¿No te dije ya que marido y cornudo son dos términos sinónimos? La relajación de las costumbres, el lujo… hay tantas cosas que hacen que una mujer caiga.

—Sí, muy cierto, señor, muy cierto. Respondes como alguien con experiencia.

—No, en lo absoluto. ¿Así que una mujer muy hermosa te consuela, señor, de la ausencia de la esposa abandonada?

—Sí, una mujer muy hermosa, en efecto, y quiero que la conozcas.

—Señor, eso es un honor demasiado grande.

—¡Oh!, nada de cumplidos, señor. Ya hemos llegado. Te dejo libre esta noche para tus asuntos, pero mañana te espero sin falta a cenar en esta dirección que te doy aquí.

Raneville se asegura de darle una dirección falsa, pero luego avisa en su casa para que, quien venga preguntando por el nombre que ha dado, pueda encontrarlo sin problema.

Al día siguiente, el señor Dutour no falla a la cita, y como se habían tomado todas las precauciones para que incluso con un nombre falso pudiera dar con Raneville, lo encuentra sin dificultad. Tras los saludos de rigor, Dutour muestra impaciencia por no ver todavía a la divinidad que espera.

—¡Hombre impaciente! —le dice Raneville—. Desde aquí puedo ver lo que buscan tus ojos… Se te ha prometido una mujer hermosa y ya tienes ganas de rondarla. No tengo duda de que, acostumbrado a deshonrar a los maridos de Orléans, te gustaría tratar del mismo modo a los amantes de París. Apuesto a que te encantaría ponerme a la misma altura que ese pobre Raneville, del que ayer hablaste tan generosamente.

Dutour responde como típico fanfarrón, convencido de su éxito con las mujeres. La conversación se anima y Raneville, entonces, lo toma de la mano:

—Veí —le dice—, hombre implacable; pasa al templo donde te espera la diosa.

Con estas palabras lo hace entrar en un elegante salón donde la amante de Raneville, ya enterada de la broma, se encuentra vestida con gran elegancia, cubierta por un velo, sentada en un diván de terciopelo. Nada oculta la elegancia de su figura; sólo su rostro permanece cubierto.

—Una mujer hermosísima, sin duda; pero ¿por qué privarme del placer de ver su rostro? ¿Acaso esto es el harén del sultán?

—Nada de eso. Es por pudor.

—¿Pudor?

—Así es. ¿Creés que me contentaría con mostrarte sólo el cuerpo o el vestido de mi amante? ¿Sería completo mi triunfo si no pudiera convencerte, quitando todos estos velos, de la dicha que me dan esos encantos? Pero como es muy recatada, ha aceptado con la condición de mantenerse cubierta. Ya sabés, señor Dutour, cómo son las mujeres delicadas; a un hombre de mundo como tú no hay que explicarle esas cosas.

—Entonces, por favor, ¿me dejarás verla?

—Por completo, como te dije. Nadie es menos celoso que yo. Los placeres que uno saborea solo me resultan insípidos; sólo cuando los comparto me siento verdaderamente dichoso.

Y para probar su generosidad, Raneville comienza levantando un pañuelo de gasa que de inmediato deja al descubierto el seno más hermoso que se pueda imaginar… Dutour comienza a agitarse.

—Y bien —pregunta Raneville—, ¿qué opinás?

—Que son los encantos de la mismísima Venus.

—¿Ves cómo unos pechos tan blancos y firmes están hechos para despertar pasiones? Tócalos, amigo mío, a veces la vista engaña. Yo creo que hay que usar todos los sentidos en esto del placer.

Dutour acerca temblorosamente una mano y acaricia extasiado ese pecho perfecto, sin poder creer tanta generosidad.

—Ahora más abajo —dice Raneville, levantando la falda de gasa hasta la cintura, sin que nada lo impida—. ¿Y bien, qué decís de estos muslos? ¿Crees que hay columnas más hermosas para sostener el templo del amor?

Y Dutour sigue acariciando todo lo que Raneville le deja al alcance.

—¡Ah, bribón! Ya sé lo que piensas —prosigue Raneville—, ese delicado templo que las mismas Gracias han cubierto con suave musgo… te mueres por abrirlo, ¿verdad? Qué digo… por besarlo, seguro.

Dutour, cegado, balbuceante, apenas puede hablar; su cuerpo vibra, sus dedos recorren los umbrales del templo del placer y da el beso sagrado que le permiten, saboreándolo por largo rato.

—Amigo mío —exclama—, no puedo más. O me echas de tu casa o me dejas seguir.

—¿Seguir? ¿Y a dónde quieres llegar, si se puede saber?

—¡Ay, Dios!, no me entiendes… Estoy embriagado de deseo, ya no puedo contenerme.

—¿Y si esta mujer es fea?

—Es imposible que lo sea con esos encantos.

—¿Y si es…?

—¡Sea lo que sea! Te lo repito, querido amigo, ya no aguanto más.

—Entonces adelante, temible amigo, adelante, apaga tu sed si eso necesitas. ¿Al menos me estarás agradecido por mi generosidad?

—¡Ah, infinitamente! No lo dudes.

Y Dutour aparta con la mano a su amigo, deseando quedarse a solas con la mujer.

—¿Qué? ¿Que me vaya? No puedo —responde Raneville—. ¿Tan pudoroso eres que no puedes hacerlo en mi presencia? Entre hombres, esas cosas no importan. Además, esas son las condiciones: o delante de mí o nada.

—Aunque fuera delante del diablo —responde Dutour, completamente dominado por el deseo, mientras se lanza hacia el altar donde va a rendir tributo—. Si así lo quieres, acepto lo que sea…

—Y bien —pregunta Raneville con su fría calma—, ¿te engañaron las apariencias? ¿Las delicias que prometían estos encantos son reales o no?

—¡Ah! Nunca, nunca he experimentado algo tan delicioso.

—Pero ese maldito velo, amigo mío, ese dichoso velo, ¿no me dejarás quitárselo?

—Sí, claro… en el último momento, en ese instante tan sublime en que todos los sentidos son seducidos por la embriaguez del éxtasis, cuando uno se siente tan feliz como los dioses, o incluso más. La sorpresa hará tu placer aún mayor: al goce físico le sumarás la dicha de contemplar un rostro hermoso… Me harás una señal…

—¡Oh!, lo estás viendo —responde Dutour—. Me acerco al clímax.

—Sí, ya lo veo, estás excitado…

—Excitado hasta tal punto… ¡Oh, amigo mío, estoy llegando a ese instante sublime! ¡Arranca, arranca esos velos para que pueda contemplar el mismísimo cielo!

—Ya está —contestó Raneville retirando la gasa—, pero ten cuidado, no vaya a ser que, al lado de ese paraíso, esté el infierno.

—¡Oh, cielos! —exclamó Dutour al reconocer a su esposa—. Pero cómo… ¿sos vos, señora?... Caballero, esta pesada broma… merecés… esta infame…

—Un momento, hombre fogoso, un momento. Vos sois quien se merece cualquier cosa. Aprended, amigo mío, que hay que ser más prudente con la gente que no se conoce de lo que fuiste ayer conmigo. Ese desdichado Raneville, a quien trataste tan mal en Orléans… soy yo, señor. Pero podés ver cómo os lo devuelvo en París. Por lo demás, habéis hecho más progresos de los que creés: pensabas que yo era el único que llevaba cuernos… y acabás de ponéroslos vos mismo.

Dutour entendió la lección, tendió la mano a su amigo y reconoció que había recibido lo que se merecía.

—Pero esta pérfida…

—Y bien, ¿no hacés lo mismo que vos? ¿Cuál es esa bárbara ley que encadena a ese sexo de forma tan inhumana, mientras a nosotros se nos permite toda la libertad? ¿Es eso justo? ¿Y con qué derecho natural encerrás a tu esposa en Sainte-Acre mientras ustedes, en París o en Orleans, se dedican a ponerle los cuernos a otros maridos? Amigo mío, eso no es equitativo. Esta adorable criatura, cuyo valor no supiste apreciar, también vino en busca de nuevas conquistas. Hizo muy bien… y me encontró. Yo la hago feliz. Hacé vos lo mismo con la señora de Raneville, lo acepto. Vivamos felices los cuatro: que haya víctimas del destino, pero no de los hombres.

Dutour reconoció que su amigo tenía razón. Pero, por una inconcebible fatalidad, se sintió entonces perdidamente enamorado de su esposa. Raneville, a pesar de su sarcasmo, era demasiado generoso de corazón para resistirse a las súplicas de Dutour, quien le pedía volver con su mujer. La joven aceptó también, y este desenlace singular ofreció un ejemplo admirable de los caprichos del amor y de los designios del destino.

LA MUJER VENGADA

Remontémonos a las épocas gloriosas en las que Francia tenía numerosos señores feudales que gobernaban despóticamente sus dominios, en lugar de treinta mil esclavos envilecidos ante un solo rey. Cerca de Fimes vivía el señor de Longeville, en su vasto feudo, con una castellana morena, no muy bella, pero muy apasionada, astuta y sumamente amante de los placeres. Ella tenía unos veinticinco o veintisiete años, y él, como mucho, treinta; pero, como llevaban casados ya diez años, cada uno hacía lo que podía para procurarse las distracciones necesarias y aplacar el tedio matrimonial.

La aldea —o más bien el caserío— de Longeville no ofrecía demasiados atractivos; sin embargo, desde hacía dos años, él se las arreglaba de forma discreta y satisfactoria con una campesina de dieciocho años, tranquila y cariñosa, llamada Louison. La dulce palomita acudía cada noche a los aposentos de su señor a través de una escalera secreta, construida especialmente en una de las torres, y por la mañana se escabullía antes de que la señora entrara a la alcoba de su marido, lo cual solía hacer a la hora del almuerzo.

Por supuesto, la señora de Longeville sabía perfectamente de las andanzas de su esposo, pero como eso le daba la agradable libertad de divertirse también por su cuenta, fingía no saber nada. Nada mejor que una esposa infiel: están tan ocupadas ocultando sus propias aventuras que vigilan mucho menos a los demás que las mojigatas. Quien alegraba a la señora era un molinero llamado Colás, un joven musculoso, de menos de veinte años, suave como la harina y guapo como una rosa, que, al igual que Louison, entraba secretamente al castillo, iba a la alcoba de la señora y se metía en su cama cuando todo estaba en silencio.

Nada habría perturbado la felicidad de estas dos encantadoras parejas si no hubiera sido por el diablo, que metió la cola. Se les habría podido poner de ejemplo en toda Francia.

No te rías, lector estimado, por el uso que hago de la palabra "ejemplo", pues cuando la virtud está ausente, siempre es preferible un vicio encubierto y prudente. ¿No es mejor pecar sin causar escándalo? ¿Qué daño puede haber en un mal que nadie conoce? Además, por muy reprobable que parezca esa conducta, ¿no resultan más edificantes el señor de Longeville, reposando entre los cálidos brazos de su tierna campesina, y su respetable esposa, abrazada discretamente a su apuesto molinero, que una de esas duquesas parisinas que cambian de amante cada mes a la vista de todos, mientras su marido derrocha doscientos mil escudos al año en una cortesana que usa el lujo como máscara para su desenfreno?

Así pues, repito: nada tan sensato como ese acuerdo discreto que les procuraba felicidad a nuestros cuatro personajes, si no fuera porque la discordia pronto vino a envenenar sus dulces vidas. Resulta que el señor de Longeville, como tantos maridos necios, pretendía ser feliz sin que su esposa lo fuera también, y pensaba, como las perdices, que si escondía la cabeza, nadie lo vería. Así que cuando descubrió los movimientos de su esposa, se sintió celoso, como si su propia conducta no justificara la de ella, y decidió vengarse.

—Que me ponga los cuernos con un hombre de mi nivel, pase —se decía—. ¡Pero con un molinero! ¡Eso sí que no! Colás, pilluelo, tendrás que irte a moler a otro molino, porque no quiero que nadie diga que el de mi mujer sigue abierto para recibir tu semilla.

Y como el despotismo de estos señores feudales se manifestaba siempre con la máxima crueldad, acostumbrados a disponer legalmente de la vida y la muerte de sus vasallos, el señor de Longeville decidió hacer desaparecer al desdichado molinero en el foso del castillo.

—Clodomiro —ordenó un día a su cocinero—, tú y tus ayudantes deben deshacerse de ese infame que mancha mi honor y el de mi esposa.

—Muy fácil. Si quieres, lo degollamos y te lo servimos como si fuera un lechón.

—No, no será necesario tanto —dijo el señor de Longeville—. Basta con meterlo en un saco lleno de piedras y lanzarlo al fondo del foso.

—Lo que mandes.

—Sí, pero primero hay que atraparlo.

—Lo haremos, señor. Tendría que ser muy astuto para escaparse esta vez. Lo atraparemos, puedes estar seguro.

—Hoy, como siempre, llegará al castillo a las nueve de la noche —explicó el celoso esposo—. Vendrá por el jardín, luego entrará al primer piso y se esconderá en la salita junto a la capilla, donde esperará hasta que mi esposa crea que me dormí y vaya por él para llevarlo a su cuarto. Lo dejaremos hacer todo eso, pero lo tendremos vigilado y lo atraparemos en el momento justo. Entonces lo emborrachan para calmarle el fuego.

El plan era perfecto, y sin duda el pobre Colás habría terminado alimentando a los peces si todos se hubieran quedado callados. Pero Longeville había confiado el secreto a demasiadas personas. Uno de los ayudantes del cocinero, enamorado de la señora y quizá esperando compartir con el molinero sus favores, en vez de alegrarse por la caída de su rival, como habría hecho cualquier celoso, corrió a avisar a la señora, y fue recompensado con un beso y dos brillantes monedas de oro que para él valían menos que ese beso.

—Desde luego —comentó la señora de Longeville a una de sus doncellas, que era cómplice de todos sus enredos—, mi marido es muy injusto. ¿No hace él lo que quiere? Y yo no digo nada. Pero luego no me permite resarcirme de tantas noches de ayuno. Eso no lo tolero. Escucha, Jeannette, ¿quieres ayudarme en un plan para salvar a Colás y ridiculizar al señor?

—Claro que sí, señora, haré todo lo que me pidas… Ese pobre Colás es tan guapo, con esas caderas tan firmes y esa piel tan fresca. ¿Qué hay que hacer?

—Debes advertirle que no venga al castillo hasta que yo le avise. Que te dé la ropa que usa para verme por las noches. Luego busca a Louison, la amante del bellaco de mi esposo; dile que vienes de parte de él y que esta noche debe usar esa ropa. Explícale que no debe tomar el camino de siempre, sino atravesar el jardín, entrar por el patio al primer piso y esconderse en la sala junto a la capilla hasta que el señor vaya por ella. Si pregunta por qué, dile que es por mis celos, que podría estar vigilando. Y si tiene miedo, tranquilízala como sea, pero asegúrate de que no falte a la cita: el señor tiene cosas importantes que tratar con ella.

La doncella cumplió el encargo al pie de la letra, y a las nueve en punto Louison estaba escondida en la sala, vestida con la ropa de Colás.

—¡Este es el momento! —ordenó Longeville a sus hombres—. Todos han visto esta infamia, ¿verdad?

—Así es… y qué guapo es el molinero.

—Pues ahora entren rápido, cúbranle la cabeza para que no grite, métanlo en el saco y al agua.

Así lo hicieron. La pobre Louison no alcanzó ni a gritar, y pronto la habían lanzado al foso, dentro de un saco lleno de piedras.

Una vez terminado el acto, Longeville corrió a su habitación para recibir a su amada, creyendo que estaba por llegar, sin imaginar que yacía en el fondo del foso. Al ver que no venía, inquieto, salió de madrugada hacia la casa de Louison, aprovechando que había luna llena.

(Por cierto, fue en ese momento que la señora de Longeville aprovechó para meterse en la cama de su esposo, a quien había estado espiando). En casa de Louison, su familia le dijo que ella había salido rumbo al castillo como siempre. Nadie mencionó el extraño atuendo, pues ella lo había ocultado.

De regreso, ya en su alcoba y a oscuras porque la vela se había apagado, se metió en la cama y sintió el aliento de una mujer, que confundió con Louison. Así que, sin dudar, comenzó a acariciar a su esposa con las mismas ternuras que dedicaba a su amante.

—¿Por qué me hiciste esperar tanto, mi amor? ¿Dónde estabas, mi pequeña?

—¡Desvergonzado! —gritó la señora, encendiendo una lámpara que había escondido—. ¡Soy tu esposa, no esa cualquiera a la que le das el amor que solo a mí me corresponde!

—Me parece —respondió él fríamente— que estoy en todo mi derecho, sobre todo si tomamos en cuenta cómo me engañas.

—¿Engañarte yo? ¿Con quién, si se puede saber?

—¿Crees que no sé de tus encuentros con Colás, el molinero, uno de mis más viles sirvientes?

—Yo jamás me rebajaría así. Estás loco. No sé de qué hablas. ¡Te desafío a que lo pruebes!

—Sinceramente, va a ser difícil, porque acabo de lanzarlo al foso, así que no lo volverás a ver.

—Esposo mío —replicó la castellana, con descaro—, si por tus celos enfermizos ordenaste lanzar a alguien al agua, has cometido una gran injusticia, porque como ya te dije, el molinero nunca vino a verme.

—¡Al final voy a pensar que estoy loco!

—Muy fácil de aclarar. Que venga ese sirviente del que estás tan celoso. Que Jeannette lo busque y veremos qué pasa.

La doncella, que ya sabía lo que debía hacer, lo trajo enseguida. El señor de Longeville no podía creer lo que veía y mandó averiguar quién había sido arrojado al foso. Pronto trajeron un cadáver: era Louison.

—¡Cielos! ¡La mano de la providencia ha obrado esto! Pero no me quejaré ni haré más preguntas. Eso sí, te pido algo: ya que te libraste de quien te molestaba, hagamos lo mismo con el que me inquieta a mí. Que el molinero se marche de estas tierras. ¿Trato?

—Sí, trato hecho. Que renazcan entre nosotros la paz y el amor, y que nada vuelva a separarnos.

Colás desapareció para siempre, Louison fue enterrada, y desde entonces no se ha visto en toda Francia un matrimonio más unido que el de los Longeville.

EL MARIDO CURA

Entre la villa de Menerbe, en el condado de Aviñón, y la de Apt, en Provenza, existe un pequeño convento de carmelitas, muy apartado, que se llama Saint-Hilaire, asentado en la cima redondeada de una montaña donde ni siquiera las cabras pueden pastar con facilidad. Esa pequeña residencia es, más o menos, como el vertedero de todas las comunidades cercanas del Carmelo: todas relegan allí lo que las deshonra. Así que es fácil imaginar lo "refinada" que debía ser la sociedad de ese lugar: bebedores, mujeriegos, sodomitas, tahúres… Tal era, en términos generales, la noble composición de los recluidos que en ese escandaloso asilo ofrecían a Dios, como podían, unos corazones que el mundo rechazaba.

Uno o dos castillos cercanos y el pueblo de Menerbe, que está a solo una legua de Saint-Hilaire, eran toda la compañía de esos buenos religiosos, quienes, a pesar de su hábito y su condición, estaban lejos de encontrar abiertas las puertas de sus alrededores.

Desde hacía tiempo, el padre Gabriel, uno de los "santos" de aquel monasterio, codiciaba a cierta mujer de Menerbe, cuyo marido —cornudo, si alguno lo fue— era el señor Rodin. La señora Rodin era una joven morena, de veintiocho años, mirada pícara y todos los atributos de un exquisito manjar para un monje. En cuanto al señor Rodin, era un hombre tranquilo que cultivaba su finca sin hacer ruido; había sido comerciante de telas, también funcionario municipal; era, en suma, un burgués respetable.

No muy seguro de la fidelidad de su joven esposa, era lo bastante filósofo como para saber que la mejor manera de frenar el crecimiento de unos cuernos era fingir que no se sabe que se llevan. Había estudiado para sacerdote, hablaba latín como Cicerón y jugaba a las damas muy seguido con el padre Gabriel, quien, como hábil y atento cortesano, sabía que siempre hay que ganar al marido de la mujer que se desea.

El padre Gabriel era el semental de los hijos de Elías: al verlo, uno podía creer que la humanidad entera podía confiarle la tarea de su reproducción. Hacedor de hijos si alguna vez los hubo, con espaldas sólidas, cintura ancha, rostro moreno y curtido por el sol, cejas como las de Júpiter, casi dos metros de estatura y, en cuanto a lo que distingue particularmente a un carmelita, de un tamaño que —según decían— igualaba al de los mejores mulos de la región.

¿A qué mujer no le agradaría semejante ejemplar? Y por eso mismo encantaba a la señora Rodin, que no encontraba tales virtudes en el pobre diablo que sus padres le habían dado por esposo.

Rodin, como ya dijimos, fingía no ver nada, pero no por ello dejaba de ser celoso. No decía una palabra, pero seguía allí, incluso cuando más se le deseaba lejos. La fruta, sin embargo, ya estaba madura. La señora Rodin había confesado a su amante que solo esperaba la ocasión para corresponder a unos deseos que ya no podía reprimir. Por su parte, el padre Gabriel le había dejado claro que estaba listo para complacerla… En una breve ausencia de Rodin, incluso le enseñó esas cosas que hacen que una mujer se decida, aunque todavía dude… Solo faltaba la oportunidad.

Un día, Rodin fue a invitar a almorzar a su amigo de Saint-Hilaire, con la intención de proponerle una cacería. Después de vaciar varias botellas de vino de Lanerte, Gabriel vio en esa situación el momento perfecto para llevar a cabo sus intenciones.

—¡Ah, caray, señor funcionario! —dijo el monje a su amigo—. ¡Qué gusto me da verlo! No podrían haber venido en mejor momento, pues tengo un asunto urgente en el que me pueden ayudar enormemente.

—¿De qué se trata, padre?

—¿Conoce a un tal Renoult, de nuestro pueblo?

—¿Renoult el sombrerero?

—Ese mismo.

—¿Y qué con él?

—Ese sinvergüenza me debe cien escudos, y me acabo de enterar de que está al borde de la bancarrota; tal vez, mientras hablamos, ya se haya ido del condado. Tengo que ir tras él de inmediato y no puedo.

—¿Y qué se lo impide?

—La misa, ¡qué caray!, la misa que tengo que celebrar. Preferiría que se fuera al diablo y tener los cien escudos en el bolsillo.

—¿Y no le pueden dar una dispensa?

—¡Ah, sí, una dispensa! ¡No faltaba más! Aquí somos tres; si no celebramos tres misas al día, el portero, que no da ninguna, nos denunciaría ante el tribunal de Roma. Pero hay una forma en que pueden ayudarme, querido amigo. Piénselo si quiere hacerlo: todo depende de usted.

—A su disposición, ¡qué caray! ¿De qué se trata?

—Estoy aquí solo con el sacristán. Como las dos primeras misas ya se han celebrado, nuestros monjes están fuera, y nadie sospechará la jugada. La asistencia será escasa: algunos campesinos y, a lo mucho, esa jovencita tan devota que vive en el castillo, a media legua de aquí; una criatura angelical que cree que a fuerza de penitencias puede expiar todas las travesuras de su marido. Vos habéis estudiado para ser cura, creo que me lo dijiste.

—Es cierto.

—Muy bien, entonces habrás tenido que aprender a decir misa.

—La digo como un arzobispo.

—Oh, mi querido y excelente amigo —prosiguió Gabriel, echándose al cuello de Rodin—, por Dios, ponete mis hábitos, espera a que den las once —ahora son las diez— y a esa hora celebra mi misa, se los ruego. Nuestro hermano el sacristán es un buen tipo que jamás nos traicionará. A los que crean no reconocerme se les dirá que se trata de un monje nuevo, a los demás se les dejará con su error. Yo corro a casa de ese bribón de Renoult, a matarlo o recuperar mi dinero, y dentro de dos horas estoy aquí. Me esperás, te encargás de que frían los lenguados, preparen los huevos y sirvan el vino. Cuando vuelva, almorzamos y… a la caza. Sí, amigo mío, a la caza, y estoy seguro de que esta vez será excelente. Dicen que han visto por los alrededores a una bestia con cuernos… ¡Diablos, me gustaría atraparla, aunque eso nos cueste veinte juicios con el señor de la comarca!

—Tu plan es bueno —respondió Rodin—, y por hacerte un favor, haría lo que fuera, sin duda. Pero… ¿no será eso un pecado?

—¿Pecado, amigo mío? Para nada. Tal vez lo sería si al hacerlo se causara daño, pero si lo haces sin tener poder real, todo lo que digas o dejes de decir da exactamente lo mismo. Créeme, soy todo un casuista. En todo este asunto no hay ni siquiera un pecado venial.

—Pero… ¿hay que decir las palabras?

—¿Y por qué no? Esas palabras solo tienen poder cuando las decimos nosotros, y eso que… Pero mirá, amigo, podría decir esas palabras sobre el vientre de tu esposa y convertir en altar el mismo templo donde hacés tus sacrificios… No, no, querido, solo nosotros tenemos el poder de la transubstanciación; vos podrías repetir esas palabras veinte mil veces y jamás lograrías que descendiera nada. Incluso entre nosotros, muchas veces la ceremonia no tiene efecto. La fe es lo que lo hace todo. Con un poquito de fe se pueden mover montañas.

Jesús lo dijo, como bien sabés. Pero quien no tiene fe, no logra nada. Yo, por ejemplo, cuando estoy celebrando, a veces pienso más en mujeres que en el altar que tengo delante… ¿Y creés que pasa algo en ese momento? ¡Me sería más fácil creer en el Corán que tragarme eso! Por eso tu misa, aunque no sea verdadera, valdrá tanto como la mía. Así que, sin escrúpulos… y con coraje.

—¡Caray! —exclamó Rodin—. ¡Es que tengo un hambre tremenda! ¡Y todavía me faltan dos horas sin comer!

—¿Y qué te impide comer algo? Tomá, comé esto.

—¿Y la misa que tengo que hacer?

—¡Bah! ¿Qué importa eso? ¿Creés que a Dios le molesta más si entra en un estómago lleno que en uno vacío? Que la comida esté arriba o abajo, da lo mismo. Vamos, amigo, si tuviera que avisar a Roma cada vez que desayuno antes de misa, viviría en la carretera. Y como no sos sacerdote, nuestras reglas no se aplican a vos. No vas a celebrar misa, solo vas a representarla. Así que podés hacer lo que quieras antes o después, incluso besar a tu esposa si apareciera por acá. No se trata de lo que hago yo: no estás consagrando ni oficiando un verdadero sacrificio.

—Bueno —respondió Rodin—, lo haré. Tranquilo.

—Perfecto —dijo Gabriel, mientras salía corriendo después de dejar a su amigo encargado con el sacristán—. Contá conmigo, amigo, en menos de dos horas estoy de vuelta.

Y el monje, feliz, desapareció.

Como es fácil imaginar, se fue directo a casa de la esposa del funcionario. Ella, sorprendida al verlo —pues creía que estaba con su marido—, le preguntó por qué había venido.

—¡Rápido, querida mía! —le dijo el monje, jadeando—. ¡Rápido, que solo tenemos un momento! Un vaso de vino… y manos a la obra.

—¿Pero y mi marido?

—Está diciendo misa.

—¿Qué está… diciendo misa?

—Pues sí, caray, sí, preciosa —respondió el carmelita, derribando a la señora Rodin sobre el lecho—. Sí, alma mía, he hecho de tu esposo un sacerdote, y mientras ese tonto celebra un misterio divino… nosotros consumamos uno profano.

El monje era vigoroso, y era difícil resistírsele cuando se lanzaba sobre una mujer. Además, sus razones eran tan convincentes, que persuadieron a la señora Rodin. Y como no se cansaba de convencer a una mujer de veintiocho años con temperamento provenzal, repitió varias veces sus demostraciones.

—Pero, ángel mío —exclamó finalmente la bella, perfectamente convencida—, el tiempo apremia… Tenemos que separarnos. Si nuestro placer no dura más que una misa, hace rato que debimos llegar al ite missa est.

—No, no, amiga mía —respondió el carmelita, que aún tenía un argumento más para convencerla—. Vamos, corazón mío, todavía hay tiempo. Una vez más, querida, una vez más. Esos novicios no van tan rápido como nosotros. Una vez más, te digo… ¡Apuesto a que ese cornudo aún no ha elevado a su dios!

Tuvieron que separarse, aunque no sin antes prometer volver a verse. Se pusieron de acuerdo sobre algunas tretas más y Gabriel se fue a buscar a Rodin. Este había celebrado tan bien como un obispo.

—Solo el quod aures —dijo— me dio algo de trabajo; yo quería decir "comer" en vez de "beber", pero el sacristán no me dejó. ¿Y los cien escudos, padre?

—Ya los tengo, hijo mío. El bribón intentó resistirse. Yo agarré una horquilla y, a fe mía, se la probé en la cabeza… y en otras partes.

Terminaron la jornada. Nuestros dos amigos se fueron de cacería, y al regresar, Rodin le contó a su esposa el favor que había hecho a Gabriel.

—¡Yo celebraba la misa! —decía el pobre ingenuo, riendo a carcajadas—. ¡Sí, diantres, yo celebraba la misa como un auténtico cura, mientras nuestro amigo le medía a Renoult la espalda con una horquilla! Le devolvía sus armas, ¿qué te parece, querida? ¡Se las ponía sobre la frente! ¡Ah, mujercita, qué divertida es toda esta historia, y cómo me hacen reír los cornudos! Y tú, mujer, ¿qué hacías mientras yo celebraba?

— Ay, esposo mío —contestó la mujer del funcionario—, parece como si el cielo nos hubiera inspirado. Fíjate cómo los asuntos celestiales nos ocuparon a los dos al mismo tiempo, sin que lo supiéramos: mientras tú decías misa, yo recitaba esa hermosa oración con que la Virgen respondió al ángel Gabriel cuando le anunció que quedaría encinta por obra del Espíritu Santo. Ay, mi amor, mientras actos tan virtuosos nos entretengan a ambos, no hay duda de que nos vamos a salvar.

EL FINGIMIENTO FELIZ

Hay muchísimas mujeres que piensan que, con tal de no llegar hasta el final con un amante, pueden al menos permitirse, sin ofender a su esposo, cierto juego de galantería. Y a menudo esta forma de ver las cosas tiene consecuencias más peligrosas que si la caída hubiera sido completa. Lo que le ocurrió a la marquesa de Guissac, mujer de alta posición en Nimes, Languedoc, es una prueba evidente de lo que aquí proponemos como advertencia.

Alocada, atolondrada, alegre, rebosante de ingenio y simpatía, la señora de Guissac creyó que ciertas cartas galantes, escritas y recibidas por ella y el barón de Aumelach, no tendrían consecuencias, siempre que nadie las descubriera; y que si, por desgracia, llegaban a ser conocidas, podría probar su inocencia ante su esposo y no perdería su favor. Se equivocó…

El señor de Guissac, celoso en extremo, sospechó el intercambio, interrogó a una doncella y se apoderó de una carta. Al principio no encontró en ella nada que confirmara sus temores, pero sí mucho más de lo necesario para alimentar sus sospechas. Cargó una pistola, tomó un vaso de limonada y se lanzó como un demente a la habitación de su esposa.

—¡Señora, he sido traicionado! —rugió enfurecido—. Leed este billete: lo explica todo. Ya no hay tiempo para defenderse. Os concedo la elección de vuestra muerte.

La marquesa se defendió, juró a su esposo que estaba equivocado, que podía, tal vez, haber cometido una imprudencia, pero que, sin lugar a dudas, no era culpable de ningún crimen.

—¡Ya no me vas a convencer, pérfida! —le respondió el esposo furioso—. ¡Ya no me vas a convencer! Elegí de inmediato, o con esta arma te arrebataré la vida.

La desdichada señora de Guissac, aterrorizada, optó por el veneno. Tomó la copa y bebió.

—¡Detenete! —le dijo su esposo cuando ya había bebido parte—. No vas a morir sola. Odiado por vos, traicionado por vos… ¿qué sentido tendría ya mi vida? —y, dicho esto, bebió lo que quedaba en el cáliz.

—¡Oh, señor! —exclamó la señora de Guissac—. En el terrible trance en que nos pusiste, no me niegues un confesor, ni tampoco el consuelo de abrazar por última vez a mi padre y a mi madre.

Inmediatamente mandaron a llamar a las personas que esta desventurada mujer pedía. Ella se arrojó a los brazos de quienes le habían dado la vida y, entre sollozos, reiteró que no era culpable de nada. Pero ¿qué reproches pueden hacerse a un esposo que cree haber sido traicionado y que castiga a su esposa de forma tan drástica que incluso se sacrifica a sí mismo?

Solo queda la desesperación, y todos lloran por igual.

Mientras tanto, llega el confesor.

—En este instante atroz de mi vida —dijo la marquesa—, deseo, para consuelo de mis padres y para el honor de mi memoria, hacer una confesión pública.

Y comenzó a acusarse en voz alta de todo aquello que su conciencia le reprochaba desde su infancia.

El marido, atento, no oyó mencionar al barón de Aumelach. Convencido de que, en semejante ocasión, su esposa no se atrevería a mentir, se levantó rebosante de alegría.

—¡Oh, mis queridos padres! —exclamó, abrazando al mismo tiempo a su suegro y a su suegra—. Consolémonos, y que su hija me perdone el susto que le causé. Me dio tantas preocupaciones que era justo devolverle algunas. Nunca hubo veneno en lo que tomamos. Que esté tranquila. Tranquilicémonos todos, y que, al menos, aprenda que una mujer verdaderamente honrada no solo no debe hacer el mal, sino que tampoco debe dar lugar a sospechas de que lo hace.

La marquesa tuvo que hacer esfuerzos sobrehumanos para recobrarse. Se había sentido envenenada hasta tal punto, que su imaginación ya le había hecho sufrir todas las angustias de una muerte semejante.

Se puso en pie, temblorosa, abrazó a su esposo; la alegría reemplazó al dolor, y la joven esposa, bien escarmentada por aquella escena terrible, prometió que en adelante sabría evitar hasta la más leve apariencia de infidelidad. Cumplió su palabra y vivió más de treinta años con su marido sin que este tuviera nunca que hacerle el más mínimo reproche.

HERODÍAS

Por *GUSTAVE FLAUBERT*[4]

I

La ciudadela de Machaerus se alzaba al oriente del Mar Muerto, en un picacho de basalto con forma de cono. Cuatro valles profundos la rodeaban: dos a los costados, otro al frente y el cuarto por detrás. Las casas se amontonaban en su base, dentro del cerco de un muro que serpenteaba siguiendo las irregularidades del terreno; y por un camino en zigzag tallado en la roca, la ciudad se unía a la fortaleza, cuyas murallas alcanzaban los ciento veinte codos de altura, con numerosos ángulos, almenas en los bordes y, de trecho en trecho, torres que eran como lágrimas de aquella corona de piedra suspendida sobre el abismo.

Dentro había un palacio adornado con pórticos y cubierto por una azotea limitada por una balaustrada de madera de sicómoro, sobre la que se alzaban mástiles preparados para extender un toldo.

Una mañana, antes del amanecer, el tetrarca Herodes Antipas se acercó a la balaustrada y se asomó para observar.

Las montañas, justo debajo, comenzaban a revelar sus cimas, mientras que sus laderas y los abismos seguían aún envueltos en sombra. Flotaba una neblina que fue disipándose poco a poco, y surgieron los contornos del Mar Muerto. El alba, que se alzaba detrás de Machaerus, iba tiñendo de rojo el horizonte y no tardó en iluminar la arena de la orilla, las colinas, el desierto y, más allá, todos los montes de Judea con sus pendientes grises y escarpadas. Engadi, al centro, trazaba una línea oscura; Hebrón, al fondo, se redondeaba como una cúpula; Escol tenía granados; Sorec, viñas; el Carmelo, campos de ajonjolí; y la torre Antonia dominaba Jerusalén con su enorme estructura. El tetrarca desvió la mirada hacia la derecha, hacia las palmeras de Jericó, y recordó otras

---

[4] Nació en Ruan el 12 de diciembre de 1821 y murió en Croisset el 8 de mayo de 1880. Fue uno de los principales novelistas realistas de Francia. Su obra más famosa, Madame Bovary, es una crítica al romanticismo y a la sociedad burguesa. También escribió Salambó y La educación sentimental, donde muestra su obsesión por la perfección estilística.

ciudades de su Galilea: Cafarnaúm, Endor, Nazaret, Tiberíades, a donde quizá nunca regresaría. Entretanto, el Jordán corría por la llanura árida, completamente blanca y deslumbrante, como una capa de nieve. El lago, en ese momento, parecía de lapislázuli; y en su extremo sur, hacia el Yemen, Antipas reconoció con temor lo que no quería ver: tiendas de campaña pardas dispersas, soldados con lanzas que se movían entre los caballos y fogatas que, al extinguirse, brillaban como brasas sobre la tierra.

Eran las tropas del rey de los árabes, cuya hija Antipas había repudiado para unirse con Herodías, casada con uno de sus hermanos que vivía en Italia sin aspiraciones al trono.

Antipas esperaba la ayuda de los romanos, pero como Vitelio, gobernador de Siria, tardaba en presentarse, la inquietud le carcomía.

¿Acaso Agripa lo había desacreditado ante el emperador? Filipo, su tercer hermano, soberano de Betania, se armaba en secreto. Los judíos rechazaban sus costumbres paganas, y todos los demás su dominio, de modo que vacilaba entre dos caminos: apaciguar a los árabes o sellar una alianza con los partos. Con el pretexto de celebrar su cumpleaños, había convocado ese mismo día a un gran banquete con los jefes de sus tropas, los administradores de sus tierras y los notables de Galilea.

Escudriñó con mirada aguda todos los caminos. Estaban desiertos. Unas águilas volaban sobre su cabeza; los soldados dormían apoyados en los muros a lo largo de la muralla, y nada se movía en el castillo.

De pronto, una voz lejana, como salida de las profundidades de la tierra, hizo palidecer al tetrarca. Se inclinó para escucharla, pero ya se había silenciado. No obstante, volvió a oírse, y entonces Herodes dio unas palmadas y gritó:

—¡Mannaei! ¡Mannaei!

Se presentó un hombre desnudo hasta la cintura, como los masajistas de los baños. Era alto, viejo, delgado, y llevaba un cuchillo al costado en una vaina de bronce. Su cabellera, levantada con una peineta, acentuaba la altura de su frente. Cierta somnolencia nublaba sus ojos, pero le brillaban los dientes y sus pies pisaban suavemente las losas; todo su cuerpo tenía la agilidad de un simio y su rostro la impasibilidad de una momia.

—¿Dónde está él? —preguntó el tetrarca.

Mannaei respondió, señalando con el pulgar algo detrás de ellos:

—Allí, como siempre.

—Me pareció oírlo.

Y Antipas, luego de tomar una profunda bocanada de aire, se interesó por Iaokanann, al que los latinos llaman San Juan Bautista. ¿Se había vuelto a ver a los dos hombres admitidos por indulgencia en su celda el mes anterior, y se sabía ya qué habían ido a hacer?

Mannaei respondió:

—Intercambiaron con él palabras misteriosas, como hacen los ladrones por la noche en las encrucijadas. Luego partieron hacia la Alta Galilea, anunciando que llevaban una gran noticia.

Antipas bajó la cabeza y luego, con voz de espanto, dijo:

—¡Vigílalo! ¡Vigílalo! ¡Y no dejes entrar a nadie! ¡Cierra bien la puerta! ¡Tapa el foso! ¡Nadie debe sospechar que aún vive!

Mannaei ya cumplía esas órdenes, aunque no se le hubieran dado, pues Iaokanann era judío, y como todos los samaritanos, él los aborrecía.

Su templo en el monte Garizim, destinado por Moisés a ser el centro de Israel, no existía desde el reinado de Hircano, y el de Jerusalén lo enfurecía como una injusticia constante. Mannaei había entrado en él para profanar el altar con huesos de difuntos. Sus compañeros, más lentos, fueron decapitados.

Lo vio entre dos colinas. El sol hacía resplandecer sus muros de mármol blanco y las láminas de oro del techo. Parecía una montaña luminosa, algo sobrehumano que aplastaba todo con su opulencia y soberbia.

Mannaei extendió el brazo hacia Sión y, con el cuerpo erguido, la cabeza hacia atrás y los puños cerrados, lanzó una maldición, convencido de que las palabras tenían poder real.

Antipas lo escuchaba sin mostrar escándalo.

El samaritano añadió:

—A veces se agita, desea huir y espera que lo liberen. Otras veces tiene el aspecto tranquilo de un animal enfermo, o lo veo caminar en la oscuridad repitiendo: "¿Qué importa? Para que él crezca, yo debo disminuir".

Antipas y Mannaei se miraron. Pero el tetrarca ya estaba cansado de pensar.

Todos aquellos montes que lo rodeaban como grandes olas petrificadas, los precipicios negros en las laderas, la inmensidad del cielo, la luz inclemente del sol y la profundidad de los abismos lo perturbaban. Se sentía abatido ante el espectáculo del desierto, que con su caos geológico simula anfiteatros y palacios en ruinas. El viento cálido traía un olor a azufre, como la exhalación de las ciudades malditas sepultadas bajo la costa, bajo las aguas densas. Aquellas señales de una ira eterna lo espantaban, y permanecía con los codos apoyados en la balaustrada, los ojos fijos y las sienes entre las manos.

Alguien lo tocó. Se volvió. Herodías estaba de pie frente a él.

Una toga de púrpura ligera la cubría hasta las sandalias. Como había salido de prisa de su habitación, no llevaba collares ni aretes. Una trenza de su cabello negro le caía sobre el brazo y su punta se hundía entre los senos. Le temblaban las aletas de la nariz, un júbilo triunfante le iluminaba el rostro y, con voz firme, sacudiendo al tetrarca, dijo:

—César nos ama. Agripa está preso.

—¿Quién te lo dijo?

—¡Lo sé!

Y agregó:

—Es por haber deseado el imperio para Cayo.

Aunque vivía de sus limosnas, Agripa había conspirado para obtener el título de rey, que también ellos codiciaban. Pero, en el futuro, nada había que temer.

—Los calabozos de Tiberio no se abren fácilmente, y a veces la vida no está garantizada en su interior.

Antipas la comprendió. Y aunque Herodías era hermana de Agripa, su intención cruel le pareció justificada. Esos asesinatos eran parte del destino, una fatalidad de las casas reales. En la de Herodes ya no se llevaban la cuenta.

Herodías expuso su plan: los aliados comprados, las cartas interceptadas, espías en todas las puertas, y cómo había logrado seducir a Eutiques, el delator.

—¡No me costó nada! ¿No he hecho más por ti? … ¡He abandonado a mi hija!

Después de su divorcio, había dejado en Roma a aquella niña, con la esperanza de tener otros hijos del tetrarca. Nunca hablaba de ello, y Antipas se preguntaba a qué se debía ese repentino enternecimiento.

Habían desplegado el toldo y colocado rápidamente grandes almohadones cerca de ellos.

Herodías se sentó y lloró de espaldas. Luego se secó los ojos con la mano, dijo que no quería seguir pensando en eso, que se consideraba dichosa, y le recordó a Antipas sus conversaciones en el atrio, sus encuentros en las termas, sus paseos por la Vía Sacra y los atardeceres en las quintas de recreo, entre el murmullo de los surtidores, bajo arcos floridos, frente a la campiña romana. Lo miraba como en otros tiempos, frotándose contra su pecho y con gestos de ternura. Él la rechazó. ¡Estaba ya tan lejano aquel amor que ella intentaba revivir! Y de eso venían todas sus desdichas, pues la guerra duraba ya casi doce años. Había envejecido al tetrarca. Sus hombros se encorvaban bajo una toga oscura con ribetes violetas, su cabello blanco se mezclaba con la barba, y los rayos del sol que atravesaban el velo iluminaban su frente afligida. El rostro de Herodías también tenía arrugas, y ambos, uno frente al otro, se contemplaban con expresión áspera.

Los caminos de la montaña comenzaron a llenarse con pastores que azuzaban a sus bueyes, niños que guiaban asnos con sogas, palafreneros que conducían caballos. Los que bajaban desde las alturas, del otro lado de Machaerus, desaparecían tras el castillo; otros subían por la ladera opuesta y, al llegar a la ciudad, descargaban su equipaje en los patios. Eran los proveedores del tetrarca y los sirvientes que precedían a sus invitados.

Pero en el fondo de la azotea, a la izquierda, apareció un esenio con túnica blanca, descalzo y de aspecto severo. Mannaei, desde la derecha, corrió hacia él blandiendo su cuchillo.

—¡Mátalo! —gritó Herodías.

—¡Detente! —ordenó el tetrarca.

Mannaei se quedó inmóvil, y el otro también.

Luego ambos se retiraron, cada uno por una escalera distinta, caminando hacia atrás sin dejar de mirarse.

—Lo conozco —dijo Herodías—. Se llama Fanuel y quiere ver a Iaokanann, porque tú te empeñas en conservarlo.

Antipas replicó que podría resultar útil algún día. Sus ataques contra Jerusalén ganaban para ellos la simpatía de otros judíos.

—¡No! —respondió Herodías—. Aceptan a todos los amos, pero no son capaces de construir una patria.

En cuanto a ese que alborotaba al pueblo con esperanzas que venían desde los tiempos de Nehemías, la mejor política era eliminarlo.

El tetrarca dijo que no había prisa. ¿Iaokanann, peligroso? ¡Por favor! Y fingía tomarlo a la ligera.

—¡Cállate! —ordenó.

Ella recordó su humillación en un viaje a Galaad, durante la cosecha del bálsamo:

—La gente se vestía a la orilla del río. En un montículo cercano hablaba un hombre. Tenía una piel de camello ceñida a la cintura y su cabeza parecía la de un león. En cuanto me vio, me cubrió con todas las maldiciones de los profetas. Sus ojos ardían, su voz rugía y alzaba los brazos como si quisiera invocar el trueno. ¡No podía escapar! Las ruedas de mi carro estaban hundidas en la arena hasta los ejes, y tuve que retirarme lentamente, envuelta en mi manto, helada por esas injurias que caían sobre mí como tormenta.

Iaokanann no le permitía vivir. Cuando lo apresaron y lo ataron con cuerdas, los soldados tenían orden de apuñalarlo si se resistía, pero fue sumiso. Le pusieron serpientes en la celda, pero murieron.

La inutilidad de esos intentos exasperaba a Herodías. Además, ¿por qué le hacía la guerra? ¿Qué lo impulsaba? Sus discursos, vociferados a las multitudes, se propagaban, circulaban, se oían por todas partes, llenaban el aire.

Contra las legiones se habría enfrentado sin dudar, pero esa otra fuerza, más peligrosa que las espadas y que no podía ser detenida, era aterradora. Caminaba por la azotea, pálida de ira, sin encontrar palabras para describir lo que la asfixiaba.

También pensaba que el tetrarca, cediendo a la opinión pública, tal vez se atrevería a repudiarla. ¡Entonces todo estaría perdido! Desde su infancia soñaba con un gran imperio. Por conseguirlo había abandonado a su primer esposo por otro que, según ella, la había traicionado.

—¡Buen negocio hice entrando en tu familia! —exclamó.

—Vale tanto como la tuya —replicó con frialdad el tetrarca.

Herodías sintió hervir en sus venas la sangre de los sacerdotes y reyes de sus ancestros.

—¡Pero tu abuelo barría el templo de Ascalón! ¡Y los otros eran pastores, bandidos, arrieros, una tribu sometida a Judá desde los días del rey David! ¡Todos mis antepasados vencieron a los tuyos! ¡El primero de los Macabeos los expulsó de Hebrón, e Hircano los obligó a circuncidarse!

Y, exhalando el desprecio de la aristócrata hacia el plebeyo, el odio de Jacob contra Esaú, le echó en cara su pasividad ante los agravios, su debilidad frente a los fariseos que lo traicionaban, su cobardía ante una población que la detestaba.

—¡Eres como ellos, admítelo! ¡Extrañas a la muchacha árabe que baila entre piedras! ¡Vuelve con ella! ¡Ve a vivir bajo su tienda de tela! ¡Come su pan cocido bajo la ceniza! ¡Bebe la leche agria de sus ovejas! ¡Besa sus mejillas moradas! ¡Y olvídame!

El tetrarca ya no la escuchaba. Observaba la azotea de una casa, donde se encontraban una muchacha y una anciana que sostenía una sombrilla de mango largo como una caña de pescar. En medio de la alfombra había una gran canasta abierta. De ella desbordaban cinturones, velos y aretes con piedras preciosas. La joven se inclinaba de vez en cuando sobre esas cosas y las agitaba en el aire. Vestía como las romanas, con una túnica plisada y un manto adornado con borlas de esmeralda; correas azules le sujetaban la cabellera, sin duda demasiado pesada, porque se la acomodaba con la mano de tanto en tanto. La sombra del quitasol se movía sobre ella, cubriéndola a medias. Antipas distinguía su cuello esbelto, el rabillo de un ojo, la comisura de la boca. Pero podía ver con claridad su silueta desde las caderas hasta la nuca, que se doblaba y se enderezaba con elasticidad. Espiaba ese movimiento repetido, su respiración se volvía más pesada y chispas encendían sus ojos. Herodías lo observaba.

—¿Quién es ella? —preguntó Antipas.

Herodías respondió que no lo sabía y se marchó, de pronto apaciguada.

Al tetrarca lo esperaban bajo los pórticos los galileos, el maestro de las escrituras, el jefe de los pastos, el administrador de las salinas y un judío de Babilonia que comandaba la caballería. Todos lo saludaron con una aclamación. Luego entró en las habitaciones interiores.

Fanuel apareció en el recodo de un pasillo.

—¿Otra vez? ¿Vienes, sin duda, por Iaokanann?

—Y por ti. Tengo algo importante que comunicarte.

Y sin apartarse de Antipas, entró tras él en una sala oscura.

La luz entraba por una rejilla situada junto al techo. Las paredes estaban pintadas de un tono rojo oscuro, casi negro. Al fondo había un lecho de ébano con correas de cuero. Encima brillaba, como un sol, un escudo de oro.

Antipas cruzó la estancia y se recostó sobre el lecho.

Fanuel, de pie, levantó el brazo y, en actitud profética, declaró:

—El Altísimo envía de vez en cuando a uno de sus hijos. Iaokanann es uno de ellos. Si lo oprimes, serás castigado.

—¡Es él quien me persigue! —exclamó Antipas—. Me exigió algo imposible y, desde entonces, no me deja en paz. Y yo no fui duro con él al principio. Incluso ha enviado desde Machaerus a hombres que alborotan mis provincias. ¡Maldito sea! ¡Si me ataca, me defiendo!

—Su ira es excesiva —replicó Fanuel—. Pero eso no importa. Debes liberarlo.

—¡No se suelta a las fieras! —dijo el tetrarca.

El esenio replicó:

—No te preocupes. Irá a predicar entre los árabes, los galos y los escitas. ¡Su misión debe extenderse hasta los confines de la tierra!

Antipas pareció sumido en una visión.

—Su poder es grande. ¡A mi pesar, lo amo! Entonces, ¿será liberado?

El tetrarca movió la cabeza en señal negativa. Temía a Herodías, a Mannaei y a lo desconocido.

Fanuel trató de convencerlo, alegando como garantía de sus planes la sumisión de los esenios a los reyes. A aquellos hombres pobres, inquebrantables ante el suplicio, vestidos de lino y lectores del porvenir en las estrellas, se les respetaba.

Antipas recordó algo que Fanuel le había mencionado poco antes.

—¿Qué era eso que anunciabas como importante?

Se presentó un sirviente negro, cubierto de polvo. Jadeaba y solo pudo decir:

—¡Vitelio!

—¿Cómo? ¿Viene?

—Lo vi. Antes de tres horas estará aquí.

Las cortinas de los pasillos se movieron como agitadas por el viento. Un rumor llenó el castillo, un alboroto de pasos, muebles arrastrados, vajillas de plata derribadas. En lo alto de las torres sonaban las trompetas para reunir a los esclavos dispersos.

II

Las murallas estaban cubiertas de gente cuando Vitelio entró en el palacio. Se apoyaba en el brazo de su intérprete y le seguía una gran litera roja decorada con penachos y espejos. Vestía la toga, el laticlavo de senador y los borceguíes de cónsul, rodeado de sus lictores.

Colocaron ante la puerta sus doce fasces: varas atadas con una correa, con un hacha en el centro. Todos se estremecieron ante la majestad del pueblo romano.

La litera, transportada por ocho hombres, se detuvo, y de ella bajó un adolescente regordete, con el rostro cubierto de granos y los dedos cargados de perlas. Le ofrecieron una copa llena de vino aromatizado. La bebió y pidió otra.

El tetrarca se arrojó a los pies del procónsul, lamentando —según dijo— no haber tenido noticia antes del honor de su visita. De haberlo sabido, habría mandado preparar a lo largo del camino todo lo necesario para recibir a los Vitelios, descendientes de la diosa Vitelia. Una vía que conectaba el Janículo con el mar aún llevaba ese nombre. Las cuesturas y consulados eran incontables en su familia; y a Lucio, su huésped en ese momento, se le debía gratitud como vencedor de los Clitos y padre del joven Aulio, quien parecía retornar a sus dominios, pues el Oriente era la patria de los dioses. Estas exageraciones fueron pronunciadas en latín. Vitelio las escuchó impasible.

Respondió que el gran Herodes bastaba para dar gloria a una nación. Los atenienses le habían confiado la organización de los Juegos Olímpicos. Había erigido templos en honor de Augusto, y era paciente, ingenioso, implacable y siempre fiel a los Césares.

Entre las columnas de capiteles de bronce apareció Herodías, avanzando con aire de emperatriz, seguida de mujeres y eunucos que llevaban en bandejas de plata dorada perfumes encendidos.

El procónsul dio tres pasos para recibirla, y luego de inclinarse levemente, ella exclamó:

—¡Qué fortuna que a Agripa, enemigo de Tiberio, le sea ya imposible hacernos daño!

Vitelio no estaba al tanto del suceso y Herodías le pareció peligrosa. Y como Antipas juró estar dispuesto a hacer todo por el emperador, le preguntó:

—¿Incluso a costa de otros?

Había tomado rehenes del rey de los partos sin que el emperador lo supiera, pero Antipas, presente en la conferencia, se había apresurado a enviar la noticia para ganar mérito. De ahí provenía un profundo resentimiento y las demoras en brindarle apoyo.

El tetrarca tartamudeó, pero Aulio dijo riendo:

—Tranquilo, yo te protegeré.

El procónsul fingió no haber oído. La fortuna del padre dependía del envilecimiento del hijo, y aquella flor nacida del lodo de Capri le proporcionaba beneficios tan grandes que la rodeaba de atenciones, aunque desconfiaba de ella por considerarla venenosa.

Se produjo un tumulto en la entrada. Llegaba una recua de mulas blancas montadas por personajes con vestiduras sacerdotales. Eran los saduceos y los fariseos, atraídos a Machaerus por la misma ambición: los primeros para obtener cargos sacerdotales, los otros para conservarlos. Sus rostros eran sombríos, sobre todo los de los fariseos, enemigos tanto de Roma como del tetrarca. Los pliegues de sus túnicas les estorbaban entre la multitud, y sus tiaras oscilaban sobre las tiras de pergamino con fragmentos de las Sagradas Escrituras.

Casi al mismo tiempo llegaron los soldados de la vanguardia. Habían envuelto sus escudos en sacos para protegerlos del polvo, y tras ellos marchaba Marcelo, lugarteniente del procónsul, junto a unos cobradores de impuestos que llevaban bajo el brazo tabletas de madera.

Antipas presentó a los principales de su séquito: Tolmai, Kanthera, Sehón, Amnonio de Alejandría —quien le compraba asfalto—; Naamán, capitán de sus vélites; y Jacim, el babilonio.

Vitelio se fijó en Mannaei.

—¿Quién es ese? —preguntó.

El tetrarca, con un gesto, dio a entender que era el verdugo.

Luego presentó a los saduceos.

Jonatás, un hombrecillo de modales sueltos que hablaba griego, rogó al procónsul que los honrara con una visita a Jerusalén. Este respondió que probablemente lo haría.

Eleazar, de nariz aguileña y larga barba, reclamó para los fariseos el manto del gran sacerdote, guardado en la torre Antonia por las autoridades romanas.

Entonces los galileos denunciaron a Poncio Pilatos. Con motivo de un loco que buscaba los vasos de oro de David en una cueva cerca de Samaria, había matado a varios habitantes. Todos hablaban al mismo tiempo, y Mannaei se expresaba con más violencia que los demás. Vitelio aseguró que los responsables serían castigados.

Se escucharon gritos frente al pórtico donde los soldados habían colgado sus escudos. Las fundas estaban rotas, y sobre los umbos se veía la imagen del César. Para los judíos, aquello era idolatría. Antipas intentó calmarlos, mientras Vitelio, sentado en un alto trono en la columnata, se asombraba ante tanta furia. Tiberio había hecho bien en deportar a cuatrocientos de ellos a Cerdeña. Pero como en su tierra eran poderosos, ordenó que retiraran los escudos.

Entonces rodearon al procónsul, suplicándole que corrigiera injusticias, que les concediera privilegios y limosnas. Rasgaban sus ropas, se empujaban, y para abrirse paso, los esclavos golpeaban con bastones a derecha e izquierda. Los que estaban cerca de la puerta descendían por el sendero mientras otros subían; las corrientes se cruzaban en esa masa de gente comprimida entre las murallas.

Vitelio preguntó a qué se debía tanta agitación. Antipas le explicó que era por el festín en honor de su cumpleaños. Y le señaló a muchos que, inclinados sobre las almenas, izaban grandes canastos con alimentos, frutas, legumbres, antílopes y cigüeñas, enormes peces azules, uvas, sandías y pirámides de granadas. Aulio no resistió más. Corrió a las cocinas, arrastrado por la gula que iba a quedar en la historia.

Al pasar junto a una bodega, vio unas marmitas que parecían corazas. Vitelio fue a inspeccionarlas y exigió que se le mostraran las habitaciones subterráneas de la fortaleza.

Estaban talladas en la roca, con bóvedas altas y columnas espaciadas. La primera albergaba antiguas armaduras; la segunda estaba repleta de lanzas que sobresalían entre penachos; la tercera parecía forrada de esteras, tantas eran las flechas alineadas verticalmente. Hojas de cimitarras cubrían las paredes de la cuarta. En el centro de la quinta, hileras de cascos con penachos formaban una suerte de batallón de serpientes rojas. En la sexta solo había carcajes; en la séptima, grebas; en la octava, brazales; y en las siguientes, horquillas, garfios, escaleras, sogas, ¡hasta piezas para catapultas y cascabeles para los arneses de los dromedarios! Y como la montaña se ensanchaba en la base, hueca por dentro como un panal de abejas, debajo de esas habitaciones había muchas más, todavía más profundas.

Vitelio, Fincas, su intérprete, y Sisena, el jefe de los publicanos, recorrieron las estancias subterráneas a la luz de las antorchas que llevaban tres eunucos.

En la penumbra se distinguían objetos aterradores, ideados por pueblos bárbaros: rompecabezas forrados con clavos, lanzas que envenenaban las heridas, tenazas con forma de mandíbulas de cocodrilo. En fin, el tetrarca almacenaba en Machaerus armamento suficiente para equipar a cuarenta mil soldados.

Las había acumulado por precaución, temiendo una alianza entre sus enemigos. Pero el procónsul podía creer —o decir— que eran para combatir a los romanos, y exigía explicaciones.

Antipas alegó que no eran suyas; muchas servían para defenderse de bandidos; otras eran necesarias para luchar contra los árabes; o que simplemente habían pertenecido a su padre. Y, en lugar de seguir al procónsul, se adelantaba con pasos apresurados. Luego se colocó frente a una pared que trató de ocultar con la toga, los codos extendidos a los lados; pero el dintel de una puerta sobresalía por encima de su cabeza. Vitelio lo notó y quiso saber qué había en esa habitación.

Solo el babilonio podía abrirla.

—Llama al babilonio.

Lo esperaron.

Su padre había venido desde las orillas del Éufrates para ofrecerse a Herodes el Grande con quinientos jinetes, a fin de proteger las fronteras orientales. Tras la partición del reino, Iacim se quedó con Filipo y ahora servía a Antipas.

Se presentó con un arco al hombro y un látigo en la mano. Cordones multicolores ceñían sus piernas fuertes. De una túnica sin mangas asomaban sus robustos brazos, y un gorro de piel sombreaba su rostro, cuya barba estaba rizada en pequeños anillos.

Al principio pareció no entender al intérprete. Pero Vitelio lanzó una mirada a Antipas, quien repitió la orden sin demora. Entonces Iacim colocó ambas manos sobre la puerta, que se deslizó dentro del muro.

Un soplo de aire caliente emergió de las tinieblas. Un pasillo descendía en espiral; lo siguieron y llegaron a la entrada de una cueva más grande que las otras estancias subterráneas.

Al fondo, una arcada se abría sobre el precipicio que protegía ese lado de la ciudadela.

Una enredadera colgada del techo dejaba caer sus flores a la luz del día. Al nivel del suelo, murmuraba un hilo de agua.

Allí se encontraba cerca de un centenar de caballos blancos que comían cebada de una tabla a la altura del hocico. Todos tenían la crin teñida de azul, los cascos envueltos en mitones de esparto, y los pelos entre las orejas alzados sobre el frontal como una peluca. Se azotaban suavemente los corvejones con la cola, que les llegaba hasta el suelo. El procónsul quedó mudo de asombro.

Eran animales extraordinarios, ágiles como serpientes, ligeros como aves. Corrían al ritmo de la flecha del jinete, mordían a los soldados en el abdomen, salvaban barrancos, saltaban sobre precipicios, y durante todo un día mantenían su galope frenético por las llanuras. Una sola palabra los detenía. Cuando Iacim entró, se acercaron a él como corderos ante el pastor, estirando el cuello, mirándolo con ojos de niño. Por costumbre, Iacim lanzó desde el fondo de la garganta un bramido ronco que los alborotó, y se encabritaron, ansiosos de espacio, pidiendo ser liberados.

Antipas, temeroso de que Vitelio se los confiscara, los había encerrado allí, un refugio destinado a los animales en caso de sitio.

—La caballeriza es mala —dijo el procónsul—, y te arriesgas a perderlos. Haz un inventario, Sisena.

El publicano sacó una tablilla de su cinturón, contó los caballos y los anotó.

Los cobradores de impuestos sobornaban a los gobernadores para saquear las provincias. Aquel olfateaba todo con mandíbula de hurón y ojos parpadeantes.

Finalmente, regresaron al patio.

Discos de bronce, desparramados por el pavimento, cubrían las cisternas. Vitelio notó una más grande que las demás, que no sonaba igual al ser pisada. Fue golpeando todas una a una, hasta que gritó, dando patadas:

—¡Lo encontré! ¡Lo encontré! ¡Aquí está el tesoro de Herodes!

La búsqueda de tesoros era una obsesión entre los romanos.

El tetrarca juró que no existía tal cosa.

—¿Pero qué hay allí abajo?

—Nada. Un hombre, un prisionero.

—¡Muéstralo! —ordenó Vitelio.

El tetrarca se negó, aduciendo que los judíos conocerían su secreto. Su negativa irritó a Vitelio.

—¡Abran eso! —gritó a los lictores.

Mannaei adivinó lo que pretendían. Al ver un hacha, pensó que iban a decapitar a Iaokanann y detuvo al lictor justo cuando iba a dar el primer golpe en el disco. Luego introdujo un gancho entre el borde del disco y el suelo, estiró sus largos brazos delgados, lo levantó con suavidad y lo retiró. Todos admiraron la fuerza del anciano. Bajo la cubierta de madera había una trampilla del mismo tamaño. De un solo golpe, Mannaei separó sus mitades, y apareció un gran agujero, un foso al que rodeaba una escalera sin barandilla. Los que se asomaron vieron en el fondo algo vago y estremecedor.

Un ser humano yacía en el suelo, cubierto por una cabellera que se confundía con las pieles de animal que cubrían su espalda. Se levantó. Su frente tocaba una reja empotrada horizontalmente, y a veces desaparecía en lo profundo de su guarida.

El sol hacía brillar las tiaras y los pomos de las espadas, calentaba demasiado las losas, y algunas palomas volaban desde los frisos, revoloteando sobre el patio. Era la hora en que Mannaei solía lanzarles el grano. Estaba en cuclillas frente al tetrarca, que permanecía de pie junto a Vitelio. Detrás de ellos, galileos, sacerdotes y soldados formaban un círculo; todos guardaban silencio, angustiados por lo que iba a suceder.

Primero se oyó un gran suspiro, emitido por una voz profunda.

Herodías lo escuchó desde el otro lado del palacio. Fascinada, se abrió paso entre la multitud y se detuvo a escuchar, con una mano sobre el hombro de Mannaei y el cuerpo inclinado.

La voz se elevó:

—¡Ay de ustedes, fariseos y saduceos, raza de víboras, odres hinchados, címbalos que sólo hacen ruido!

Reconocieron la voz de Iaokanann. Su nombre corrió de boca en boca, y la multitud aumentó.

—¡Ay de ti, pueblo de Judá, y de los traidores de Efraín, los borrachos que habitan el valle fértil y los que se tambalean con los vapores del vino!

"¡Que se disuelvan como el agua que corre, como la babosa que se derrite bajo los pies, como el feto que no nace!

"Tú, Moab, buscarás refugio en los cipreses como las aves, en cavernas como los jerbos. Las puertas de tus fortalezas se romperán como cáscaras de nuez, las murallas se derrumbarán, las ciudades arderán y el castigo del Eterno no se detendrá. Revolverá tus miembros en tu sangre, como la lana en el tinte del tintorero. ¡Te desgarrará con un rastrillo nuevo! ¡Esparcirá por las montañas los pedazos de tu carne!"

¿A qué conquistador se refería? ¿A Vitelio? Solo los romanos podían ejecutar tal destrucción. Se oyeron sollozos.

—¡Basta! ¡Basta! ¡Que se calle!

Iaokanann continuó, con voz aún más fuerte:

—¡Los niños gatearán entre las cenizas junto al cadáver de su madre! Por la noche buscarán pan entre los escombros, con el riesgo de hallar las espadas. Los chacales disputarán los huesos en las plazas donde antes conversaban los ancianos. Tus doncellas, ahogando sus lágrimas, tocarán la cítara en los banquetes del extranjero, y tus jóvenes más fuertes encorvarán la espalda, lacerada por cargas insoportables.

Desde detrás de una cortina situada frente a ellos, salió un brazo desnudo, joven y encantador como si hubiese sido esculpido en marfil por Policleto. De una manera algo torpe, y sin embargo graciosa, se movió en el aire para recoger una túnica olvidada en un escabel junto a la pared.

Una anciana se la entregó en silencio, apartando la cortina.

El tetrarca recordó, sin proponérselo, algo que no podía precisar.

—¿Es tuya esa esclava? —preguntó.

—¿Qué te importa? —respondió Herodías.

Los invitados llenaban la sala del banquete.

Tenía tres naves, como una basílica, separadas por columnas de madera de algunimio, con capiteles de bronce cubiertos de esculturas. Dos galerías con hileras de ventanas se apoyaban en ellas, y una tercera con filigrana de oro se curvaba al fondo, frente a un enorme arco abovedado que se abría en el extremo opuesto.

Había candelabros encendidos sobre las mesas alineadas a lo largo de las naves, que formaban como matorrales de fuego entre las copas de loza pintada, los platos de cobre, los cubos de nieve y los racimos de uvas. Pero esas luces rojizas se iban perdiendo poco a poco a causa de la altura del techo, y a través de las ramas brillaban puntos luminosos que parecían estrellas. Por la gran puerta se veían antorchas en las azoteas de las casas, pues Antipas festejaba a sus amigos, a su pueblo y a todos los que se presentaran.

Esclavos vigilantes como perros, calzados con sandalias de fieltro, iban de un lado a otro conduciendo bandejas.

La mesa proconsular ocupaba, bajo la tribuna dorada, un estrado de tablas de sicómoro. Tapices de Babilonia formaban a su alrededor una especie de pabellón.

En tres lechos de marfil —uno al centro y dos a los lados— se hallaban Vitelio, su hijo Aulio y Antipas: el procónsul cerca de la puerta, a la izquierda; Aulio a la derecha, y el tetrarca en el centro.

Vestía un pesado manto negro cuya trama desaparecía bajo aplicaciones de colores; tenía las mejillas maquilladas, la barba en forma de abanico y polvo de azul de cobalto en el cabello, sujeto por una diadema de piedras preciosas. Vitelio conservaba su banda púrpura, que descendía en diagonal sobre una toga de lino. Aulio había hecho que le anudaran las mangas de su túnica de seda violeta —bordada con lentejuelas de plata— a la espalda. Los rizos de su cabello caían en capas, y un collar de zafiros brillaba sobre su pecho, graso y blanco como el de una mujer. Junto a él, sobre una estera y con las piernas cruzadas, se hallaba un niño muy hermoso que sonreía constantemente. Lo había visto en las cocinas, no podía separarse de él y, como le era difícil recordar su nombre caldeo, lo llamaba sencillamente "el asiático". De vez en cuando se recostaba en el triclinio, y entonces sus pies descalzos sobresalían sobre la reunión.

De ese lado estaban los sacerdotes y los funcionarios de Antipas, los habitantes de Jerusalén y los notables de las ciudades griegas; y bajo el procónsul, Marcelo con los publicanos, los amigos del tetrarca, los personajes de Caná, Tolemaida y Jericó. Luego, mezclados, montañeses del Líbano, veteranos de Herodes, doce tracios, un galo, dos germanos, cazadores de gacelas, pastores de Idumea, el sultán de Palmira, marineros de Eziongaber. Cada uno tenía delante una galleta de pasta blanda para limpiarse los dedos, y los brazos, estirándose como cuellos de buitre, tomaban aceitunas, cacahuates y almendras. Todos los rostros estaban alegres bajo coronas de flores.

Los fariseos habían rechazado las coronas por considerarlas una indecencia romana. Se estremecían cuando los rociaban con gálbano e incienso, combinación reservada para los ritos del Templo.

Aulio se frotó con ella los sobacos, y Antipas le prometió un cargamento de tres canastos de ese verdadero bálsamo que había sido la causa de que Cleopatra codiciara Palestina.

Un capitán de su guarnición de Tiberíades, recién llegado, se colocó detrás de él para informarle sobre acontecimientos extraordinarios, pero su atención se dividía entre el procónsul y lo que se decía en las mesas vecinas.

En ellas se hablaba de Iaokanann y de hombres similares; Simón de Gitión purificaba los pecados con fuego; cierto Jesús…

—¡Ese es el peor de todos! —exclamó Eleazar—. ¡Qué farsante tan infame!

Detrás del tetrarca se levantó un hombre, pálido como el borde de su manto. Bajó del estrado y gritó a los fariseos:

—¡Mienten! ¡Jesús hace milagros!

Antipas deseaba verlo y le dijo:

—Debiste traerlo. Cuéntanos más.

El hombre explicó que él, Jacob, tenía una hija enferma y fue a Cafarnaúm para suplicarle al Maestro que la curara. El Maestro respondió: "Vuelve a tu casa, ya está sana". Y la encontró en la puerta, pues se había levantado de la cama justo cuando el gnomon del reloj de sol del palacio marcaba la hora tercia, el mismo instante en que él se acercaba a Jesús.

Los fariseos objetaron que ciertamente existían prácticas y hierbas poderosas. Allí mismo, en Maqueronte, a veces se encontraba el baarás, una planta milagrosa que volvía invulnerable, pero curar sin ver ni tocar era imposible, a menos que Jesús utilizara demonios.

Y los amigos de Antipas, los notables de Galilea, repitieron, moviendo la cabeza:

—Los demonios, evidentemente.

Jacob, de pie entre su mesa y la de los sacerdotes, guardaba silencio con una actitud altiva y bondadosa.

Le exigieron que hablara.

—¡Justifica el poder de ese Jesús!

Se encogió de hombros, y en voz baja, lentamente, como temiendo lo que decía, preguntó:

—¿Acaso no saben que es el Mesías?

Todos los sacerdotes se miraron y Vitelio pidió que le explicaran esa palabra. Su intérprete tardó un minuto en responder.

Así llamaban a un libertador que les traería el disfrute de todos los bienes y el dominio de todos los pueblos. Algunos creían incluso que serían dos. Al primero lo vencerían Gog y Magog, demonios del Norte, pero el segundo destruiría al Príncipe del Mal. Y desde hacía siglos lo esperaban en cualquier momento.

Los sacerdotes se pusieron de acuerdo, y Eleazar tomó la palabra.

—Ante todo, el Mesías sería hijo de David, y no de un carpintero. Confirmaría la Ley, y ese nazareno la ataca. Y, lo más importante, debería ser precedido por la llegada de Elías.

Jacob replicó:

—¡Pero Elías ya ha venido!

—¡Elías! ¡Elías! —repitió la multitud hasta el otro extremo de la sala.

Todos imaginaban a un anciano bajo una nube de cuervos, al rayo encendiendo un altar, a los sacerdotes idólatras arrojados a los torrentes. Y en las tribunas, las mujeres pensaban en la viuda de Sarepta.

Jacob se cansaba de repetir que él lo conocía, que lo había visto, y que el pueblo también. ¿Su nombre?

Entonces gritó con todas sus fuerzas:

—¡Iaokanann!

Antipas se recostó como si le hubieran golpeado en pleno pecho. Los saduceos se abalanzaron sobre Jacob. Eleazar intentaba hacerse oír entre el tumulto.

Cuando volvió el silencio, se envolvió en su manto y, como un juez, inició un interrogatorio.

—Puesto que el profeta ha muerto…

Unos murmullos lo interrumpieron. Se creía únicamente que Elías había desaparecido.

Se volvió hacia la multitud y continuó:

—¿Crees que ha resucitado?

—¿Por qué no? —contestó Jacob.

Los saduceos se encogieron de hombros. Jonatás abría exageradamente sus ojitos y se esforzaba por reír como un bufón. Nada tan necio como la pretensión de que el cuerpo pudiera vivir eternamente; y declamó, para el procónsul, este verso de un poeta contemporáneo:

—Nec crescit, nec post mortem durare videtur.

Pero Aulio se había inclinado en el borde del triclinio, con la frente sudorosa, el rostro verdoso y los puños sobre el estómago.

Los saduceos fingieron un gran sobresalto —al día siguiente se les concedió el derecho a sacrificar—, Antipas simuló desesperación y Vitelio permaneció impasible. Sin embargo, su angustia era sincera y profunda, pues con su hijo perdía también su fortuna.

Aulio no había terminado de vomitar cuando quiso volver a comer.

—¡Que me traigan raspaduras de mármol, esquisto de Naxos, agua del mar, lo que sea! ¿Y si tomara un baño?

Masticó nieve, y luego, vacilante entre una conserva de Comagene y unos mirlos rosados, se decidió por calabaza en dulce. El asiático lo contemplaba, pues creía que esa capacidad de engullir indicaba un ser prodigioso y de raza superior.

Sirvieron riñones de toro, lirones, ruiseñores, picadillo en hojas de vid, mientras los sacerdotes discutían sobre la resurrección. Ammonio, discípulo de Filón el platónico, los consideraba estúpidos, y así se lo decía a unos griegos que se burlaban de los oráculos. Marcelo y Jacob se habían reunido; el primero le contaba al segundo la dicha que le causó el bautismo de Mitra, y Jacob lo instaba a seguir a Jesús. Los vinos de palmera y de tamarisco, los de Safet y de Biblos, corrían de las ánforas a las cráteras, de las cráteras a las copas, y de las copas a las gargantas. Se charlaba, y los corazones se expandían. Iacim, aunque judío, no ocultaba su adoración por los planetas. Un mercader de Aphaka deslumbraba a los nómadas detallándoles las maravillas del templo de Hierápolis, y ellos le preguntaban cuánto costaría la peregrinación hasta ese templo. Otros se mantenían fieles a su religión nativa. Un germano casi ciego cantó un himno celebrando el promontorio de Escandinavia, donde los dioses se presentan con rostros radiantes; y los naturales de Siquem no comían tórtolas por respeto a la paloma Azima.

Muchos conversaban de pie en el centro de la sala, y el vaho de los alientos, mezclado con el humo de los candelabros, formaba una niebla en el aire. Fanuel pasó a lo largo de las paredes. Venía de observar una vez más el firmamento, pero no se acercó al tetrarca, porque temía las manchas de aceite, que para los esenios eran una gran impureza.

Unos golpes resonaron en la puerta del castillo.

Ahora ya se sabía que Iaokanann se encontraba allí, prisionero. Unos hombres con antorchas subían por el sendero, una masa negra hormigueaba en el barranco, y de vez en cuando gritaban:

—¡Iaokanann! ¡Iaokanann!

—Él lo trastorna todo —dijo Jonatás.

—No habrá dinero si sigue así —añadieron los fariseos.

Y se escucharon recriminaciones:

—¡Protégenos!

—¡Acaba con él!

—¡Estás traicionando la religión!

—¡Eres impío como todos los Herodes!

—¡Menos que ustedes! —replicó Antipas—. ¡Fue mi padre quien edificó su templo!

Entonces, los fariseos, los hijos de proscritos y los partidarios de los Matatías acusaron al tetrarca de los crímenes de su familia.

Tenían el cráneo puntiagudo, la barba erizada, manos débiles y maliciosas, o la cara chata, ojos redondos y gruesos, aspecto de perros de presa. Una docena —escribas y sirvientes de los sacerdotes, alimentados con las sobras de los holocaustos— se lanzaron hasta el pie del estrado y amenazaron con cuchillos a Antipas, que los arengaba, mientras los saduceos lo defendían sin entusiasmo. El tetrarca vio a Mannaei y le hizo una seña para que se confiara. Vitelio indicaba con su presencia de ánimo que aquellas escenas no le impresionaban.

Los fariseos, sin abandonar sus triclinios, fueron presa de pronto de un furor demoníaco, y rompieron los platos que tenían delante. Les habían servido el guiso preferido de Mecenas, de asno salvaje, un alimento inmundo.

Aulio se burló de ellos por la cabeza de asno, a la que —según se decía— rendían honores, y lanzó otros sarcasmos sobre su repulsión hacia la carne de cerdo. Sin duda, dijo, era porque ese animal gordo había matado a su Baco, y ellos amaban demasiado el vino, puesto que en su templo se había descubierto una viña de oro.

Los sacerdotes no comprendían sus palabras. Fincas, de origen galileo, se negó a traducirlas. Ante ello se desbordó la ira de Aulio, más aún porque el asiático, asustado, había desaparecido; y la comida le desagradaba, los manjares eran vulgares y no estaban suficientemente disfrazados. Se calmó al ver rabos de ovejas sirias, que son verdaderos paquetes de grasa.

La índole de los judíos horrorizaba a Vitelio. Su dios podía muy bien ser Moloch —altares dedicados a él había encontrado en el camino—, y recordaba los sacrificios de niños, así como lo que se decía del hombre al que engordaban misteriosamente. A su corazón de latino le desagradaban su intolerancia, su furor iconoclasta, su obstinación brutal. El procónsul quería retirarse, pero Aulio se negó. Con la toga bajada hasta las caderas, yacía detrás de un montón de víveres, demasiado lleno para comerlos, pero empecinado en no dejarlos.

La exaltación de la gente aumentaba. Se entregaban a proyectos de independencia y recordaban la gloria de Israel. Todos los conquistadores habían sido castigados: Antígono, Craso, Varo…

—¡Miserables! —gritó el procónsul, pues entendía el idioma siríaco, y su intérprete solo servía para darle tiempo para responder.

Antipas se apresuró a sacar la medalla del Emperador y, mientras lo observaba tembloroso, la mostró del lado de la imagen.

Las puertas de la tribuna dorada se abrieron de pronto, y al resplandor de los cirios, rodeada por sus esclavas y entre festones de anémonas, apareció Herodías, tocada con una mitra asiria sujeta a la frente con un barboquejo, la cabellera en espirales extendida sobre un peplo escarlata abierto a lo largo de las mangas. Dos monstruos de piedra, semejantes a los del tesoro de los Atridas, se alzaban a los lados de la puerta, haciéndola parecer una Cibeles acompañada por sus leones. Desde lo alto de la balaustrada, que dominaba a Antipas, y con una pátera en la mano, gritó:

—¡Larga vida al César!

Ese homenaje fue repetido por Vitelio, Antipas y los sacerdotes.

Pero del fondo de la sala surgió un murmullo de sorpresa y admiración. Había entrado una joven.

Bajo un velo azulado que le cubría el pecho y la cabeza, se distinguían los arcos de sus cejas, las calcedonias de sus orejas y la blancura de su piel. Le caía sobre los hombros un paño de seda tornasolada, ceñido a la cintura por un cinturón de orfebrería. Sus pantalones negros estaban adornados con mandrágoras, y de manera indolente hacía crujir sus pequeñas pantuflas de plumón de colibrí.

En lo alto del estrado se quitó el velo. Era Herodías tal como había sido en su juventud. Luego, comenzó a danzar.

Sus pies avanzaban uno tras otro al ritmo de la flauta y de un par de crótalos. Sus brazos torneados llamaban a alguien que huía constantemente. Ella lo perseguía, más ligera que una mariposa, como una Psique curiosa, como un alma errante, y parecía a punto de volar.

Los sonidos lúgubres de la gingra reemplazaron a los crótalos. A la esperanza seguía la tristeza. Los movimientos de la joven expresaban suspiros, y toda su figura transmitía tal languidez que no se sabía si lloraba a un dios o moría acariciada por él. Con los ojos entornados, retorcía la cintura, balanceaba el vientre con ondulaciones de ola, hacía vibrar los senos, pero su rostro permanecía inmóvil y sus pies no cesaban.

Vitelio la comparó con Mnester, el pantomimo. Aulio seguía vomitando. El tetrarca se sumía en un ensueño y ya no pensaba en Herodías. Creía verla junto a los saduceos. La visión se alejó.

Pero no era una visión. Herodías había hecho educar lejos de Maqueronte a su hija Salomé, para que el tetrarca la deseara. Y la idea era buena, ahora estaba segura de ello.

Luego vino el arrebato del amor que quiere ser satisfecho. La joven bailó como las sacerdotisas de la India, como las nubias de las cataratas, como las bacantes de Lidia. Se inclinaba hacia todos los lados, como una flor azotada por la tormenta. Los brillantes de sus orejas resplandecían, el paño de su espalda se tornasolaba, y de sus brazos, sus pies y sus ropas brotaban chispas invisibles que inflamaban a los hombres. Sonó un arpa, y la multitud la recibió con aclamaciones. Sin doblar las rodillas, separando las piernas, se encorvó tanto que su mentón rozó el suelo; y los nómadas habituados a la abstinencia, los soldados romanos expertos en orgías, los publicanos avaros, los viejos sacerdotes amargados por las disputas, todos, dilatando las aletas de la nariz, palpitaban de deseo.

Luego giró alrededor de la mesa de Antipas, frenéticamente, como el rombo de las hechiceras, y con una voz entrecortada por sollozos de voluptuosidad, él le decía:

—¡Ven, ven!

Ella seguía girando, los tímpanos sonaban hasta casi estallar, la multitud aullaba. Pero el tetrarca gritaba con más fuerza:

—¡Ven! ¡Ven! ¡Cafarnaúm será tuya! ¡Y también la llanura de Tiberíades! ¡Y mis ciudadelas! ¡La mitad de mi reino!

Ella se puso boca abajo, apoyada en las manos y con los pies en el aire, y así recorrió el estrado como un gran escarabajo. De pronto se detuvo.

Su nuca y sus vértebras formaban un ángulo recto. Las telas de colores que le envolvían las piernas le pasaban por encima del hombro como arcos iris y llegaban hasta su rostro, a un codo del suelo. Tenía los labios pintados, las cejas muy negras, los ojos casi terribles, y las gotitas de sudor en su frente parecían rocío sobre mármol blanco.

Ella no hablaba. Se miraban.

En la tribuna sonó un chasquido de dedos. La joven subió a ella, reapareció, y ceceando un poco, pronunció en tono infantil estas palabras:

—Quiero que me des en una bandeja la cabeza de…

Había olvidado el nombre, pero añadió sonriendo:

—¡La cabeza de Iaokanann!

El tetrarca se desplomó, abatido.

Estaba obligado por su palabra, y el pueblo lo esperaba. Pero la muerte que le habían predicho, si se aplicaba a otro, tal vez evitaría la suya. Si Iaokanann era verdaderamente Elías, podría eludirla; si no lo era, el crimen no tenía importancia.

Mannaei estaba a su lado y comprendió su intención.

Vitelio lo llamó para comunicarle la contraseña de los centinelas que custodiaban el foso.

Aquello era un alivio. ¡Un minuto después todo habría terminado!

Pero Mannaei no se apresuró a cumplir su tarea.

Volvió, pero muy agitado.

Desde hacía cuarenta años ejercía como verdugo. Había sido él quien ahogó a Aristóbulo, estranguló a Alejandro, quemó vivo a Matatías y decapitó a Zósimo, Pappo, José y Antípater, ¡pero no se atrevía a matar a Iaokanann! Le castañeteaban los dientes y le temblaba todo el cuerpo.

Había visto frente al foso al Gran Ángel de los samaritanos, completamente cubierto de ojos y blandiendo una espada inmensa, roja y dentada como una llama. Dos soldados llevados como testigos podían confirmarlo.

Los soldados, sin embargo, no habían visto nada, salvo a un capitán judío que se les lanzó encima y que ya estaba muerto.

El furor de Herodías se desbordó en un torrente de injurias populares y crueles. Se rompió las uñas en la reja de la tribuna, y los dos leones esculpidos parecían morderle los hombros y rugir con ella.

Antipas la imitó, y los sacerdotes, los soldados, los fariseos, todos reclamaban venganza, mientras los demás se indignaban por la demora de un placer. Mannaei salió, cubriéndose el rostro.

A los invitados les pareció que pasaba más tiempo que la primera vez y comenzaban a aburrirse.

De pronto, resonó en los corredores un ruido de pasos. El malestar se hacía insoportable.

La cabeza llegó, y Mannaei la traía por el cabello en alto, orgulloso por los aplausos.

La colocó en una bandeja y la presentó a Salomé.

La joven subió rápidamente a la tribuna. Muchos minutos después, la cabeza fue traída nuevamente por la anciana que el tetrarca había visto por la mañana en la azotea de una casa, y luego en la habitación de Herodías.

Antipas retrocedió para no verla. Vitelio le lanzó una mirada indiferente.

Mannaei bajó del estrado, la mostró a los capitanes romanos y luego a todos los que comían de ese lado.

La examinaron.

La hoja afilada del instrumento, al deslizarse de arriba abajo, había cortado ligeramente la mandíbula. Una convulsión estiraba las comisuras de la boca. Sangre, ya coagulada, manchaba la barba. Los párpados cerrados estaban pálidos como conchas. Y los candelabros de alrededor la iluminaban.

La cabeza llegó a la mesa de los sacerdotes. Un fariseo la volteó con curiosidad, y Mannaei, tras volver a ponerla en posición, la colocó delante de Aulio, que despertó. Por la apertura de los párpados, las pupilas muertas y apagadas parecieron comunicarse algo, y corrieron lágrimas. Luego Mannaei se la presentó a Antipas, y por las mejillas del tetrarca…

Las antorchas se apagaron. Los invitados se marcharon, y en la sala solo quedó Antipas, con las manos pegadas a las sienes, contemplando la cabeza cercenada, mientras Fanuel, de pie en medio de la gran nave, murmuraba oraciones con los brazos abiertos.

En el momento en que salía el sol, dos hombres enviados tiempo atrás por Iaokanann se presentaron con la respuesta tan esperada.

La entregaron a Fanuel, que quedó embelesado. Luego les mostró el objeto lúgubre depositado en la bandeja: los restos del festín. Uno de los hombres le dijo:

—¡Consuélate! ¡Ha descendido entre los muertos para anunciar a Cristo!

El esenio comprendió entonces las palabras: "Para que él crezca, yo tengo que empequeñecerme".

Y los tres tomaron la cabeza de Iaokanann y se fueron por el camino hacia Galilea.

Como pesaba mucho, se la turnaban para llevarla.

DESPUÉS DE ABUSAR DE LA MUJER DE UN HIDALGO

Por *MARGARITA DE NAVARRA* [5]

—Señoras —dijo Saffredant—, dado que me siento envidiado compañero de fortuna de aquel cuya historia quiero contarles, diré que, en la ciudad de Nápoles, en tiempos del rey Alfonso, cuya lascivia era el espectáculo de su reinado, vivía un caballero tan honrado, apuesto y agradable que, por sus cualidades, un anciano le dio en matrimonio a su hija, quien no desmerecía en nada de su esposo por su belleza y virtudes. El cariño entre ambos era grande, hasta que un día de carnaval, el rey, disfrazado, visitó varias casas, y todos procuraban brindarle la mejor acogida posible. Al llegar a la del caballero, fue aún mejor recibido que en cualquier otro lugar, tanto por los manjares como por la música, y disfrutó de la compañía de la mujer más bella que hubiera visto jamás. Al final del festejo, ella cantó junto a su esposo una canción con tanta gracia, que su hermosura se realzó aún más.

El rey, viendo tantas perfecciones reunidas en un solo cuerpo, no encontró placer en el dulce acuerdo que existía entre los esposos, sino que comenzó a maquinar cómo romperlo. Lo difícil era el gran cariño que existía entre ambos. Por ello, ocultó su deseo lo mejor que pudo. Pero, alimentando en secreto su pasión, organizó fiestas para todos los nobles de Nápoles, en las que no faltaban el caballero y su esposa. Y como uno suele creer lo que desea, al rey le pareció que la dama le correspondía, aunque la presencia del marido era un estorbo. Para probar su suposición, envió al esposo a Roma con una comisión de quince o veinte días.

Apenas se hubo ido, la esposa, que jamás se había separado de él, mostró gran tristeza, que fue consolada por el rey con atenciones, regalos y palabras dulces, al punto que no solo se sintió mejor, sino incluso alegre de la ausencia de su esposo. Y antes de que transcurrieran las tres

---

[5] Nacida el 11 de abril de 1492 en Angulema y fallecida el 21 de diciembre de 1549 en Odós, fue escritora, mecenas y hermana del rey Francisco I de Francia. Figura destacada del Renacimiento, su obra más importante es El Heptamerón, una colección de cuentos de corte humanista que combinan sátira, erotismo, religiosidad y crítica social.

semanas, estaba tan enamorada del rey, que lamentaba más el regreso del marido que su partida.

Y, no queriendo perder el favor real, acordaron que cuando su esposo fuera a sus tierras, ella avisaría al rey, quien acudiría en secreto, de modo que el caballero —a quien ella temía más que a su propia conciencia— no se sintiera ofendido. En esta esperanza vivía contenta. Y cuando su esposo regresó, lo recibió con tanto afecto, que aunque él había oído rumores del interés del rey, no pudo creerlos.

Con el tiempo, sin embargo, esta pasión, difícil de ocultar, empezó a notarse, y pronto el esposo sospechó la verdad. Aunque la confirmó, decidió disimular, temiendo que quien lo ofendía no se contentara con solo herirlo. Prefirió vivir enojado que arriesgar su vida por una mujer que ya no lo amaba.

Sin embargo, planeó vengarse del rey, si se le presentaba la ocasión. Y sabiendo que el amor suele tocar a los corazones grandes y nobles, un día se atrevió a decirle a la reina:

—Señora, me apena ver que no reciben de su esposo el cariño que merecen.

La reina, que ya sospechaba de la relación entre el rey y la esposa del caballero, respondió:

—No puedo tener el honor y el placer al mismo tiempo. Sé bien que tengo el honor, y en eso hallo mi satisfacción. En cambio, la que tiene el placer, no goza del honor que yo tengo.

Él, entendiendo bien a quién se referían sus palabras, dijo:

—Señora, el honor nació con usted, y ni siendo reina ni emperatriz podría aumentarse su nobleza. Pero su belleza, su gracia y su virtud son tan valiosas, que quien le arrebate lo que por derecho le pertenece, comete mayor agravio que usted; porque por una gloria que se convierte en vergüenza, pierde todo placer que usted o cualquier otra dama pudiera haber tenido. Y puedo decirle, señora, que si el rey no llevara corona, no tendría ventaja alguna sobre mí para agradar a una mujer; y estoy seguro de que, para complacer a alguien tan honorable como usted, él bien quisiera cambiar su complexión por la mía.

La reina, sonriendo, respondió:

—Aunque el rey tenga una complexión más delicada que usted, el amor que le tengo me satisface tanto que lo prefiero a cualquier otro.

El caballero replicó:

—Señora, si así fuera, no me tendrían compasión, porque sé cuánto placer daría a su corazón un amor sincero, si lo encontrara en el rey. Pero

Dios la ha protegido, de modo que, al no hallar en él lo que desea, no lo convierta en un dios sobre la tierra.

—Confieso —dijo la reina— que el amor que siento por él es tan grande que no cabe en ningún otro corazón que no sea el mío.

—Perdóneme, señora —contestó el caballero—, pero usted no ha explorado todos los corazones, y puedo asegurarle que hay quien la ama con igual intensidad, con una pasión tan verdadera e insoportable, que no desmerecería frente a la suya; y tanto más crece ese amor al ver el que usted le dedica al rey. Si usted quisiera, bien podría ser compensada por todas sus pérdidas.

La reina, conmovida por sus palabras y por su actitud, comenzó a entender que aquellas declaraciones venían del corazón. Recordó entonces cómo él, desde hacía tiempo, procuraba estar a su servicio, y comprendió que su aflicción no era por su esposa, sino por amor a ella. Y así, la fuerza de un amor verdadero le reveló lo que estaba oculto para todos. Observó que el caballero era mucho más atractivo que su esposo y que estaba tan descuidado por su esposa como ella por el rey. Entonces, presa del despecho, de los celos y de la inclinación, exclamó suspirando, con lágrimas en los ojos:

—¡Dios mío! ¡Tiene que ser la venganza la que consiga de mí lo que ningún amor logró!

El caballero, entendiendo el sentido de sus palabras, respondió:

—Señora, la venganza es dulce cuando, en lugar de causar la muerte al enemigo, da vida al verdadero amigo. Creo que es momento de que la verdad le haga renunciar al falso amor que siente por quien no la ama, y que un amor justo y razonable expulse el temor, que nunca debe tener lugar en un corazón noble y virtuoso. Dejemos a un lado nuestras circunstancias, señora, y reconozcamos que hemos sido burlados y traicionados por quienes más amábamos. Tomemos revancha, no solo por justicia, sino por amor, que por mi parte ya no puedo soportar sin morir. Y si su corazón no es más duro que una piedra o un diamante, no podrá evitar sentir al menos una chispa del fuego que me consume. Y si no se compadece de mí, que muero por usted, al menos por usted misma debería dolerse, al ver que, siendo tan digna y merecedora de los corazones de todos los hombres honestos del mundo, es despreciada y abandonada por aquel por quien desdeñó a todos los demás.

La reina, al oír estas palabras, quedó tan alterada que, temiendo mostrar su turbación, se apoyó en el brazo del caballero y salió con él a un jardín cercano. Pasearon largo rato sin decir palabra. Pero al llegar al final del sendero, donde nadie los veía, el caballero declaró el amor que por tanto tiempo había guardado, y, aceptándolo ella, disfrutaron de la venganza que dio origen a su pasión.

Allí acordaron que, cuando él se dirigiera a sus tierras y el rey a la ciudad, él volvería para encontrarse con la reina. De este modo, engañando a los engañadores, se divertían cuatro con un placer que solo dos pretendían disfrutar.

Hecho el pacto, ella regresó a su habitación y él a su casa, ambos tan felices que olvidaron todas sus penas. Y del temor que sentían por los encuentros entre el rey y la dama, pasó a ser deseo. El caballero iba cada vez más seguido a su finca, que no distaba más de media legua. El rey, al saberlo, aprovechaba para visitar a la dama, mientras que el caballero, llegada la noche, iba al castillo a representar al rey junto a la reina, tan discretamente que nadie se percató.

Así vivieron largo tiempo. Pero el rey, siendo personaje público, no podía ocultar su amor tanto como deseaba. La gente del lugar se burlaba de él haciendo cuernos a sus espaldas, lo cual él advertía, pero tanto le agradaba esa burla que llegó a valorar los cuernos tanto como la corona.

Un día, al ver una cabeza de ciervo colgada en casa del caballero, el rey no pudo evitar reír y dijo que era un adorno muy apropiado. El caballero, que no tenía mejor corazón que el rey, escribió bajo la cabeza:

"Io porto le corna, ci ascun lo vede; ma talle porta chi no lo crede".

Cuando el rey volvió, vio la inscripción y preguntó su significado. El caballero respondió:

—Si el secreto del rey está oculto al ciervo, no hay razón para que el del ciervo lo conozca el rey. Pero basta con saber que no todos los que llevan cuernos van sin sombrero, y hay algunos tan ligeros que no molestan a nadie, y otros que los llevan tan a gusto que no les importa tenerlos.

El rey comprendió que el caballero sabía algo de su asunto, pero nunca sospechó la relación entre él y la reina, lo cual hacía aún más feliz a esta, quien fingía tristeza cuanto más contenta estaba.

Y así vivieron mucho tiempo, amándose y acompañándose, hasta que la vejez vino a poner fin a todo aquello.

HABIÉNDOSE ACOSTADO CON SU MUJER

En el condado de Allez vivía un hombre llamado Bornet, casado con una mujer honrada y de buena reputación, cuya virtud valoraba en gran estima, como espero que lo hagan todos los esposos aquí presentes respecto a sus esposas. Pretendía que su mujer le fuera fiel, pero no creía que la ley debiera ser la misma para ambos, y se enamoró de la doncella de su casa, sin temer otra cosa que el rechazo de ella.

Tenía este hombre un vecino con quien lo unía una amistad tan estrecha que ya lo habían compartido todo, menos a la esposa. El vecino se llamaba Sandras y era costurero y sillero. Por la confianza que les unía, Bornet le confió sus intenciones con la doncella, a lo que Sandras respondió con entusiasmo, incluso ofreciéndose a ayudar, con la esperanza de participar luego en la aventura.

La doncella, agobiada y sin fuerzas para resistir más, decidió contárselo a su señora, suplicándole que le permitiera regresar con sus padres, pues ya no soportaba la situación. La señora, que amaba a su esposo y ya tenía sospechas, se alegró de esta oportunidad para tomar la iniciativa y dijo a la doncella:

—Escucha, amiga mía, ve ganándote poco a poco la confianza de mi esposo. Hazle creer que accederás a acostarte con él en mi vestidor, pero asegúrate de avisarme la noche que tenga pensado venir. Eso sí, no se lo cuentes a nadie.

La doncella hizo tal como se le indicó y el marido, encantado, fue a contárselo a su amigo, quien le recordó su promesa de compartir. Bornet la ratificó, y llegado el momento, se dirigió al encuentro nocturno con la supuesta doncella. Pero su esposa, que había preferido el placer de salvar su honra a ejercer autoridad, ocupó el lugar de la joven y se comportó con él como si fuera una muchacha inexperta. Fingió tan bien que su marido no notó la diferencia. No sabría decir quién estaba más satisfecho: si él, creyendo haber engañado a su esposa, o ella, por haber engañado a su marido.

Luego de estar con ella, él salió y fue a ver a su amigo, más joven y vigoroso, para contarle que había estado con la mejor mujer que jamás había conocido.

—¿Recuerdas lo que me prometiste? —le dijo Sandras.

—Ve rápido —le contestó Bornet—, no vaya a ser que se levante o que mi esposa lo descubra.

Sandras fue, y encontró a la misma mujer que el marido no había reconocido. Ella, creyendo que era su esposo regresando, no lo rechazó. Él, para no ser descubierto, prefirió guardar silencio. Permaneció con ella más tiempo que el marido, y la mujer se sorprendía, pues no estaba acostumbrada a noches como aquella. Sin embargo, tuvo paciencia, pensando en la escena que haría al día siguiente y en la burla de la que su esposo sería víctima.

Al amanecer, el amigo se levantó y, jugueteando, le quitó un anillo del dedo, el mismo que su esposo le había dado el día de la boda. Aquel anillo, en esa región, tenía un significado simbólico profundo: las mujeres que lo conservaban eran consideradas honorables hasta la muerte, pero si lo perdían, eran vistas como infieles. Ella se alegró de que lo llevara, pues sería una prueba segura del engaño que su esposo había sufrido.

Cuando Sandras volvió a encontrarse con Bornet, este le preguntó:

—¿Y bien?

—Opino igual que tú —respondió su amigo—. Si no hubiera temido que amaneciera, me habría quedado más tiempo.

Ambos se retiraron a descansar. Pero al día siguiente, cuando Bornet se levantó, notó que su amigo llevaba un anillo idéntico al que él había dado a su esposa como símbolo matrimonial. Le preguntó de dónde lo había sacado, y Sandras le dijo que se lo había quitado a la doncella durante la noche. Bornet quedó atónito y empezó a golpearse la cabeza contra la pared, exclamando:

—¡Dios mío! ¿Me habré puesto los cuernos yo mismo sin que mi esposa sepa nada?

Sandras, intentando calmarlo, le sugirió:

—Quizás tu esposa le dio el anillo a la doncella anoche.

Desesperado, el marido corrió a su casa y encontró a su esposa más radiante y alegre que de costumbre, contenta de haber defendido el honor de su criada y de haber puesto en evidencia a su esposo sin haber perdido nada más que el sueño de una noche. Bornet pensó:

—Si supiera lo que pasó, no estaría tan feliz.

Mientras conversaban de diversos temas, le tomó la mano y notó que no llevaba el anillo. Entonces, con voz temblorosa, le preguntó:

—¿Qué hiciste con el anillo?

Ella, feliz de que él sacara el tema, respondió:

—¡Oh, el más vil de todos los hombres! ¿A quién crees que se lo quitaste? Pensaste que era a mi doncella, por quien has malgastado más de lo que has gastado en mí. La primera vez que viniste, te noté tan obsesionado con ella que era imposible creer otra cosa. Pero cuando regresaste por segunda vez, parecías un poseso, sin orden ni medida. ¡Desgraciado! Pensá en la ceguera que te llevó a alabar mi cuerpo, mis formas, de las cuales solo tú has gozado durante tanto tiempo sin expresar aprecio alguno. No era la belleza de la doncella lo que te hizo sentir tanto placer, sino la lujuria que te consume y que distorsiona tus sentidos, al punto de que por desearla tanto confundiste una cabra con una joven hermosa. Ya es hora, esposo mío, de que te corrijas y te conformes conmigo, que soy tu legítima esposa, una mujer honrada. Lo que hice fue solo para evitar que cayeras en desgracia, para que en la vejez vivamos con paz y conciencia tranquila. Si sigues con tu vida de antes, prefiero separarme de ti que ser testigo diario de la ruina de tu alma, tu cuerpo y tus bienes. Pero si te decides a cambiar y vivir según Dios manda, olvidaré tus faltas pasadas como espero que Él perdone mi ingratitud por no amarlo como debería.

El pobre hombre quedó confundido y desmoralizado al ver que su mujer, tan bella, casta y honesta, había sido ultrajada por él mismo, sin saberlo ella, y que había compartido con otro un placer que solo a él le correspondía. Se sintió un cornudo, burlado para siempre. Sin embargo, viendo a su esposa sinceramente herida por el amor que le profesaba a su criada, se guardó de contarle lo sucedido y le pidió perdón, prometiendo cambiar de vida. Le devolvió su anillo, que había recuperado de su amigo.

Pero como todo lo que se dice en secreto termina por saberse, la verdad salió a la luz, y desde entonces lo llamaban cornudo, aunque sin deshonra para su esposa.

EL CLÉRIGO INCESTUOSO

El conde Carlos de Angulema, padre del rey Francisco, primero de este nombre, príncipe fiel y temeroso de Dios, se encontraba en Cognac cuando alguien le contó que, en una aldea cercana llamada Chevres, vivía una joven virgen de conducta tan austera que causaba admiración. Sin embargo, a pesar de su reputación, la muchacha apareció embarazada. No trató de ocultarlo; al contrario, afirmaba ante todos que nunca había conocido varón y que no sabía cómo había ocurrido, salvo que fuera obra del Espíritu Santo. El pueblo lo creyó con facilidad, y la consideraban una segunda Virgen María, ya que desde niña había demostrado gran sensatez y jamás dio muestra de frivolidad alguna.

No solo cumplía con los ayunos establecidos por la Iglesia, sino que además, por devoción, ayunaba varios días a la semana, y nunca se perdía un servicio religioso. Su vida era tan ejemplar que la gente acudía a verla como si se tratara de un milagro, y se sentían bendecidos solo con tocar su ropa.

El párroco del pueblo era su hermano, un hombre ya mayor y de vida muy estricta, apreciado por sus feligreses y considerado un santo. Era tan riguroso en sus ideas que mandó encerrar a su hermana, lo cual disgustó al pueblo. El escándalo fue creciendo hasta que, como ya dije, llegó a oídos del conde.

Al darse cuenta del engaño que envolvía a todos, quiso descubrir la verdad. Envió entonces a un oidor y a un limosnero —ambos hombres respetables— para investigar el caso. Estos llegaron al pueblo y, tras indagar discretamente, se dirigieron al cura, quien ya estaba cansado del asunto y les pidió que asistieran a la verificación que planeaba hacer al día siguiente.

A la mañana siguiente, el cura celebró misa, a la cual asistió su hermana, siempre de rodillas y con el vientre abultado. Al finalizar la misa, el sacerdote tomó el Cuerpo de Cristo y, en presencia de todos los asistentes, se dirigió a su hermana:

—¡Desdichada de ti! Aquí está Aquel que sufrió muerte y pasión por ti, y ante Él te pregunto: ¿es cierto que eres virgen, como siempre me has asegurado?

Ella, audaz y sin miedo, respondió afirmativamente.

—¿Y cómo puedes estar embarazada si eres virgen?

—No puedo dar otra explicación —respondió ella— que no sea la obra y gracia del Espíritu Santo, quien ha obrado en mí según su voluntad. Pero no puedo negar el don que Dios me ha concedido al conservarme virgen, ya que jamás he tenido deseo de casarme.

Entonces su hermano le dijo:

—Aquí te entrego el cuerpo precioso de Jesucristo, del cual recibirás condenación si no es cierto lo que afirmas, y serán testigos estos señores presentes, enviados por el señor conde.

La muchacha, que apenas tenía trece años, hizo el siguiente juramento:

—Acepto el cuerpo de Nuestro Señor aquí presente, y que Él me condene ante estos señores y ante vos, mi hermano, si algún hombre que no fueras tú me hubiera tocado.

El oidor y el limosnero se marcharon confundidos, convencidos de que con un juramento así no podía haber engaño, y reportaron al conde lo sucedido, queriendo persuadirlo de que creyeran lo mismo que ellos. Pero el conde, hombre sabio, les hizo repetir las palabras del juramento y, después de reflexionarlas cuidadosamente, respondió:

—Ella ha dicho que ningún hombre que no fuera su hermano la ha tocado. Estoy convencido de que ha sido su hermano quien la dejó embarazada y que juntos han inventado este gran fraude para cubrir su pecado. Nosotros, que creemos que Cristo ya ha venido, no debemos esperar a otro. Vuelvan allá, arresten al cura y verán cómo confesará la verdad.

Se cumplió su orden no sin protestas del pueblo, que consideraba al sacerdote un hombre justo. Pero una vez en prisión, el cura confesó su culpa: cómo había seducido a su hermana y cómo la había instruido sobre lo que debía decir para encubrir la vida que llevaban. No solo se valió de una excusa ligera, sino que había montado un espectáculo piadoso para que la gente creyera en su falsa santidad.

Cuando se le reprochó haberla hecho jurar falsamente sobre el Cuerpo de Cristo, respondió que no había sido tan osado y que le había presentado un pan sin consagrar ni bendecir.

Se informó de todo al conde de Angulema, quien solicitó que la justicia actuara según correspondiera. Se esperó a que la joven diera a luz —parió un hermoso niño— y luego ambos, hermano y hermana, fueron quemados públicamente.

El pueblo quedó atónito al ver que, bajo una apariencia de santidad, se ocultaba un monstruo tan detestable, y que bajo una vida aparentemente piadosa se escondía un pecado tan abominable.

LA VIRGEN Y EL GITANO

Por D. H. Lawrence[6]

I

Cuando la mujer del vicario se fugó con un joven pelagatos, el escándalo no tuvo límites. Sus dos pequeñas hijas tenían solo siete y nueve años respectivamente, y el vicario era un marido tan bondadoso… Cierto que tenía ya el pelo canoso, pero tenía negros los bigotes y era guapo, y todavía rebosaba de pasión furtiva por su encantadora y desenfrenada esposa.

¿Por qué se marchó? ¿Por qué rompió con todo con aquel éclat tan repugnante que parecía un ataque de locura?

Nadie tenía la respuesta. Los devotos se limitaron a decir que era una mala mujer, mientras algunas de entre las buenas mujeres se mantuvieron en silencio. Ellas sabían.

Las dos pequeñas nunca lo supieron. Heridas, decidieron pensar que su madre las encontraba negligentes.

Los malos vientos, que a nadie traen nada bueno, arrastraron a la familia del vicario en su embestida; pero ¡quién lo iba a decir!, el vicario, que en cierto modo había alcanzado renombre como ensayista y polemista, y cuyo caso había suscitando simpatías entre la gente libresca, obtuvo el rectorado de Papplewick. El Señor había atenuado el viento de la desgracia con una dignidad eclesiástica en el norte del país.

La parroquia era una casa de piedra más bien fea, situada al borde del río Papple, justo antes de entrar en la aldea. Estaba situada pasado el puente que cruza el río, allí donde están las viejas fábricas de algodón que, un tiempo atrás, funcionaban gracias al agua. Pasadas estas, el camino se curvaba hacia arriba en la colina, hasta llegar a las desoladas calles de piedra del pueblo.

---

[6]D. H. Lawrence nació en Eastwood, Inglaterra, el 11 de septiembre de 1885 y murió en Vence, Francia, el 2 de marzo de 1930. Fue novelista, poeta y ensayista. Sus obras más conocidas como El amante de Lady Chatterley, Hijos y amantes y La virgen y el gitano exploran la tensión entre instinto, sexualidad y represión social en el mundo moderno.

La familia del vicario sufrió sustanciales modificaciones al instalarse en su nuevo destino. El vicario, ahora párroco, llevó con ellos a su anciana madre y también a su hermana y a un hermano que estaba en la ciudad. Las dos pequeñas se vieron enseguida en un medio muy diferente al del viejo hogar.

El párroco contaba por entonces cuarenta y siete años. Había mostrado un dolor intenso y poco decoroso al ser abandonado por su esposa. Unas comprensivas damas le habían apartado del suicidio. Su pelo era casi blanco y tenía una mirada trágica y perdida. Bastaba mirarle para comprender lo espantoso que había sido todo, y hasta qué punto había sido traicionado.

Sin embargo, se escuchaba en el conjunto una nota falsa; y a algunas de las damas que más profundamente habían simpatizado con el vicario, les desagradaba secretamente el párroco. Había en él una cierta presunción afectada, ahora que todo estaba arreglado.

Las pequeñas, naturalmente, a la manera vaga de los niños, aceptaban el veredicto familiar. La abuela, quien tenía más de setenta años y cuya vista empezaba ya a fallar, se transformó en la figura central de la casa. La tía Cissie, por encima de los cuarenta, pálida, devota y atormentada interiormente por la inquietud, era quien llevaba ahora la casa. El tío Fred, un avaro y descolorido hombre de cuarenta años que vivía mezquinamente para sí mismo, iba todos los días a la ciudad. Y el párroco era, por supuesto, la persona más importante, después de la abuela.

La llamaban Madre. Era una de esas personas de físico vulgar y mente despierta que había logrado que las cosas se hicieran a su manera durante toda su vida, explotando las debilidades de los hombres. No tardó mucho en hacerse cargo de la situación. El párroco todavía amaba a su culpable esposa, y la amaría hasta su muerte. En consecuencia, ¡a callar! Los sentimientos del párroco eran sagrados. En su corazón seguía entronizando a la inmaculada muchacha con la que se había casado y a la que veneraba.

Por esos mundos de Dios, entretanto, vagaba una mujer desvergonzada que había traicionado al párroco y abandonado a sus hijitas. Se había juntado con un despreciable jovenzuelo que sin duda se encargaría de sumirla en la degradación que merecía. Que esto quede claro y no se hable más, pues en la pura elevación del corazón del párroco aún reinaba la pura y blanca flor de las nieves que fuera un día su joven novia. Aquella blanca flor no se marchitaba. Aquella otra criatura, la que huyera con cierto despreciable rapaz, nada tenía que ver con ella.

Madre había vivido un tanto disminuida, como una viuda en una pequeña casa, pero ahora se apoltronaba en la butaca principal de la parroquia, y de nuevo dictaba sus leyes con firmeza. Nadie iba ya a destronarla. Astutamente, brindaba un pequeño homenaje a la fidelidad del rector para con la pura y blanca flor de las nieves, mientras fingía desaprobarla. Con taimada reverencia hacia el gran amor de su hijo, no decía ni una palabra en contra de aquella ortiga que daba sus flores en el mundo de los perversos y que un día se llamara señora de Arthur Saywell. Ahora, gracias a Dios, habiéndose casado de nuevo, no sería nunca más la señora de Arthur Saywell. Ninguna mujer llevaba el nombre del párroco. La pura y blanca flor de las nieves florecería in perpetuum sin nomenclatura. La familia se refería a ella como "aquella que fue Cynthia".

Toda agua era buena para el molino de Madre. Se aseguraba de que Arthur no volviera a casarse. Le tenía apresado por la mayor de sus debilidades: el amor a sí mismo. Se había desposado con una imperecedera y blanca flor de las nieves (¡Un hombre afortunado!); le habían herido (¡Ah, desdichado!); había sufrido (¡Ah, qué corazón tan repleto de amor!). ¡Y él la había perdonado! Sí, la blanca flor de las nieves había sido perdonada. Había llegado incluso a incluir en su testamento una cláusula en favor de ella, cuando aquel bribón… Pero silencio. No se piense siquiera en aquella horrible ortiga del fétido mundo exterior. "Aquella que fue Cynthia". Déjese a la blanca flor de las nieves inaccesible en las alturas del pasado. El presente es otra cosa.

Las niñas se educaron en aquella atmósfera de artera y autocomplaciente santificación y temas tabúes. También ellas veían a la flor de las nieves en las alturas inaccesibles. Las dos sabían que estaba en un trono esplendoroso y solitario, muy por encima de sus vidas, e intocable.

Al mismo tiempo, procedente del escuálido mundo, llegaba a veces un rancio y perverso hedor a egoísmo y degradada lujuria, el olor a aquella repugnante ortiga, a "aquella que fue Cynthia". Aquella ortiga se las arreglaba para hacer llegar, a intervalos, alguna pequeña nota a aquellas niñas, sus hijas. En esos casos, Madre, de cabellos plateados, temblaba por dentro dominada por el odio, pues si "aquella que fue Cynthia" llegaba a retornar, poco quedaría de Madre en la casa. Un secreto ímpetu de odio iba de la abuela a las nietas, hijas de aquella sucia ortiga lujuriosa, aquella Cynthia que tan afectuoso desdén sentía por Madre.

Mezclado con todo esto estaba el nítido recuerdo de las pequeñas de su antiguo hogar, la vicaría situada en el sur, y también de la madre elegante y esplendorosa, aunque no demasiado digna de confianza. Había provocado un enorme resplandor, un flujo de vida, como un veloz y peligroso sol que entrara y saliera siempre de la casa. Siempre asociaron su presencia con el brillo, aunque también con el peligro; con el encanto, pero también con el egoísmo.

Ahora el encanto se había disipado, y la blanca flor de las nieves, como una corona de porcelana, se congelaba dentro de su tumba. El peligro de la inestabilidad, su particularmente peligroso tipo de egoísmo, como los leones y los tigres, también había desaparecido. Reinaba ahora una completa estabilidad, en la que era posible morir en paz.

Pero las chicas crecían; y al hacerlo se iban tornando más definidamente confusas, más activamente perplejas. Madre, con la vejez, se estaba quedando ciega. Necesitaba que la guiasen por la casa. No se levantaba hasta eso del mediodía, pero, ciega y atada a su cama, seguía gobernando la casa.

Por otra parte, no estaba del todo atada a la cama. Siempre que los hombres estaban presentes, Madre ocupaba su trono. Era demasiado astuta para correr el riesgo de que se la descuidara, en especial porque no le faltaban rivales.

Su rival más importante era la más pequeña de las niñas, Yvette. Yvette tenía algo de la alegría vaga y despreocupada de "aquella que fue Cynthia", aunque era un poco más dócil. ¡Tal vez la abuelita la hubiera cogido a tiempo! ¡Tal vez!

El párroco adoraba a Yvette y la malcriaba con su desmesurado afecto hasta el punto de decirse: ¿acaso no soy un viejo blando e indulgente? Le gustaba tener aquella opinión de sí mismo, y Madre conocía al dedillo sus debilidades. Las conocía bien, y se apoyaba en ellas convirtiéndolas en adornos de su persona y su carácter. Él deseaba poseer una personalidad cautivadora, al igual que las mujeres desean poseer vestidos fascinadores, y Madre, astutamente, colocaba marcas de belleza sobre sus deficiencias y defectos. Su amor maternal le permitía hallar las claves de sus debilidades, y se las escondía con adornos. En cambio, "aquella que fue Cynthia"… Pero no la nombremos aquí. A sus ojos, el rector era casi un jorobado idiota.

Lo más gracioso era que la abuela odiaba secretamente a Lucille, la mayor de las niñas, aún más que a la mimada Yvette. Lucille, la difícil e irritable, era más consciente de hallarse bajo el poder de Madre que la borrosa y consentida Yvette.

Por otra parte, la tía Cissie odiaba a Yvette. Odiaba hasta su mismo nombre. Había sacrificado su vida por Madre, y esta lo sabía. Con los años se convirtió en un hecho aceptado. El sacrificio de Cissie era algo aceptado por todo el mundo, incluida la propia Cissie. Rezaba mucho por ello, lo que también prueba que la pobre criatura conservaba todavía sentimientos propios en algún rincón de su ser. Había dejado de ser ella misma; había perdido su vida y su sexo. Y ahora que se encaminaba ya hacia los cincuenta, asomaban a sus ojos unos extraños y verdes destellos de ira; en esos momentos actuaba como si estuviese loca.

Pero Madre la mantenía a raya. El único propósito en la vida de tía Cissie era cuidar de su madre.

Algunas veces, los verdes relámpagos demoníacos de tía Cissie se dirigían contra todo lo que era joven. La pobre rogaba tratando de que el cielo la perdonara, pero no podía olvidar lo que le habían hecho, y entonces sus venas se llenaban de veneno.

Madre parecía ser un alma cálida y afectuosa. Pero no lo era. Solo lo aparentaba con astucia. Aquel hecho fue imponiéndose a las niñas de forma gradual. Bajo su anticuada toca de encaje, de su pelo plateado, bajo las negras ropas de seda que cubrían su cuerpo fornido y su abultado pecho, aquella vieja ocultaba un corazón malicioso, siempre al acecho de su femenino poder. A través de la debilidad de los hijos mustios y pasivos que había engendrado, mantenía su poder mientras sus años transcurrían, de los setenta a los ochenta y de los ochenta hacia la nueva etapa de los noventa.

En la familia existía una vieja tradición de lealtad: lealtad entre los hijos y, especialmente, de todos ellos hacia Madre. Madre era, por supuesto, el eje de la familia. La familia era una prolongación de su propio ego. Por supuesto, ella lo cubría todo con su poder. Sus hijos e hijas, siendo débiles y poco coherentes, eran, naturalmente, leales. Fuera de la familia, ¿qué podían esperar ellos sino peligros, insultos e ignominia? ¿No lo había comprobado ya el párroco en su matrimonio? Así que ahora, ¡cuidado! ¡Cuidado y lealtad al enfrentarse al mundo! Odio y fricciones dentro de la familia, tantas como se quiera; y para el mundo exterior, una tenaz muralla de voces al unísono.

II

No fue hasta terminar el colegio y volver definitivamente a casa que las dos chicas sintieron todo el peso de la vieja mano muerta de la abuela sobre sus vidas. Lucille rayaba los veintiún años, e Yvette tenía diecinueve. Habían asistido a un buen colegio para niñas y pasado su último año en Lausana, de modo que el resultado de todo aquello era el normal: dos jovencitas altas de rostros frescos y sensibles, con el pelo abombado y de gestos desenvueltos, incluso algo masculinos.

—Lo asquerosamente aburrido de Papplewick —dijo Yvette a su hermana cuando ambas estaban en el barco del Canal, observando los grises acantilados de Dover que se dibujaban enfrente suyo— es que no hay hombres en los alrededores. ¿Por qué no tendrá papá por amigos a muchachos divertidos? Y en cuanto a tío Fred… ¡es el colmo!

—Oh, nunca puede saberse qué va a ocurrir —repuso Lucille, más filósofa.

—Sabes perfectamente qué podemos esperar —exclamó Yvette—. Los domingos, el coro. Y detesto los coros mixtos. Las voces de los chicos son adorables, cuando no hay por allí ninguna voz de mujer. Y luego la Escuela Dominical y el Círculo de Chicas y las visitas, todas las queridas y viejas almas que quieren saber cómo está la abuela. Ni un solo hombre decente en muchas millas.

—Oh, no lo sé —dijo Lucille—. Siempre se puede contar con los Framley. Y ya sabes que Gerry Somercotes te adora.

—¡Es que yo detesto a los muchachos que me adoran! —exclamó Yvette, levantando su delicada nariz—. Me aburren. Siempre rondándole a una.

—Entonces ¿qué es lo que quieres, si no soportas que te adoren? A mí me parece que es magnífico eso de que la adoren a una. Sabes que nunca te casarás con ellos, así que ¿por qué no dejarles que te adoren si eso les divierte?

—Ah, pero yo sí quiero casarme.

—Pues en ese caso deja que sigan adorándote hasta que encuentres a uno con quien puedas casarte.

—No, nunca lo haría de esa manera. Nada me desanima tanto como un joven adorador. ¡Cómo me aburren! Me hacen sentirme asquerosa.

—Lo mismo me sucede a mí si se ponen insistentes. Pero mantenidos a raya son bastante agradables.

—Lo que me gustaría es enamorarme, perdidamente.

—¡Oh, no me digas! A mí no. Lo odiaría; y probablemente tú también, si llegara a ocurrir. Después de todo, deberíamos calmarnos antes de averiguar qué es lo que en realidad deseamos.

—¿Acaso no odias volver a Papplewick? —exclamó Yvette, levantando su juvenil y delicada nariz.

—No, no especialmente. Supongo que nos aburriremos un poco. Me gustaría que papá se comprase un coche. Tendremos que recurrir de nuevo a las bicicletas. ¿No te gustaría subir hasta Tansy Moor?

—Oh, claro. Me encantaría hacerlo, aunque habrá que pedalear horriblemente para empujar esos viejos cacharros por aquellas colinas.

El barco se acercaba a los grises acantilados. Era verano, aunque no lucía el sol. Las dos muchachas llevaban los cuellos de piel de sus abrigos vueltos hacia arriba, y unos sombreritos muy chic enfundados hasta las orejas. Altas, esbeltas, con el rostro limpio, ingenuas aunque confiadas, casi demasiado, en su apariencia de arrogantes estudiantes, ambas eran tremendamente inglesas. Parecían tan libres y se hallaban en realidad tan enredadas y paralizadas interiormente. Se las veía tan arrojadas y libres de prejuicios, siendo en realidad tan convencionales, tanto que vivían hacia dentro, cerrando las puertas de su intimidad. Parecían dos nuevas intrépidas deslizándose fuera del puerto, rumbo a los amplios mares de la vida, cuando de hecho no eran sino dos pobres vidas juveniles y sin timón, moviéndose de un anclaje a otro.

Se les heló el corazón en cuanto entraron en la parroquia. Parecía fea, sórdida casi, con el aire estancado de esa degenerada comodidad de clase media que ha dejado de ser confortable, volviéndose sucia y sofocante. La sólida casa de piedra pareció sucia a las chicas, aunque no habrían podido decir por qué. El raído mobiliario parecía de alguna manera sórdido. Nada era nuevo. Incluso la comida tenía ese miserable aspecto que resulta tan repulsivo al joven inglés que vuelve del extranjero: rosbif con coles frescas, cordero frío con puré de patata, pepinillos rancios, pudins inexcusables…

La abuela, a quien encantaba "un poquito de cerdo", tenía sus platos especiales a base de extracto de carne, roscas y algún pastelillo salado. La macilenta tía Cissie no comía nada. Se sentaba a la mesa y ponía en su plato una solitaria y desnuda patata hervida. Nunca comía carne. Permanecía horriblemente quieta durante toda la comida, mientras la abuela sorbía rápidamente su ración, contenta si conseguía no derramar nada sobre su protuberante estómago. La comida nunca era apetitosa: ¿cómo iba a serlo si tía Cissie odiaba la comida, detestaba el acto de comer, y nunca había conseguido que una criada le durara más de tres meses? Las chicas comían con repulsión, Lucille afrontando la prueba con resignación, mientras la tierna nariz de Yvette mostraba su repugnancia. Únicamente el párroco, con su pelo blanco, se limpiaba los grises y largos bigotes con la servilleta, y contaba chistes. También él estaba volviéndose pesado e inerte, sentado en su estudio durante todo el día, sin hacer ningún tipo de ejercicio. Soltaba sarcásticas bromas una y otra vez, sentado a la mesa a la sombra de Madre.

El campo circundante, con sus colinas empinadas y sus valles estrechos y profundos, era oscuro y sombrío, aunque poseía una cierta y poderosa fuerza propia. Veinte millas más allá comenzaba la negra industrialización septentrional. Pero la aldea de Papplewick quedaba en cierto modo aislada, casi perdida, con su vida pétrea y severa. Todo era allí de piedra, de una dureza casi poética; implacable.

Sucedió lo que las chicas habían previsto: volvieron a formar parte del coro y ayudaban en la parroquia. Sin embargo, Yvette se negó en redondo a colaborar en la Escuela Dominical, la Banda de la Esperanza y el Círculo de Chicas; de hecho, se opuso a participar en cualquier otro tipo de actividad dirigida por viejas y resueltas solteronas y viejos no menos obstinados y estúpidos. Evitaba en la medida de lo posible los deberes eclesiásticos y se escapaba de la parroquia siempre que podía. Los Framley, una numerosa, desarreglada y jovial familia que vivía en el Grange, eran un estupendo refugio; y si alguien le invitaba a comer, incluso si una de las mujeres de los obreros le invitaba a tomar el té, ella aceptaba de inmediato. De hecho, estaba bastante interesada en aquella gente. Le gustaba hablar con los trabajadores. A menudo tenían unas hermosas y duras cabezas aunque, por supuesto, pertenecieran a un mundo diferente.

Así pasaron los meses. Gerry Somercotes seguía siendo un adorador. Había también otros, hijos de granjeros o de algodoneros. Yvette tendría que habérselo pasado muy bien. Siempre asistía a fiestas y bailes, y sus amigos iban a recogerla en sus automóviles para llevarla a la ciudad, o al baile de las tardes en el hotel principal, o también al nuevo y magnífico Palais de Danse, al que llamaban el Palacete.

Sin embargo, parecía estar hipnotizada. Nunca se sentía libre de mostrarse verdaderamente alegre. En lo más hondo de ella existía un intolerable enfado, que ella pensaba que no debería sentir y que en realidad odiaba, consiguiendo solo que se agravase. Nunca entendió de dónde procedía.

En casa se mostraba verdaderamente irritable, y escandalosamente grosera con tía Cissie. De hecho, el mal carácter de Yvette no tardó en convertirse en una de las marcas de la casa.

Lucille, siempre más práctica, consiguió trabajo de secretaria en la ciudad, con un hombre que necesitaba una empleada que hablara bien el francés y dominase la taquigrafía. Iba y venía todos los días, en el mismo tren de tío Fred. Pero nunca viajó con él; hiciese sol o lloviese, pedaleaba hasta la estación, mientras su tío iba a pie.

Las dos muchachas sabían muy bien qué querían: una vida social realmente divertida. Por eso se resistían furiosamente a todo lo que la parroquia implicaba. Para sus amigos, era un lugar imposible. Solo había cuatro habitaciones en la planta baja: la cocina, donde vivían las dos descontentas criadas; el oscuro refectorio, el estudio del párroco y el vasto y "acogedor" salón o sala de la casa, de aspecto más bien deprimente. Había un fuego de gas en el comedor. Solo en el salón había siempre un buen fuego, porque, naturalmente, allí reinaba la abuela.

Era en esa habitación donde la familia se reunía. Por las noches, después de la cena, el tío Fred y el párroco entretenían invariablemente a Madre con sus crucigramas.

—Bien, Madre, ¿estás lista? "N", espacio, espacio, espacio, espacio y "W". Funcionario Siamés.

—¿Cómo? ¿Cómo? "M", espacio, espacio, espacio, espacio y "W".

La abuela estaba un poco sorda.

—No, Madre. ¡"M" no! "N", espacio, espacio, espacio, espacio y "W". Funcionario siamés.

—"N", espacio, espacio, espacio, espacio y "W". Funcionario francés.

—¡Siamés!

—¿Qué?

—¡SIAMÉS! ¡De Siám!

—¡Funcionario siamés! ¿Y qué puede ser eso? —dijo la anciana profundamente, cruzando las manos sobre su redondo estómago. Sus dos hijos procedieron a hacerle sugerencias, a las que contestaba con repetidos "¡Ah! ¡Ah!". El párroco era sorprendentemente agudo para los crucigramas. Fred poseía cierto don para el vocabulario técnico.

—Esto es realmente un hueso duro de roer —dijo la abuela cuando todos se quedaron sin saber qué decir.

Entretanto, Lucille permanecía en una esquina de la habitación tapándose las orejas con las manos, fingiendo leer, mientras Yvette dibujaba irritada o tarareaba en voz alta exasperantes estribillos, que completaban el concierto familiar. La tía Cissie no dejaba de ir a por bombones, y sus mandíbulas no paraban de moverse. Vivía literalmente de bombones. Sentada un poco alejada de los demás, se llevó otro bombón a la boca y se puso a hojear de nuevo la revista parroquial. Levantó luego la cabeza viendo que ya era hora de llevar a Madre su tisana.

Apenas se ausentó de la habitación, Yvette, exasperada, abrió la ventana. Aquella habitación nunca se aireaba, y ella se imaginaba que olía mal; que olía a la abuela. La anciana, aunque dura de oído, escuchaba mejor que una comadreja cuando no debía hacerlo.

—¿Has abierto la ventana, Yvette? Creo que deberías recordar que hay personas mayores que tú en la habitación —dijo.

—¡Es que se ahoga una! ¡Es insoportable! No es de extrañar que siempre haya gente acatarrada en esta casa.

—La habitación es suficientemente espaciosa, y hay un buen fuego en la chimenea —dijo la anciana con un pequeño escalofrío—. Una corriente de aire podría matarnos.

—¡No es una corriente de aire! —rugió Yvette—, sino un soplo de aire puro.

La anciana tembló de nuevo, diciendo:

—¡Ya lo creo!

El párroco fue en silencio a la ventana y la cerró con firmeza. No miró a su hija durante la operación. Odiaba contrariarla, pero era preciso que distinguiese las cosas.

Los crucigramas, ese invento de Satanás, continuaron hasta que Madre se bebió su tisana, aprestándose a retirarse. Llegó así la ceremonia de las buenas noches. Todos se pusieron en pie. Las niñas fueron a recibir el beso de rigor de la vieja mujer ciega. El párroco le ofreció el brazo y la tía Cissie les siguió con una vela.

Eran ya las nueve y media, a pesar de que la abuela estaba ya muy mayor y debería haberse acostado mucho antes. Pero una vez acostada no pudo dormir, hasta que apareció tía Cissie.

—Ya lo ves —dijo—. Nunca he dormido sola. Durante cincuenta y cuatro años no dormí una sola noche sin el brazo de Padre alrededor mío. Cuando él se fue, traté de dormir sola; pero en cuanto mis ojos se cerraban, el corazón me saltaba del pecho y me invadían las palpitaciones. Oh, puedes pensar lo que quieras, pero fue una horrible experiencia después de cincuenta y cuatro años de perfecta vida matrimonial. Habría rezado para que Dios me llevara antes que a él. Pero Padre… No, no creo que él hubiese sido capaz de soportarlo.

De modo que tía Cissie durmió con la abuela, aunque detestaba hacerlo. Decía que era ella la que entonces no podía dormir. Su pelo fue haciéndose cada vez más y más gris, y empeoró la comida de la casa; y tía Cissie tuvo que ser operada.

Pero Madre se levantaba como siempre, cerca del mediodía, y presidía la mesa del almuerzo desde su sillón de brazos sobresaliéndole el estómago. Su rostro flácido y encarnado, y que hacía gala de una especie de horrible majestad, le colgaba desde la muralla de las cejas, bajo las cuales se veían unos ojos azules, ciegos y escrutadores. Su pelo blanco se estaba volviendo escaso, y el conjunto resultaba un poco indecoroso. Pero el párroco seguía contándole sus joviales chistes, que ella fingía desaprobar. Estaba absolutamente complacida, sentada sobre su anciana obesidad, dejando escapar vientos del estómago después de las comidas, presionándose el pecho con la mano mientras eructaba con enorme satisfacción.

Lo que peor les sabía a las chicas era que, si llevaban a algún amigo a la casa, la abuela siempre estaba presente, como un horrible ídolo de carne vieja, acaparando toda la atención. El salón era la única estancia de todos, y allí se sentaba la anciana con tía Cissie desempeñando su agria función de acompañante. Todo el mundo debía ser presentado primero a la abuela, quien siempre estaba dispuesta a mostrarse cordial, pues le gustaban las visitas. Tenía que saber cómo era cada uno, de dónde venía, y todos los detalles de su vida. Y entonces, cuando se encontraba au fait, podía adueñarse de la conversación.

Nada podía exasperar tanto a las muchachas.

—¿No es maravillosa la anciana señora Saywell? Muestra tanto interés por la vida… ¡Y a sus casi noventa años!

—Se interesa por los asuntos de la gente, si llamas a eso la vida —respondió Yvette.

Pero enseguida se sintió culpable. Después de todo, era maravilloso tener casi noventa años y preservar una mente tan clara. Por otra parte, la abuela nunca había hecho voluntariamente mal a nadie. Era solo que siempre estaba en medio; y a lo mejor era feo odiar a alguien por ser viejo y estar siempre en medio.

Yvette se arrepintió de inmediato y se mostró simpática. La abuela se lanzó entonces a contar sus recuerdos de cuando era niña, en la pequeña ciudad de Buckinghamshire. Hablaba y hablaba y resultaba muy entretenida. Era realmente maravillosa.

Esa tarde Lottie, Ella y Bob Framley fueron de visita con Leo Wetherell.

—¡Pasad! —Y todos desfilaron en tropel hasta la sala, en la que la abuela, tocada con un gorro blanco, estaba sentada junto al fuego.

—Abuela, te presento al señor Wetherell.

—¿El señor qué? Debe usted perdonarme, estoy un poco sorda.

La abuela tendió la mano al incómodo visitante y le miró detenidamente, aun sin verle.

—Usted no pertenece a nuestra parroquia, ¿verdad? —le preguntó.

—¡Dinnington! —gritó el otro.

—Queremos ir de picnic mañana, a Bonsall Head, en el coche de Leo —dijo ella en voz baja—. Cabremos todos, si vamos apretados.

—¿Has dicho a Bonsall Head? —preguntó la abuela.

—¡Sí!

Se hizo un completo silencio.

—¿Has dicho que iríais en coche?

—Sí, el del señor Wetherell.

—Espero que sea un buen conductor. Es una carretera muy peligrosa.

—Es un gran conductor.

—¿Un mal conductor?

—¡No! ¡Muy bueno!

—Si vais a Bonsall Head, creo que debería enviar un mensaje a lady Louth.

La vieja siempre mencionaba su amistad con aquella miserable lady Louth cuando había visitas.

—Oh, no iremos por ese camino —gritó Yvette.

—¿Por qué otro camino? —dijo la abuela—. Tendréis que ir por Heanor.

Todos permanecían allí, como luego dijo Bob, sentados como patos embalsamados, moviéndose inquietos en sus sillas.

Entró tía Cissie, y luego la criada con la bandeja del té. Estaba allí la eterna e imperecedera tarta comprada. Más tarde apareció una cesta con bollos caseros. En realidad, tía Cissie había enviado a por ellos a la panadería.

—¡El té, Madre!

La anciana agarró los brazos del sillón. Todo el mundo se puso en pie y esperó mientras ella recorría, del brazo de tía Cissie, digna y lentamente, el camino hasta su lugar a la mesa.

Durante la merienda Lucille llegó de la ciudad, después del trabajo. Estaba completamente exhausta, con marcas oscuras bajo los ojos. Lanzó una exclamación al ver tantos invitados.

Tan pronto como cesó el alboroto y una vez vuelta la general incomodidad, la abuela dijo:

—Nunca me has mencionado al señor Wetherell, ¿verdad, Lucille?

—No lo recuerdo —repuso Lucille.

—No puedes haberlo hecho. El nombre me es desconocido.

Yvette, con expresión ausente, cogió otro bollo de la cesta casi vacía. Tía Cissie, quien se estaba volviendo loca con los vagos y desconsiderados modales de su sobrina, sintió el verde furor en su corazón. Levantó su propio plato, en el que estaba el único bollo que se permitía, y dijo con envenenada cortesía, ofreciéndoselo a Yvette:

—¿No quieres el mío?

—¡Oh, gracias! —exclamó Yvette, presa de su vago enojo. Fingiendo siempre la misma despreocupación, se sirvió también el pastelillo de tía Cissie, y añadió como si se le acabara de ocurrir:

—Si estás segura de que no lo quieres…

Tenía ahora dos bollos en el plato. Lucille, inclinándose sobre su taza, se había puesto lívida como un espectro. Tía Cissie conservaba su fría mirada de ponzoñosa resignación. El malestar general era terrible.

Pero la abuela, pesadamente entronizada y sin darse cuenta de qué ocurría, se limitó a decir, en medio del ciclón:

—Si vais a ir en automóvil hasta Bonsall Head mañana, Lucille, quisiera que llevaras una carta para lady Louth.

—¡Oh! —exclamó Lucille, lanzando a través de la mesa una extraña mirada a la anciana casi ciega. Lady Louth era el tema estrella de la familia, invariablemente nombrada por la abuela para instrucción de los visitantes—. ¡De acuerdo!

—Fue tan amable conmigo la semana pasada… Envió a su chófer hasta aquí, con un libro de crucigramas para mí.

—Pero ya se lo agradeciste entonces —exclamó Yvette.

—Me gustaría enviarle una nota.

—Podemos echarla al buzón —dijo Lucille.

—¡Oh, no! Me gustaría que la llevaras tú misma. La última vez que vino lady Louth…

Los jóvenes parecían un banco de pececillos abriendo la boca en la superficie del agua mientras la vieja seguía hablando de lady Louth. Tía Cissie, bien lo sabían sus dos sobrinas, seguía inmóvil, en estado casi inconsciente a causa de la indignación por el pastelillo. La pobrecilla quizá estuviese rezando.

Fue una bendición que las visitas se marcharan, aunque para entonces las dos chicas tenían ojeras. Fue entonces cuando Yvette, mirando alrededor, vio de pronto la helada y despótica expresión de poder de aquella vieja y aparentemente maternal abuelita. Permanecía en su asiento, con el cuerpo echado hacia atrás, impasible, con su rostro rojizo, flácido y lleno de manchas, casi inconsciente pero implacable, como una máscara que escondiera algo pétreo, despiadado. Era la inercia estática de su sucio poder. No tardaría en abrir su vieja boca para averiguar todo lo concerniente a Leo Wetherell. Por el momento hibernaba en su ancianidad; pero, de un momento a otro, su boca se abriría, su mente recuperaría la lucidez y, con su insaciable apetito por la vida, la vida de los otros, comenzaría a investigar cada detalle. Era como el viejo sapo que había visto una vez Yvette, fascinada, mientras vigilaba muy cerca de la boca de una colmena, inmediatamente enfrente de la pequeña entrada por donde salían las abejas, el cual, con un demoníaco y rapidísimo movimiento de boca, las cazaba al lanzarse estas al aire, tragándoselas una tras otra, como si pudiese meter todo el enjambre dentro de su viejo, arrugado y abultado vientre. Había estado tragando abejas a medida que estas se lanzaban al aire primaveral año tras año, año tras año durante generaciones.

El jardinero, avisado por Yvette, se puso furioso y mató al sapo aplastándolo con una piedra.

—Son muy buenos para los caracoles —dijo, acercándose con la piedra en la mano—. Pero no vamos a dejar que se lleve todo el panal a las tripas.

III

El día siguiente resultó gris y apagado. Las carreteras se hallaban en pésimas condiciones, pues había estado lloviendo durante semanas. A pesar de todo, los jóvenes resolvieron emprender el viaje, sin llevarse con ellos el mensaje de la abuela. Se escabulleron mientras ella emprendía pesadamente su viaje particular al piso de arriba después de comer. Por nada del mundo se hubieran detenido en casa de lady Louth.

Aquella viuda de un médico, una persona en todo caso inofensiva, se había convertido en un estorbo para sus vidas.

Como seis jóvenes rebeldes, iban sentados alegremente en el automóvil al tiempo que silbaban por encima del barro. Sus miradas eran desafiantes, aunque en realidad ninguno de ellos tuvieran nada contra qué rebelarse. Gozaban de completa libertad de movimiento. Sus padres les permitían hacer prácticamente todo cuanto les viniera en gana. No había realmente ninguna cadena que romper, ninguna reja que limar, ni un solo cerrojo que despedazar. Las llaves de sus vidas se hallaban en sus propias manos; y de ellas colgaban, inertes.

Es mucho más fácil echar abajo las rejas de una prisión que abrir desconocidas puertas a la vida, como las jóvenes generaciones van descubriendo, de alguna manera para su desilusión. Cierto, estaba la abuela, pero, ¡pobre abuelita!, no se le podía decir "¡Túmbate y muere, vieja mujer!". Podría ser un viejo estorbo, pero nunca se oponía realmente a nada. No era justo odiarla.

De modo que la juventud salió de excursión, tratando de pasarlo en grande. Podían realmente hacer lo que quisieran, así que, por supuesto, no hicieron nada más que acomodarse en el coche y no parar de criticar al prójimo, o flirtear estúpidamente con galanteos realmente aburridos. ¡Si solo hubiese habido alguna orden estricta que desobedecer…! Pero nada, nada aparte de la negativa de llevar la carta a lady Louth, algo que también el párroco hubiera aprobado, porque tampoco él sentía interés por aquella señora.

Cantaron, de manera bastante deshilvanada, las últimas canciones famosas, mientras atravesaban los deprimentes pueblecitos. En el gran parque los ciervos se agrupaban muy cerca de la carretera. Había un corzo y varias crías, arropados por la oscuridad del atardecer, bajo los robles de al lado del camino, y que parecían interesados en la humana compañía.

Yvette insistió en detenerse e ir a conversar con los animales. Las chicas, calzadas con sus botas rusas, anduvieron por la hierba húmeda mientras el animal las contemplaba con los ojos abiertos y sin miedo. El venado se alejó trotando suavemente, manteniendo la cabeza erguida para equilibrar el peso de los cuernos; pero la hembra, balanceando sus largas orejas, no se incorporó de debajo de los árboles, como tampoco sus crías, hasta que las chicas estuvieron casi junto a ellos. Entonces se apartó a paso ligero, levantando la cola por encima de los flancos moteados, mientras los cervatillos trotaban con agilidad.

—¿No son exquisitos? —exclamó Yvette—. ¡Y simpáticos! Me maravilla que se sientan cómodos echados sobre este pasto empapado.

—Bueno, supongo que de vez en cuando tienen que tumbarse —comentó Lucille—. Y está bastante seco debajo del árbol.

Miró el pasto aplastado, donde habían estado los venados. Yvette posó la mano para ver qué se sentía.

—¡Sí! —exclamó ella, dubitativa—. Creo que está algo caliente.

Los animales se habían reunido a pocas yardas de ellos y estaban quietos en medio de la penumbra del atardecer. A lo lejos, por encima de las ondulaciones en que crecían árboles y hierba, más allá del rápido río con su puente y sus barandillas, se levantaba la inmensa casa ducal, donde un par de chimeneas dejaban escapar un humo azulado. Detrás de ella se extendían los bosques carmesíes.

Las chicas, levantándose los cuellos de piel hasta las orejas y dejando caer los brazos, permanecieron allí mirando el paisaje en silencio, protegidas de la humedad por sus botas rusas. La casona era cuadrada y de un color gris cremoso en la parte de abajo. Los ciervos, formando pequeños grupos, se habían detenido bajo otros árboles cercanos. Todo resultaba tan sencillo, tan triste y silencioso.

—Me pregunto dónde estará ahora el duque —dijo Ella.

—Aquí seguro que no —repuso Lucille—. Imagino que estará en el extranjero, donde sale el sol.

Sonó el claxon llamándoles desde la carretera, y la voz de Leo, que decía:

—¡Vamos, muchachos! ¡Si queremos llegar hasta Head y luego a Amberdale para tomar el té mejor será que nos apresuremos!

De nuevo se apiñaron en el coche, con los pies fríos, y atravesaron el parque dejando atrás la solitaria torre de la iglesia, y salieron a través de la enorme verja y pasaron por encima del puente hasta la amplia, húmeda y pedregosa aldea de Woodlinkin, por donde corría el río. Desde allí, durante un buen rato, avanzaron entre el barro, la oscuridad y la acuosa atmósfera del valle, a menudo con la roca vertical por encima de ellos; con el agua alborotada a uno de los lados, y al otro la roca abrupta, o los negros árboles.

Hasta que, bajo la penumbra arrojada por los enormes árboles, comenzaron a subir, y Leo cambió de marcha. Lentamente, el coche fue esforzándose por vencer el barro de color blanquecino y llegar así a la aldea de Bolehill, que colgaba de la pendiente, rodeando la vieja cruz con peldaños que se levantaba en la bifurcación del camino, avanzando junto a las casitas del pueblo, de las que venía un maravilloso aroma a pastelitos calientes, y aún más arriba, bajo árboles chorreantes, dejando atrás las cuestas llenas de helechos; siempre hacia arriba. Hasta que la vereda se estrechó, y terminaron los árboles, y las laderas, a ambos lados, devinieron unas franjas desnudas de sombría hierba, con dos pequeños muros de piedra seca. Estaban llegando a Head.

El grupo había estado callado durante un rato. Había hierba a ambos lados de la carretera y luego un murete de piedra, y la hinchada curva de la cima de la colina, trazada también por la pequeña línea de piedras secas. Encima, el cielo estaba encapotado.

El coche siguió su marcha bajo el firmamento gris, hasta la cumbre desnuda.

—¿Nos detenemos un rato? —preguntó Leo.

—¡Sí! —exclamaron las chicas.

Y abandonaron el automóvil una vez más para echar un vistazo a los alrededores. Conocían bastante bien el lugar, pero, aun así, si uno va a Head, hay que echar un vistazo.

Las colinas eran como los nudillos de una mano. El valle estaba entre los dedos, allá abajo, estrecho, abrupto y oscuro. En las profundidades corría un tren echando humo, dirigiéndose lentamente hacia el norte. Parecía una pequeña criatura del averno. El fragor de la máquina resonaba curiosamente hacia arriba. Luego sonó la sorda y familiar explosión de una cantera.

Leo, siempre a punto para partir, se movía con rapidez.

—¿Nos vamos? —dijo—. ¿Bajamos hasta Amberdale para tomar el té, o preferís un lugar más cercano?

Todos votaron por Amberdale, por el marqués de Grantham.

—Bien, ¿qué dirección tomamos? ¿Vamos por Codnor y atravesando Crosshill, o por Ashbourne?

Era el dilema habitual. Finalmente decidieron ir por la carretera alta de Codnor, y el automóvil siguió adelante valerosamente.

Se hallaban ahora en lo alto del mundo, en el reverso del puño. También allí el terreno era desnudo, y parecía suspendido entre el cielo y el espeso y apagado verdor. Estaba veteado únicamente por una red de viejos cercados de piedra que dividían los campos, y salpicado aquí y allá por las ruinas de viejas minas de plomo y las construcciones anexas. Vieron también una solitaria casa de piedra con seis árboles que la rodeaban, desnudos y punzantes. En la distancia se distinguía una extensión de ahumada piedra gris; un caserío. En algunos prados unas ovejas grises y oscuras pacían en medio del silencio sombrío. No había un solo sonido o movimiento. Era aquel el techo de Inglaterra, tan pétreo y árido como todos los techos. Más allá, debajo, estaban los condados.

"Mira los condados de colores", se dijo Yvette a sí misma. Allí, de todos modos, no había colores. Apareció una bandada de grajos provenientes de ninguna parte. Habían venido picoteando por el campo desnudo y recién abonado. El coche siguió adelante por entre la hierba y los cercados de piedra. Iban todos en silencio, observando la lejana red de setos bajo el cielo, mirando las curvas, hacia abajo, que marcaban la caída hacia una de las cañadas ocultas.

Delante de ellos iba un carro liviano conducido por un hombre. A su lado marchaba penosamente una mujer vigorosa, aunque ya anciana, que llevaba un bulto a sus espaldas. El hombre del carro la había alcanzado y llevaba ahora el mismo paso que la vieja.

La carretera era estrecha. Leo hizo sonar el claxon con fuerza. El hombre del carro miró en torno suyo, pero la mujer siguió caminando con dificultad, apresurándose y sin volver la cabeza.

El corazón de Yvette dio un brinco. El hombre del carro era un gitano, uno de esos oscuros seres de cuerpo desenvuelto y bello rostro. Permanecía sentado en el carro, volviendo la cabeza para mirar a los ocupantes del automóvil por debajo del ala de su sombrero. Su pose era relajada y el mirar insolente en su propia indiferencia. Llevaba un delgado bigote negro bajo la recta y afilada nariz, y un enorme pañuelo de seda, rojo y amarillo, alrededor del cuello. Dijo algo a la mujer. Ella se detuvo un instante, muy firme, para darse la vuelta y mirar a los ocupantes del automóvil, que estaban ahora muy cerca de ellos. Leo oprimió de nuevo el claxon, imperiosamente. La mujer, que llevaba un pañuelo gris y blanco alrededor de la cabeza, se dio la vuelta con brusquedad y mantuvo el paso junto al carro, cuyo conductor había vuelto también a su actitud anterior y sostenía las riendas moviendo un poco sus hombros ágiles y ligeros; pero tampoco se hizo a un lado.

Leo hizo tronar su bocina mientras frenaba para no chocar contra la parte trasera del carro. El gitano se volvió ante el estruendo, riendo con su cara oscura desde detrás de su sombrero verde, y dijo algo que los chicos no llegaron a entender, mostrando sus blancos dientes por debajo de la línea negra del bigote y haciendo un gesto con la mano.

—¡Apartaos del camino! —gritó Leo.

Como respuesta, el hombre detuvo delicadamente al caballo cuando este torcía hacia un costado del camino. Era un buen caballo ruán, y también un buen carro, elegantón, pintado de verde oscuro.

Leo, furioso, tuvo que frenar en seco y detener el coche.

—¿No querrían estas hermosas jóvenes conocer su buenaventura? —preguntó el hombre riendo, aunque no con sus ojos oscuros y vigilantes, que fueron de una cara a otra, entreteniéndose en el juvenil y tierno rostro de Yvette.

Ella se encontró por un instante con aquellos ojos oscuros, su tranquila interpelación, su insolencia, su completa indiferencia hacia hombres como Bob y Leo, y algo se encendió en su pecho. Pensó: es más fuerte que yo. Nada le importa.

—¡Oh, sí! ¡Adelante! —gritó enseguida Lucille.

—¡Oh, sí! —corearon las otras.

—Y yo digo, ¿qué pasa con la hora? —exclamó Leo.

—¡Otra vez la hora! —gritó Lucille—. ¡Siempre tiene que haber alguien que se incline ante ella!

—Bien, si no os importa cuándo volvamos, ¡no seré yo el que esté pendiente! —dijo Leo heroicamente.

El gitano había estado sentado negligentemente en uno de los costados del carro, observando cada rostro, hasta que dio un brinco ágil desde el eje con las rodillas un poco entumecidas. Era, aparentemente, un hombre de unos treinta años, y toda una belleza a su manera. Llevaba una especie de chaqueta de cazar de color verde y negro, reforzada en el pecho y que solo le llegaba a las caderas; unos pantalones negros bastante ajustados, botas negras, un sombrero verde oscuro y un pañuelo de seda amarilla y granate alrededor del cuello. Su apariencia era curiosamente elegante, y algo cara para ser un gitano. Era también atractivo, y de barbilla prominente, con el aire viejo y engreído de su raza, y parecía no prestar ya ninguna atención a aquellos extraños, mientras guiaba a su caballo fuera de la carretera, preparándose para hacer recular el carro.

Las chicas vieron entonces, por primera vez, una profunda hondonada a la vera del camino, y en ella dos carromatos de los que salía humo. Yvette se bajó rápidamente. Se vieron de pronto ante una cantera abandonada en el talud que se elevaba a un lado del camino, y en aquella repentina guarida que era casi como una cueva, tres carromatos desmantelados para pasar el invierno. Al fondo, detrás, había un refugio hecho de ramas, como si fuera el establo para el caballo. La cruda roca se elevaba muy por encima de los carromatos, arqueándose hacia el camino. El suelo estaba sembrado de pequeñas piedras, y entre ellas crecía la hierba. Era un campamento de invierno, oculto, recoleto y acogedor.

La mujer del bulto había entrado en uno de los carromatos, dejando la puerta abierta tras de sí. Dos niños miraban a hurtadillas desde la puerta, enseñando sus morenas cabezas. El gitano dio un pequeño aviso mientras retrocedía con el carro hacia la cantera, y un hombre mayor salió para ayudarle con el caballo.

El gitano subió los peldaños del carromato más nuevo, que tenía cerrada la puerta. De entre las ruedas surgió un perro atado. Era un mastín blanco con manchas amarillas. Dio un pequeño gruñido al acercarse Leo y Bob.

Al mismo tiempo, una gitana de piel oscura con un chal o pañuelo rosado alrededor de la cabeza y grandes aros de oro en las orejas bajó por la escalerilla del carromato, agitando su verde y voluminosa falda de vuelos. Era bonita a su manera oscura y descarada, con un rostro alargado que recordaba a una lobezna. Parecía una de esas resueltas gitanas españolas.

—Buenas tardes, señoras y señores —dijo mirando a las chicas con ojos predadores. Hablaba con cierta dureza extranjera.

—¡Buenas tardes! —dijeron las muchachas.

—¿Cuál es la encantadora señorita que quiere conocer su buenaventura? Que alguna me dé su manita.

Era una mujer alta, y su modo de tender el cuello hacia delante resultaba amenazante. Sus ojos fueron de una cara a otra con vivacidad, buscando implacablemente aquello que quería. Mientras tanto, el hombre, aparentemente su marido, apareció en lo alto de las escaleras fumándose una pipa y llevando a un niño pequeño y de pelo negro en brazos. Permaneció allí, sobre sus dos elásticas piernas, mirando al grupo con indiferencia, como si lo viera a mucha distancia, con las largas pestañas renegridas brotando de sus desdeñosos e impúdicos ojos llenos. Había algo curiosamente provocador en su mirada, e Yvette lo sintió; lo sintió en sus propias rodillas. Fingió estar interesada en el blanco mastín de manchas amarillas.

—¿Cuánto quiere usted a cambio de decirnos el porvenir a todos? —preguntó Lottie Framley, mientras los seis jovencísimos cristianos se mantenían apartados de aquella transhumante pagana.

—¿A todos? ¿Todos los caballeros y señoritas? —dijo hábilmente la mujer.

—¡Yo no quiero saber nada! ¡Id vosotros! —exclamó Leo.

—A mí tampoco me interesa —dijo Bob—. Id vosotras, chicas.

—¿Las cuatro señoritas? —preguntó la gitana, mirándolas astutamente después de haber echado una mirada a los dos hombres. Les dijo el precio—: Cada una me dará un chelín, y luego… un poco más para que le traiga suerte. ¡Solo un poco!

Sonrió de una manera más de lobo que de quien desea camelar al prójimo, y sintieron la fuerza de su determinación, pesada como el acero, tras sus palabras aterciopeladas.

—De acuerdo —dijo Leo—. Será un chelín por cabeza. Pero no lo alargue demasiado.

—¡Oh, tú y tus prisas! —exclamó Lucille—. Queremos saberlo todo.

La mujer cogió dos taburetes de madera de debajo de uno de los carromatos, y los colocó junto a una de las ruedas. Tomó entonces a la alta y morena Lottie Framley de la mano, invitándola a sentarse.

—¿No le importa que todos lo oigan? —le preguntó, mirando con curiosidad el rostro de Lottie.

Lottie se ruborizó, muy nerviosa, cuando la gitana le estrechó la mano acariciándole la palma con aquellos dedos duros y de apariencia cruel.

—Oh, no me importa.

La gitana miró la mano detenidamente, siguiendo las líneas con el fuerte y oscuro índice. A pesar de todo, parecía estar limpio.

Lentamente le fue diciendo la buenaventura mientras las demás, escuchando de pie, no dejaban de gritar: "¡Ah, ese es Jim Baggaley! ¡No puedo creerlo! ¡Eso no es cierto! ¡Una mujer rubia que vive bajo un árbol! ¿Quién demonios podría ser?" Hasta que Leo las hizo callar con un varonil gesto de advertencia.

—Bueno, ya está bien, chicas. Estáis divulgando todos sus secretos.

Lottie se retiró, azorada y confusa, y le llegó el turno a ella. Parecía mucho más tranquila y perspicaz, y trataba de interpretar las misteriosas palabras. Lucille continuaba soltando sus "¡Oh, vaya!", mientras el gitano, de pie en lo alto de la escalera, permanecía imperturbable, sin mostrar expresión alguna. Pero sus ojos audaces seguían mirando a Yvette, quien podía sentirlos en sus mejillas, en su cuello, sin atreverse a levantar los suyos. Sin embargo, Framley miraba a veces al gitano, recibiendo a su vez alguna mirada de aquel hombre de rasgos bellos y varoniles, de sus oscuros ojos, tan altivos y engreídos. Era aquella una mirada particular, si se tiene en cuenta que quien la lanzaba pertenecía a la tribu de los humildes: era el orgullo del paria, el desdeñoso desafío del marginado, que se burla de la gente respetuosa de la ley y sigue su propio camino. Durante todo el tiempo que duró la sesión, el gitano permaneció en el mismo sitio, sosteniendo al niño en sus brazos, mirándoles sin demostrar interés.

La mujer le leía ahora la mano a Lucille.

—Usted ha estado al otro lado del mar. Allí conoció a un hombre… un hombre de pelo castaño… pero era demasiado viejo…

—¡Oh, vaya! —exclamó Lucille volviéndose hacia Yvette.

Pero Yvette estaba abstraída, muy agitada, y apenas prestaba atención. Estaba sumida en uno de sus estados semihipnóticos.

—Se casará dentro de unos cuantos años, no ahora, pero sí dentro de unos años… cuatro tal vez… y no será nunca rica, pero tendrá lo suficiente. Y se irá de aquí, un largo viaje.

—¿Sola o con mi marido? —preguntó Lucille.

—Con él.

Cuando le llegó el turno a Yvette y la mujer la estudió con descaro, con crueldad, observando su rostro largamente, Yvette dijo nerviosa:

—Creo que no quiero saber mi futuro. No, ¡no me lo diga! ¡De veras que no!

—¿Teme usted algo? —preguntó la gitana maliciosamente.

—No, no se trata de eso —musitó Yvette inquieta.

—Tiene usted un secreto. Tiene miedo de que lo revele. Venga, ¿prefiere usted subir y entrar en la caravana, donde nadie podrá oírnos?

La mujer hablaba en un tono curiosamente insinuante; mientras que Yvette parecía caprichosa y perversa. La mirada maligna se apoderó de su suave, frágil y juvenil semblante, otorgándole una extraña dureza.

—¡Sí! —exclamó de pronto—. ¡Sí, eso querría!

—¡Oh, no! —dijeron los demás—. Juega limpio, Yvette.

—¡Yo no creo que debas! —exclamó Lucille.

—Sí —insistió Yvette, con aquella dura manera tan suya—. Lo haré. Vayamos al carromato.

La gitana dijo algo al hombre de la escalera. El gitano penetró en el carromato, reapareció enseguida, bajó por la escalera, puso al niño en el suelo, sobre sus frágiles piernitas, y le agarró de la mano. Parecía un dandi con sus botas negras y lustrosas, los pantalones ceñidos y un jersey no menos ajustado de color verde oscuro. Caminó despacio, conduciendo al pequeño hacia el lugar donde el anciano estaba dando la avena al caballo, aquel abrigo de ramas dispuesto entre dos pozos de roca gris, sobre el suelo de piedras cubierto de helechos secos. Miró a Yvette al pasar a su lado, clavándole los ojos, con su expresión de audaz y deshonesto paria. Algo duro en el interior de ella salió al encuentro de aquella mirada. Pero la superficie de su cuerpo pareció transformarse en agua. Sin embargo, algo en su interior se percató de los particulares y finos rasgos del rostro de él, de su nariz recta y delicada, de sus mejillas y sienes; la suave, oscura y extraña pureza de todo su cuerpo, que el jersey verde dejaba adivinar: una pureza de un vívido desprecio.

Al pasar lentamente junto a ella, moviendo sus flexibles caderas, de nuevo pensó que aquel hombre era más fuerte que ella. De todos los hombres que había visto, aquel era el único del cual podía decirse que tenía más fuerza que ella. Se trataba de su propia fuerza, una comprensión idéntica a la de ella.

De modo que, llena de curiosidad, siguió a la mujer por la escalera del carromato. La falda de la gitana, oscura y bien cortada, se balanceaba dejando ver las piernas casi hasta la rodilla. Tenía unas piernas esbeltas y bien formadas, pecando más de finas que de gruesas, y las llevaba enfundadas en unas medias de lana, de curioso diseño y color beis, que evocaban las patas de algún delicado animal.

Se detuvo en lo alto de la escalera, volviéndose cortésmente hacia el resto y diciendo a su manera ingenua, brusca y señorial:

—No la dejaré quedarse mucho rato.

Yvette llevaba entreabierto su cuello de piel, mostrando así su tersa garganta y parte de su vestido verde. Su pequeño sombrero caía hasta las orejas, rodeando su rostro fresco y suave. Había en ella algo dulce y a la vez autoritario y sin escrúpulos. Sabía que el gitano se había vuelto para mirarla. Era consciente de los encantos de su grácil nuca, con aquel pelo negro cayéndole sobre los hombros. La observó mientras entraba en lo que era su casa.

Nadie supo nunca lo que le dijo la gitana. Los demás consideraron que la espera había sido muy larga. El crepúsculo avanzaba en la penumbra y el tiempo se estaba volviendo crudo y frío. Salía humo por la chimenea del segundo carromato, y también el olor de una sabrosa comida. El caballo ya había comido y estaba sujeto a una correa y cubierto con una manta amarilla. Dos gitanos hablaban en voz baja a cierta distancia. Reinaba un clima particularmente silencioso y secreto en aquella solitaria y recoleta cantera.

Por fin se abrió la puerta del carromato y por ella salió Yvette, inclinándose hacia delante y bajando los peldaños con sus delgadas piernas de hada. Al darle en el rostro la luz del atardecer, se produjo un mágico silencio.

—¿He tardado mucho? —dijo distraídamente, sin mirar a nadie y guardando para sí su intimidad con apacible y vaga rebeldía—. Espero que no os hayáis aburrido ¡Cómo me gustaría tomar una taza de té! ¿Nos vamos?

—¡Tú entra en el coche! Yo pagaré.

La falda de jade de la gitana, llena, metálica, bajó tintineando los escalones. La mujer se irguió, mostrando una oscura y triunfal expresión de loba. El pañuelo de cachemira rosa, estampado de flores rojas, se le deslizaba por la cabeza sobre el pelo negro y rizado. Miró a los jóvenes con atrevida arrogancia en medio de la luz del atardecer.

Bob depositó dos medias coronas en su mano.

—Un poco más, para la suerte, para la suerte de su joven señorita —dijo, tratando de engatusarle como un lobo—. Unas piezas de plata más, para que os traiga suerte.

—Le he dado un chelín por cada buenaventura, y así es suficiente —repuso Bob con serenidad mientras todos se dirigían de nuevo al automóvil.

—¡Solo un poco más de plata! Un poco de plata para tener suerte en el amor.

Yvette, con un gesto rápido y sorprendente de muslos, se dio la vuelta cuando iba a entrar en el coche y, con el brazo extendido, avanzó hasta la gitana y le puso algo en la mano. Volvió entonces sobre sus pasos y se introdujo dentro del automóvil.

—¡Prosperidad para la encantadora señorita, y que las bendiciones de la gitana la acompañen! —dijo la voz sugestiva y algo burlona de la mujer.

El motor bramó y bramó, cada vez con más fuerza, y al fin el coche volvió a ponerse en marcha. Leo encendió las luces e, inmediatamente, la cantera y los gitanos desaparecieron en medio de la oscuridad de la noche.

—¡Buenas noches! —gritó Yvette cuando el coche se ponía en marcha. Pero la suya fue la única voz que salió del grupo, alegre y descarada en toda su desenvoltura. Los focos iluminaban el camino de piedra.

—Yvette, tienes que contarnos qué te ha dicho esa mujer —exclamó Lucille, cuando Yvette no deseaba que nadie le preguntase.

—Oh, nada demasiado interesante —repuso con fingida calidez—. Solo las cosas habituales: un hombre moreno que significa buena suerte, y otro rubio que representa lo contrario; una muerte en la familia, que si es la de la abuela no será cosa tan terrible; y me casaré al llegar a los veintitrés, tendré montañas de dinero, montañas de amor y dos niños. Todo suena muy bien, aunque ya sabéis: demasiados augurios de buena suerte.

—Entonces ¿por qué le diste más dinero?

—Oh, bueno, ¡me apetecía! Hay que ser un poco señorial con esa gente.

IV

Hubo un tremendo alboroto en la parroquia a propósito de Yvette y los fondos del vitral. Después de la guerra, tía Cissie se había embarcado en el proyecto de un vitral de colores para la iglesia en recuerdo de los feligreses caídos. Pero como la mayoría de los caídos no eran anglicanos, el recordatorio tomó la forma de un pequeño y feo monumento enfrente de la capilla de Wesleyan.

Aquello no bastó para que tía Cissie se diera por vencida. Removió cielo y tierra en busca de apoyo, organizó ferias, espoleó a las chicas para que organizaran veladas de teatro, y todo por su anhelada vitrina. Yvette, a quien le gustaba mucho ser actriz y también dejarse ver, se ocupó de la farsa llamada María ante el espejo, y se encargó de la recaudación, que iría al fondo destinado al vitral, una vez saldados todos los gastos. Se suponía que cada una de las chicas debía tener una hucha para el fondo.

Tía Cissie, pensando que todas las cantidades sumadas serían ya suficientes, fue a ver cuánto había en la alcancía de Yvette. Había quince chelines. Se produjo un momento de frío horror.

—¿Dónde está el resto?

—¡Oh! —dijo Yvette con indiferencia—, lo tomé prestado. De todas maneras, no era gran cosa.

—¿Y qué fue de las tres libras y trece chelines de María ante el espejo? —preguntó tía Cissie, como si sintiera abrirse las fauces del infierno.

—Precisamente. Las tomé prestadas. No puedo devolvértelas.

¡Pobre tía Cissie! El verde tumor del odio estalló en su interior y se produjo una escena espantosa y delirante que dejó a Yvette temblando de miedo y de nerviosa repugnancia.

Hasta el párroco se mostró bastante severo.

—Si necesitabas dinero, ¿por qué no me lo dijiste? —dijo fríamente—. ¿Acaso se te ha negado alguna vez cualquier cosa razonable?

—Yo… no pensé que importase.

—¿Y qué has hecho con el dinero?

—Supongo que me lo he gastado —dijo Yvette con los ojos muy abiertos y el semblante pálido.

—Lo gastaste. ¿En qué?

—No lo recuerdo bien, medias y cosas así. El resto lo regalé.

¡Pobre Yvette! Pagaba así sus gestos señoriales. El párroco estaba enfadado. Su rostro mostraba una expresión canina y furiosa, algo despectiva. Temía que su hija desarrollara algunas de las repugnantes y deshonrosas actitudes de "aquella que fue Cynthia".

—Así que te haces la pródiga con el dinero, ¿no es así? —dijo con un fiero gesto de desdén que mostraba lo poco creyente que era en realidad, la inferioridad de un corazón que carecía de fe, de motivos para vivir. No tenía la menor confianza en ella.

Yvette se puso lívida y asumió una actitud distante. Su orgullo, esa preciosa y frágil llama que todos querían apagar, se contrajo sobre sí misma, como si ardiera lejos, avivada por un frío viento, apagándose, y su rostro, blanco como una campanilla de invierno, esa altanera flor invernal, parecía haberse quedado sin vida, dejando apenas en su lugar una pura y extraña abstracción.

"¡No cree en mí!", pensó para sí. "No soy nada para él, en realidad. Nada. Solo algo por lo que se siente vergüenza. ¡Todo es vergonzoso! ¡Todo es vergonzoso!"

La llama de la pasión, o de la ira, aunque la hubiese podido abrumar o enfurecer, no la había degradado tanto como la desconfianza de su padre, su definitiva actitud de desprecio hacia ella.

Durante el silencio de reflexión estéril que siguió, el párroco se asustó un poco. Después de todo, necesitaba la apariencia de amor, de fe y de una vida virtuosa. Nunca habría osado enfrentarse al grueso gusano de su propio descreimiento que se agitaba en su corazón.

—¿Qué tienes que decir en tu defensa? —preguntó.

Ella se limitó a mirarle con aquel impasible rostro helado que llenaba a su padre de temor y le inspiraba un irremediable sentimiento de culpa. Aquella otra mujer, "aquella que fue Cynthia", le había mirado a veces con el mismo aturdido y blanco temor, el temor a su degradante falta de fe, al gusano que ocupaba el centro de su corazón. Él sabía que el núcleo de su corazón era un gordo y terrible gusano. Su espanto era algo que nadie debía conocer. Su angustioso odio se enfrentaría a cualquiera que lo percibiese, haciéndole retroceder.

Vio retroceder a Yvette, y de inmediato cambió su actitud para adoptar la del viejo cínico, mundano y humorista de siempre.

—Bueno —exclamó—. Tendrás que devolver el dinero, hija, eso es todo. Te adelantaré el importe descontándolo de tu mensualidad, pero te recargaré el cuatro por ciento mensual como intereses. Hasta el demonio en persona ha de pagar un porcentaje sobre sus deudas. La próxima vez, si no puedes fiarte de ti misma, abstente de llevar encima un dinero que no es tuyo. La falta de honradez no es algo bonito.

Yvette permaneció inmóvil, aplastada, como si su padre la hubiera desflorado y humillado. Su espíritu se arrastraba siguiendo los rayos de su orgullo. Sentía repugnancia hacia sí misma. ¡Ah! ¿Por qué habría tocado el maldito dinero? Toda su carne se contrajo, como si hubiese sido profanada. ¿Por qué ocurría eso? ¿Por qué, por qué sucedía?

Admitió haber obrado mal al gastarse el dinero. "Por supuesto que no debí hacerlo. Tienen razón al mostrarse enfadados", se dijo.

Pero ¿de dónde venía aquella horrible contracción de su carne? ¿Por qué se sentía como si hubiese contraído algo contagioso?

—A veces te comportas como una estúpida, Yvette —le reprendió Lucille: la pobre estaba muy afectada—, como un libro abierto. Tendrías que haber sabido lo poco que les costaría dar con la verdad. Yo podría haberte dejado el dinero, evitando así todo este problema. ¡Es completamente estúpido! Pero nunca piensas de antemano dónde te conducen tus acciones. ¡Tía Cissie diciéndote todas aquellas cosas! ¡Es terrible! ¡Lo que habría dicho mamá si la hubiese escuchado!

Cuando las cosas iban mal solían pensar en su madre, y despreciaban al padre y a toda la baja ralea de Saywells. La madre, por supuesto, había pertenecido a un mundo más alto, aunque también más peligroso e inmoral; sin duda más egoísta, aunque de actitud mucho más extravagante, menos escrupulosa y más fácilmente inclinada al desdén; pero no tan humillante.

Yvette siempre había pensado que debía su fina y delicada carne a su madre. Los Saywell eran todos un poco bastos, y en cierto modo mugrientos. En cambio, nunca te abandonaban a tu suerte. Mientras que "aquella que fue Cynthia" había abandonado al párroco dando un portazo y dejando a las dos niñas con él. ¡Sus pequeñas! No habían podido perdonarla del todo.

Solo oscuramente, tras aquel episodio, Yvette comenzó a reconocer en sí misma su otra santidad, la santidad de su carne, de su sangre limpia y sensible, que los Saywell, con su mal llamada moralidad, habían conseguido mancillar. Siempre habían querido corromperla. No creían en la vida. En cambio, "aquella que fue Cynthia" quizá solo hubiese descreído de la moral.

Yvette se quedó pálida y mareada, en un estado de confusión. El párroco pagó a tía Cissie, para furia de la mujer. En sus entrañas aún se agitaba el tumor de la cólera. Hubiese querido publicar el delito de su sobrina en el boletín parroquial. A aquella solterona destruida le resultaba angustioso no poder divulgar la noticia a todo el mundo ¡El egoísmo! ¡El egoísmo!

Llegado el momento, el párroco entregó a su hija una relación de su deuda con él, incluidos los intereses, la cual debía ser deducida de su pequeña mensualidad. Pero en la columna del haber había anotado una guinea, la multa que él debía pagar por su complicidad.

—Como padre de la culpable —dijo divertido—, me multo con una guinea. Así limpio de culpa mi alma.

Siempre era espléndido con el dinero. Pero, de alguna forma, parecía creer que al mostrarse desprendido podía considerarse un hombre generoso, cuando, en realidad, usaba el dinero y la generosidad como un arma para retener a su hija.

Dejó que el asunto se olvidase por completo. Para entonces, aparentemente, le resultaba más divertido que otra cosa. Pensaba que seguía jugando sobre seguro.

Tía Cissie, sin embargo, no pudo recuperarse del espasmo. Cierta noche en que Yvette, con ánimo abatido, había resuelto acostarse temprano y Lucille había salido a una fiesta, se abrió la puerta suavemente y apareció la tía. Yvette yacía desfallecida presa de una sensación de abatimiento y corrupción. Tía Cissie asomó su rostro verdoso por la puerta entreabierta. Yvette se sobresaltó.

—¡Mentirosa! ¡Ladrona! ¡Pequeña alimaña egoísta! —siseaba la maníaca cara de tía Cissie—. ¡Tú, pequeña hipócrita! ¡Mentirosa! ¡Alimaña egoísta! ¡Pequeña bestia insaciable!

Había un desprecio tan impersonal en aquella máscara gris, y tan frenético era el tono con que pronunció sus palabras, que Yvette abrió la boca para gritar, presa de un ataque de histeria; pero tía Cissie volvió a cerrar la puerta tan rápido como la había abierto y desapareció. Yvette saltó de la cama y cerró la puerta con llave. Luego se arrastró hasta la cama, medio enloquecida de espanto por la aparición de aquella escuálida demente, rígida, con la parálisis del orgullo herido. Y en medio de todo aquello, le llegó de pronto el rumor de una delirante carcajada. ¡Era tan asquerosamente ridícula…!

El comportamiento de tía Cissie no pareció lastimar demasiado a la muchacha. Después de todo, había sido algo casi fantástico. Sin embargo, estaba herida: en sus miembros, en su cuerpo, en su sexo. Se sentía herida, abrumada, casi destruida, con los nervios vibrantes y crispados. Siendo todavía tan joven, era incapaz de comprender qué sucedía.

Se limitaba a tumbarse deseando ser una gitana, vivir en un campamento, en un carromato, sin poner jamás el pie en una casa e ignorando la existencia de la parroquia; sin mirar siquiera a la iglesia. Tenía el corazón endurecido, lleno de repugnancia hacia la parroquia. Odiaba la parroquia y todo cuanto implicaba. Aquella suerte de vida estancada, donde la repugnancia nunca se mencionaba pero cuyo hedor traspasaba a todos los seres que allí vivían, desde la abuela hasta las criadas, le parecía sucia. Si los gitanos carecían de cuartos de baño, al menos tampoco tendrían cloacas. Vivían en medio del aire fresco. En la parroquia nunca lo era, y en las almas de sus habitantes era rancio hasta la pestilencia.

El odio encendió su corazón, mientras seguía tendida con los miembros entumecidos. Pensó en las palabras de la gitana: "Hay un hombre moreno que nunca ha vivido en una casa. Te ama. Los demás comerciarán con tu corazón hasta que creas que él está muerto. Pero el hombre moreno se encargará de soplar sobre las brasas para que el fuego se alce de nuevo. Y será un buen fuego, ya lo verás".

Incluso cuando la mujer lo decía, Yvette sabía que había algún tipo de duplicidad en sus palabras; pero no le importaba. Odiaba el interior de la parroquia con el corrosivo odio de un niño; aquella suerte de vida putrefacta. Le gustaba aquella mujer grande, cetrina y con aspecto de loba, con sus grandes pendientes de oro en las orejas, el pañuelo rosado sobre la negra y rizada cabellera, el ceñido corpiño de terciopelo marrón y la falda verde parecida a un abanico. Le atraían sus manos morenas, vigorosas e implacables, que tan firmemente habían oprimido las suyas, como garras de lobo. Le gustaba. Le gustaba el peligro y su disimulada temeridad; le gustaba su sexo encubierto e inflexible, que era inmoral pero de un orgullo propio, firme y desafiante. Nada sometería nunca a aquella mujer. ¡Hubiera despreciado por completo a la parroquia y toda su moralidad! Estrangularía a la abuela con una sola mano; y sentiría el mismo desprecio hacia papá y tío Fred, como hombres, como lo hacía el gordo, viejo y baboso Rover, el perro terranova. El desprecio magnífico y burlón de una hembra, dirigido a aquellos perros domesticados que decían ser hombres.

¡Y el gitano! Yvette empezó a temblar de pronto, como si hubiese visto sus ojos grandes y atrevidos posándose sobre ella, con la desnuda insinuación de deseo en ellos, tan clara y absoluta que Yvette, impotente, permanecía tendida bocabajo sobre la cama, como si una droga la hubiese vaciado en un nuevo molde.

Nunca confesó a nadie que dos de las libras pertenecientes a los malhadados fondos del vitral habían ido a parar a manos de la gitana. ¡Si su padre y tía Cissie supiesen aquello…! Yvette se arqueó lujuriosamente sobre la cama. Pensar en el gitano había dado nueva vida a sus miembros y cristalizado en su corazón el odio de la parroquia; y ya no se sintió impotente. Todo lo contrario.

Cuando más tarde Yvette narró a Lucille el dramático interludio de tía Cissie en la entrada del dormitorio, Lucille se mostró indignada.

—¡Maldito sea todo! —exclamó—. Bien podría haberlo dejado correr. ¡Pensé que ya teníamos bastante a estas alturas! ¡Cielos santos, y uno pensaría que tía Cissie es una perfecta ave del paraíso! Papá lo ha permitido y, después de todo, es asunto suyo si es un don nadie. ¡Que tía Cissie se calle de una vez!

Era precisamente el hecho de que el párroco lo hubiese permitido, y que tratara de nuevo a la vaga y desconsiderada Yvette como si fuese un ser con una especie de licencia especial, lo que excitaba la bilis de tía Cissie. El hecho de que Yvette ignorase la mayoría del tiempo los sentimientos de los demás, y que, ignorándolos, no se preocupase por ellos, casi volvía loca a tía Cissie. ¿Por qué tendría aquella joven criatura, con una madre delincuente, que ir por la vida como si fuese un ser privilegiado, ajena a la existencia de los demás aunque se encontrasen delante de sus narices?

Lucille estuvo muy irritable aquellos días. Cuando entraba en la parroquia, parecía un poco fuera de sus cabales. ¡Pobre Lucille, tan considerada y responsable! Se ocupaba de todos los problemas. Debía pensar en los médicos, los medicamentos, las sirvientas; todo ese tipo de asuntos. Trabajaba concienzudamente en la ciudad durante todo el día, de diez a cinco, en una habitación con luz artificial, para llegar a su casa y soportar tensiones nerviosas que casi la ponían furiosa, a causa de la atroz y persistente curiosidad de aquella vieja decrépita y parásita.

El asunto de los fondos del vitral estaba aparentemente olvidado, pero seguía habiendo una viciada tensión en el ambiente. El tiempo seguía siendo malo. Los días en que no trabajaba por las tardes, Lucille se quedaba en la parroquia, lo cual no le causaba bien alguno. El rector se encerraba en su estudio, Yvette y ella cosían un vestido para la primera, y la abuela descansaba en el sofá.

El vestido era de seda aterciopelada —una tela francesa— y sin duda sería muy favorecedor. Lucille hizo que se lo probase otra vez. No estaba del todo satisfecha con la caída de debajo de los brazos.

—¡Qué fastidio! —exclamó Yvette, extendiendo sus largos, tiernos e infantiles brazos, que tendían a azularse a causa del frío—. ¡No seas tan horriblemente quisquillosa, Lucille! Ya está bien así.

—Si así me lo agradeces, después de pasar mi tiempo libre haciéndote vestidos, mejor será que me dedique a hacerlos para mí.

—Bueno, Lucille, ya sabes que nunca te lo he pedido; y sabes también que no puedes soportar no supervisarlo todo —dijo Yvette con esa fastidiosa suavidad suya, mientras levantaba sus codos desnudos y se observaba por encima del hombro en el espejo alargado.

—¡Oh, claro! Nunca me lo has pedido —exclamó Lucille—. Como si no supiera lo que significa cuando empiezas a suspirar y a hacer aspavientos por toda la casa.

—¿Yo? —le dijo Yvette mostrando una leve sorpresa—. A ver ¿cuándo me he puesto yo a suspirar y a brincar de impaciencia?

—Ya sabes que lo has hecho.

—¿Ah, sí? Pues no, no lo sé. ¿Cuándo ha sido?

Yvette sabía poner un particular enojo en sus suaves y descarriadas preguntas.

—No daré una puntada más si no te estás quieta y lo dejas de una vez —dijo Lucille, con voz vehemente y más bien sonora.

—Ya sabes lo horriblemente gruñona e irritable que llegas a ponerte, Lucille —repuso Yvette, moviéndose como si estuviese de pie sobre ladrillos calientes.

—¡Yvette! —gritó Lucille, con ojos súbitamente furiosos ante el rostro de su hermana—. ¡Déjalo de una vez! ¿Por qué tiene que soportar todo el mundo tu carácter abominable y autoritario?

—Bueno, no sé nada sobre mi carácter —le dijo Yvette, desembarazándose del vestido a medio hacer y poniéndose de nuevo el otro.

Luego, con una expresión obstinada en el semblante, en medio del melancólico atardecer, se sentó de nuevo a la mesa y se puso a coser la tela azul. Toda la habitación estaba sembrada de retazos azules, las tijeras habían ido a parar al suelo, la cesta de labor estaba esparcida caóticamente sobre la mesa y un segundo espejo colgaba peligrosamente sobre el piano.

La abuela, que había permanecido semiinconsciente, terminó su siesta, se irguió en el amplio y cómodo sofá y se enderezó la toca.

—No se puede dormitar en paz —dijo, tocándose ligeramente el pelo fino y blanquísimo para comprobar que estaba en orden. Había oído un ligero ruido.

Entró tía Cissie rebuscando chocolates en su bolso.

—¡Nunca vi semejante desorden! —exclamó—. Será mejor que ordenes este desbarajuste, Yvette.

—Muy bien —repuso—. Lo haré dentro de un minuto.

—Lo que quiere decir nunca —dijo la tía desdeñosamente, precipitándose de pronto sobre las tijeras para recogerlas.

Hubo un largo silencio. Lucille se llevó lentamente las manos a la cabeza mientras leía un libro.

—Será mejor que recojas, Yvette —insistió tía Cissie.

—Lo haré, antes de la hora de la merienda —replicó Yvette, levantándose de nuevo y pasándose el vestido azul por la cabeza mientras movía sus largos y desnudos brazos para hacerlos pasar por los agujeros sin mangas. Fue a colocarse en medio de los dos espejos para mirarse de nuevo.

Al hacerlo, el segundo de ellos, que había colocado despreocupadamente sobre el piano, resbaló y fue a dar ruidosamente contra el suelo. Afortunadamente no se quebró, pero todas se sobresaltaron mucho.

—¡Ha destrozado el espejo! —exclamó tía Cissie.

—¿Que han destrozado un espejo? ¿Qué espejo? ¿Quién lo ha destrozado? —preguntó la abuela con voz aguda.

—Yo no he destrozado nada —observó con calma Yvette—. No ha ocurrido nada.

—Sería mejor que no volvieses a colocarlo donde estaba —dijo Lucille.

Yvette, con un leve estremecimiento de impaciencia ante el alboroto que había provocado, trató de colocar el espejo en otra parte, pero no lo consiguió.

—Si tuviese un buen fuego en mi propia habitación —dijo visiblemente enojada—, no tendría que soportar tanto alboroto alrededor cuando quisiera coser.

—¿Qué espejo estás moviendo? —preguntó la abuela.

—Uno que es nuestro. Vino de la parroquia —dijo Yvette groseramente.

—Pues no vayas a romperlo aquí, venga de donde venga —advirtió la abuela.

Existía cierto desagrado familiar por el mobiliario que había venido con "aquella que fue Cynthia". La mayor parte de él estaba en la cocina o en la habitación de las criadas.

—Oh, yo no soy supersticiosa —dijo Yvette—. Ni con los espejos ni con nada.

—Tal vez tú no —comentó la abuela—. La gente que nunca asume la responsabilidad de sus propias acciones generalmente no presta atención a lo que sucede.

—Después de todo —replicó Yvette—, puedo decir que es mi propio espejo, incluso si lo rompo.

—Y yo digo —replicó la abuela— que no habrá espejos rotos en esta casa si podemos evitarlo, sin importar a quién pertenecen o hayan pertenecido. Cissie, ¿está derecha mi toca?

Tía Cissie se acercó a su madre y le arregló la capa. Yvette tarareó en voz alta e irritada una musiquilla sin melodía.

—Y ahora, Yvette, ¿harás el favor de ordenarlo todo? —dijo tía Cissie.

—¡Qué fastidio! —exclamó Yvette—. Resulta sencillamente horrendo vivir con un grupo de personas que se pasan el tiempo dándole a una lata y armando alboroto por tonterías.

—¿De qué personas hablas, si puedo preguntártelo? —dijo tía Cissie con voz amenazante.

Parecía inminente otra discusión. Lucille levantó los ojos de su libro, mirando la escena con extraña expresión. En las dos muchachas hervía la sangre de "aquella que fue Cynthia".

—¡Por supuesto que puedes preguntarlo! —exclamó la escandalosa Yvette—. ¡Sabes muy bien que me refiero a la gente que puebla esta asquerosa casa!

—Al menos —observó la abuela—, no descendemos de sangre depravada.

Hubo un silencio eléctrico durante un segundo. De pronto, Lucille saltó de su asiento, brotándole chispas en los ojos.

—¡Cállate! —gritó, explotando ante la abigarrada majestad de la vieja.

La abuela comenzó a respirar agitadamente, presa de sabe Dios qué convulsiones. Esta vez, como después de un rayo, hubo un silencio helado.

Entonces tía Cissie, lívida, se precipitó sobre Lucille empujándola con furia.

—¡Vete a tu habitación! —chilló con voz ronca—. ¡Vete a tu habitación!

Y siguió empujando a Lucille, que estaba muy lívida y cuyos ojos parecían echar fuego. Lucille se dejaba empujar, mientras la tía vociferaba:

—¡Quédate en tu cuarto hasta que te hayas disculpado por esto! ¡Hasta que hayas pedido perdón a Madre!

—¡No me disculparé! —se oyó la voz de Lucille desde el pasillo, mientras la tía seguía empujándola.

Tía Cissie la empujó salvajemente escaleras arriba.

Yvette permanecía de pie en el salón, con aire de ofendida dignidad y a la vez desconcertada, algo que no era muy habitual en ella. Seguía con los brazos descubiertos, con el vestido azul que estaba todavía a medio hacer. Incluso ella estaba sorprendida por el ataque de Lucille contra la majestad de los años. Pero también sentía una fría indignación por los ataques de la abuela contra su sangre materna.

—Desde luego, no pretendía ofenderos —dijo la anciana.

—¿Ah, no? —preguntó fríamente Yvette.

—Por supuesto que no. Solo he dicho que no somos unas depravadas tan solo por ser supersticiosas con un espejo roto.

Yvette apenas podía creer lo que estaba oyendo. ¿Había oído bien? ¿Cómo era posible? ¿O acaso la abuela, a su edad, podía mentir tan descaradamente?

Yvette sabía que la abuela había mentido con toda frialdad. Pero enseguida, como siempre, se creyó su propio embuste.

En aquel momento apareció el párroco, habiendo dejado que pasara un poco la tormenta.

—¿Qué sucede? —preguntó con cautela, mostrándose alegre.

—¡Oh, nada! —repuso Yvette arrastrando cada sílaba—. Lucille dijo a la abuela que se callara cuando estaba diciendo algo, y tía Cissie se la llevó a empujones a su cuarto. Tant de bruit pour une omelette. Aunque Lucille se pasó un poco de la raya esta vez.

La anciana no lograba entender del todo lo que decía Yvette.

—Lucille tendrá realmente que aprender a dominar sus nervios —dijo—. Se cayó un espejo y me preocupé. Así se lo hice saber a Yvette y ella dijo algo sobre supersticiones y las personas de esta asquerosa casa. Le recordé que las personas de la casa no son unas depravadas por el solo hecho de molestarse cuando se rompe un espejo. Y ahí, Lucille saltó hacia mí y me dijo que me callase. Es realmente vergonzoso el modo como estas niñas se dejan llevar por sus nervios. Sé que solo son los nervios.

Tía Cissie había entrado en la habitación en medio de la conversación. Al principio también ella estaba aturdida. Enseguida le pareció que todo era como decía la abuela.

—Le he prohibido que baje hasta que venga a pedir perdón a Madre —dijo.

—Dudo que vaya a hacerlo —comentó Yvette, serena y majestuosa, cogiéndose los brazos desnudos.

—Y yo no quiero perdones —dijo la anciana—. Son solo los nervios. No sé en qué se convertirán si a sus años se dejan llevar por ellos de esa manera. Tendría que tomar Vibrofat. Creo que Arthur quiere su té, Cissie.

Yvette recogió su labor para irse a su dormitorio, y otra vez volvió a canturrear de forma estridente poco melodiosa.

—¡Más trapos! —le dijo su padre jovialmente.

—¡Más trapos! —repitió ella sabiamente, mientras subía por las escaleras, con su vestido colgado del brazo. Quería consolar a Lucille, y preguntarle cómo le caía ahora el vestido.

Se detuvo en el primer rellano, como era su costumbre, para mirar el puente y el camino a través de la ventana. Como la Dama de Shalott, imaginaba siempre que alguien llegaría cantando su tirá-lirá, u cualquier otra canción inteligente, por la vera del río.

V

Era casi la hora del té. La nieve se acumulaba a cada lado del corto sendero que iba de un costado de la casa hasta el portal, y el jardinero se entretenía con los macizos florales circulares, muy húmedos, en la hierba que se extendía por la pendiente y terminaba en el río. Pasado el portal estaba el camino fangoso blanqueado por la nieve y que llevaba inmediatamente al puente de piedra. Luego serpenteaba, curvándose, para subir en dirección al norte, hasta la empinada aldea de piedra, llena de humo, que colgaba sobre los desoladores edificios industriales que Yvette podía ver delante, abajo, en el estrecho valle, con sus erguidas y largas chimeneas.

La parroquia se encontraba a un lado del río Papple, en el valle de paredes escarpadas, mientras que la aldea se elevaba, un poco más allá, al otro lado de la rápida corriente. Por detrás de la parroquia subía bruscamente la colina, por un bosquecillo de oscuros y desnudos cedros, a través del cual desaparecía el camino. Apenas cruzado el río, enfrente de la casa, la ribera se elevaba, cubierta de matorrales, hasta llegar al nivel de los prados que bajaban de nuevo desde las sombrías laderas de la colina, donde se alternaban los árboles con las rocas grises que afloraban aquí y allá.

Desde el extremo de la casa, Yvette solo podía ver el camino que se curvaba una vez pasado el muro bordeado de laureles, bajaba hasta el puente y subía luego hasta alcanzar el primer conjunto de casas de la aldea de Papplewick, más allá de los secos muros de piedra.

Siempre esperaba que "algo" bajase por la pendiente del camino de Papplewick, y por eso se detenía siempre ante la ventana del rellano de la escalera. A menudo veía bajar un carro, o un automóvil, o algún camión cargado de piedras, o también un labrador o una criada; pero nunca nadie que cantase tirá-lirá junto al río. Los tiempos del tirá-lirá parecían haber quedado atrás para siempre.

Aquel día, sin embargo, por la esquina del camino gris y blanco, entre la hierba y los pequeños muros de piedra, bajaba briosamente un caballo ruano conducido por un hombre con sombrero que iba encaramado en el pescante de un carro ligero. El hombre se movía resueltamente de acuerdo con las oscilaciones del carro, mientras el caballo bajaba por la colina en medio de la silenciosa penumbra del atardecer. En la parte trasera sobresalían unas largas escobas hechas de caña y plumas, que también oscilaban con la marcha.

Yvette estaba muy cerca de la ventana, en el espacio que había entre el cristal y las cortinas, cogiéndose con ambas manos la parte superior de los brazos.

Llegado al pie de la pendiente, el caballo se puso a trotar con energía en dirección al puente. El carro traqueteó sobre el puente de piedra, los plumeros se sacudían y el conductor, sentado como en una especie de sueño, se balanceaba con la marcha. Parecía el personaje de un sueño.

Pero cuando hubo cruzado el puente y pasó junto al muro de la parroquia, miró hacia la triste casa de piedra que parecía haber retrocedido desde la verja para colocarse bajo la colina. Yvette movió con rapidez las manos. Y en cuanto él la vio, su rostro moreno y predador se puso alerta bajo el sombrero.

Se detuvo de pronto, enfrente de la blanca verja, mirando todavía hacia la ventana, mientras Yvette, apretando siempre sus frías manos, seguía observándolo abstraída desde lo alto de la ventana.

El hombre hizo un ligero gesto con la cabeza, parecido a una seña, y condujo al caballo hacia la hierba, a un lado de la senda. Luego, de forma ágil y todavía en tensión, apartó la lona del carro, extrajo de él varios artículos, sacó dos o tres largos plumeros de caña, volvió a cubrir el carro y se dirigió hacia la casa, mirando hacia Yvette mientras abría la blanca verja.

Saludó al hombre con la cabeza y voló hasta el baño para ponerse el vestido, esperando haber disfrazado su gesto de tal modo que él no pudiese estar seguro de que lo había hecho. Entretanto se podía escuchar el hondo gruñir del viejo tonto de Rover, acompañado con puntualidad por el joven idiota de Trixie.

Llegó a la puerta al mismo tiempo que la criada.

—¿Era el hombre que vende plumeros? —preguntó Yvette a la criada—. ¡De acuerdo! —Y abrió la puerta—. Tía Cissie, aquí hay un hombre que vende plumeros. ¿Quieres que le abra la puerta?

—¿Qué clase de hombre? —preguntó la tía, que estaba tomando el té con Madre y el párroco. Aquel día las niñas habían sido excluidas de la merienda.

—Un hombre con un carro.

—Un gitano —aclaró la criada.

Como era de esperar, tía Cissie se incorporó de inmediato. Tenía que echarle un vistazo.

El gitano esperaba enfrente de la puerta de servicio, bajo el escarpado talud donde crecían los cedros. Llevaba los plumeros en una mano, y de la otra le colgaban varios objetos brillantes de cobre y bronce: una cacerola, un candelero y unas bandejas de amartillado cobre. Presentaba un aspecto limpio y aseado, un poco desenfadado, con aquel sombrero verde y una chaqueta cruzada del mismo color. Pero sus modales eran contenidos, muy tranquilos pero al mismo tiempo orgullosos, distantes y con un toque de condescendencia.

—¿Quiere algo esta vez, señora? —dijo mirando a tía Cissie con ojos oscuros, astutos e indagadores, pero poniendo una apacible suavidad en su voz.

Tía Cissie vio cuán atractivo era, y la flexible curva de su labio bajo la línea del negro bigote. Se sintió agitada. La menor muestra de grosería o de agresividad por parte del hombre la hubiese hecho cerrarle desdeñosamente la puerta en la cara. Pero este consiguió insinuar una sumisión tan sutil y sugestiva dentro de su varonil aspecto que la hizo vacilar.

—¡El candelero es espléndido! —exclamó Yvette—. ¿Lo ha hecho usted?

Y miró al visitante con sus ojos ingenuos e infantiles, que eran tan capaces de expresar ambigüedades como los suyos.

—¡Sí, señorita! —La miró a los ojos un instante, con aquella desnuda sugerencia de deseo que actuaba en ella como un hechizo, desposeyéndola de toda voluntad. Su tierno semblante pareció sumirse en sueños.

Tía Cissie comenzó a regatear por el candelero, que consistía en un pequeño y grueso tallo de cobre sobre un cuenco doble. El hombre la atendía con paciente indiferencia, sin mirar a Yvette, quien se apoyaba en la entrada de la casa contemplando la escena con gesto soñador.

—¿Cómo está su esposa? —le preguntó de pronto, aprovechando que tía Cissie había ido a enseñar el candelero al párroco para preguntarle si valía la pena adquirirlo.

El gitano miró de lleno a Yvette, y una sonrisa apenas perceptible recorrió sus labios. Sus ojos no sonreían. La insinuación que había en ellos se transformó en un fulgor.

—Está bien —murmuró en voz baja, íntima y acariciadora—. ¿Cuándo tomará de nuevo ese camino?

—Oh, no lo sé —dijo vagamente Yvette.

—Venga los viernes, cuando yo estoy allí —dijo él.

Yvette miró por encima de su hombro, como si no le hubiese escuchado. Tía Cissie volvió, con el candelero y el dinero convenido. Yvette se volvió con aparente indiferencia, tarareando una de sus fragmentarias melodías, abandonando todo el asunto con cierta grosería.

Sin embargo, escondiéndose esta vez detrás de la ventana del rellano, esperó para ver marcharse al hombre. Lo que ella deseaba averiguar era si efectivamente tenía algún poder sobre ella. Esta vez no quería que él la viese.

Le vio dirigirse hacia la verja llevando sus plumeros y cacharros, y luego ir hasta el carro. Colocó con cuidado cada cosa en su lugar y ajustó la lona encima del carro. Después, con un pequeño y natural brinco, se sentó de nuevo en el pescante y hostigó al caballo con las riendas. Este se puso enseguida en movimiento, las ruedas del carro chirriaban al subir la cuesta, y el hombre no tardó en desaparecer sin mirar atrás. Se había ido, como un sueño que era tan solo eso, pero que ella no podría quitárselo de la cabeza.

"No, no ejerce ningún poder sobre mí", se dijo, en realidad algo decepcionada, pues deseaba que alguien, o algo, ejercieran un poder sobre ella.

Siguió subiendo para hacer entrar en razón a Lucille, y para regañarla por haberse enfurecido por una tontería.

—¡Qué importa que le hayas dicho a la abuela que se callara! —objetó—. Todo el mundo necesita de vez en cuando que le hagan callar si se comporta de manera detestable. Pero ella no quiso decir lo que dijo, ya lo sabes. No, no quería. Y lamenta haberlo hecho. No hay ninguna razón para armar un alboroto. Vamos, vistámonos y bajemos a cenar como duquesas. Esa será nuestra manera de responder. ¡Vamos, Lucille!

Había algo extraño y retorcido, como tener una telaraña sobre la cara, en la vaga despreocupación de Yvette; una rara y difusa manera de eludir lo desagradable. Era alentador, pero también como andar en medio de aquellas neblinas otoñales, cuando una finísima tela se posa sobre el rostro y no es posible saber dónde se encuentra uno.

Consiguió, de todos modos, persuadir a Lucille, y ambas sacaron sus mejores vestidos de fiesta, verde y plateado el de Lucille, e Yvette con uno de color lila pálido, con hilos de chenilla color turquesa. Un poco de polvo y de carmín, y los mejores zapatos que tenían, y los jardines del paraíso empezaron a retoñar. Yvette canturreaba algo mientras se miraba en el espejo, adoptando su mejor actitud degagée, como una joven marquesa. Tenía la rara costumbre de arquear las cejas y arrugar los labios, despegándose, aparentemente, de toda consideración terrenal, flotando en la nube de sus propias y perladas reservas. Era divertido, aunque no del todo convincente.

—Por supuesto que soy hermosa, Lucille —dijo con abandono—. Y tú estás perfectamente encantadora, ahora que estás llena de reproches. Por cierto que eres la más aristocrática de las dos. ¡Con esa nariz! Y ahora que tus ojos miran con reproche, le añaden una apariencia muy atractiva. Sí, eres perfecta, perfectamente encantadora. Pero de alguna forma yo lo soy más, ¿no te parece?

Se volvió hacia Lucille con gesto travieso, complicadamente simple.

Era sincera en lo que decía: realmente lo pensaba; aunque no dejó traslucir la muy diferente sensación que también la inquietaba, la idea de que había sido observada, no desde fuera sino desde dentro, desde su más femenino y secreto ser. Se estaba poniendo elegante y asumía sus maneras más deslumbrantes tan solo para contrarrestar el efecto que el gitano había tenido en ella al mirarla, sin percatarse de su hermoso rostro ni de sus agradables modales, sino tan solo del oscuro, trémulo y poderoso secreto de su virginidad.

Las dos muchachas se dirigieron con enorme pompa a lo alto de la escalera al sonar el gong que avisaba para la cena, pero esperaron a oír las voces de los hombres. Entonces se deslizaron hacia la planta de abajo y entraron en el salón; Yvette, a su manera vaga y desenfadada, siempre un poco ausente; y Lucille más tímida, dispuesta a echarse a llorar.

—¡Por la gracia divina! —exclamó tía Cissie, quien seguía vestida con su oscura chaqueta de punto marrón—. ¡Qué aparición! ¿Adónde creéis que vais?

—A cenar en familia —repuso Yvette cándidamente—, y nos hemos puesto nuestras mejores galas para estar a la altura de la ocasión.

El párroco lanzó una sonora carcajada, y tío Fred dijo:

—La familia se siente muy honrada.

Los dos hombres se mostraban muy galantes, que era lo que Yvette quería.

—¡Acercaos para que toque vuestros vestidos! —exclamó la abuela—. ¿Os habéis puesto los mejores? ¡Qué lástima que no pueda veros!

—Esta noche, Madre —dijo tío Fred—, tendremos que dar el brazo a las señoritas para entrar en el comedor. Hay que devolver el honor. ¿Querrás ir con Cissie?

—Claro que sí —contestó la abuela—; la juventud y la belleza han de ir las primeras.

—¡Esta noche sí, Madre! —dijo satisfecho el rector.

Y ofreció su brazo a Lucille mientras tío Fred se encargaba de escoltar a Yvette.

Pero fue una cena aburrida y sin brillo, como todas las demás. Lucille trató de mostrarse alegre y sociable, e Yvette estuvo en verdad muy gentil, a su manera negligente y despistada. Débilmente, en el fondo de su cabeza, pensaba: "¿Por qué parecemos todos unos muebles moribundos? ¿Por qué nada es importante?".

Era el estribillo de siempre: ¿por qué nada es importante? Ya estuviese en la iglesia, o en alguna fiesta de gente joven, o bailando en el hotel de la ciudad, aparecía en su cabeza la misma pregunta insistente: ¿por qué nada es importante?

Había muchos jóvenes dispuestos a hacer el amor con ella, incluso devotamente; pero ella, impaciente, se los quitaba de encima. ¿Por qué eran tan insignificantes, tan irritantes en definitiva?

Ni siquiera pensaba nunca en el gitano. Era un episodio absolutamente baladí. Sin embargo, la cercanía del viernes lo convirtió en algo extrañamente significativo.

—¿Qué haremos el viernes? —preguntó a Lucille. A lo cual esta respondió que no tenían nada que hacer. Yvette se enojó.

Llegó el viernes y, a pesar suyo, pensó durante todo el día en la cantera junto al camino de Bonsall Head. Hubiese querido estar allí. Era lo único de lo que estaba segura. Quería estar allí. No tenía, sin embargo, ni la menor idea de cómo ir. Por lo demás, estaba lloviendo de nuevo. Pero mientras cosía el vestido azul, dándole los últimos retoques para la fiesta de Lambley Close, al día siguiente, sintió que su alma estaba allá arriba, en la cantera, entre los carromatos, con los gitanos. Como alguien perdido, o alguien a quien han robado el alma, Yvette no estaba presente en su cuerpo, aquel cascarón de sí misma. Su pensamiento estaba en la cantera, entre los carromatos.

Al día siguiente, en la fiesta, no advirtió que se estaba comportando muy agradablemente con Leo, y tampoco que se lo estaba quitando a la atormentada Ella Framley. No hasta que él, mientras sorbía su helado de pistacho, le dijo:

—¿Por qué tú y yo no nos comprometemos, Yvette? Estoy convencido de que sería lo mejor para ambos.

Leo era un muchacho bastante vulgar, pero tenía buen corazón y era adinerado. A Yvette le resultaba simpático. ¡Pero comprometerse! ¡Qué idea tan absurda! Sintió impulsos de regalarle un juego de sus pantis de seda, para que se comprometiese con ellos.

—¡Pero yo pensaba que te gustaba Ella! —exclamó sorprendida.

—Bueno, así habría sido si no estuvieras tú. Es culpa tuya, ya sabes. Desde que aquellos gitanos te dijeron la buenaventura, pensé que se trataba de mí o de nadie más, y al revés, que serías tú o ninguna otra.

—¡Vaya! —exclamó Yvette completamente asombrada—. ¿De verdad?

—¿No sentiste tú lo mismo? —preguntó.

—¡Vaya! —Yvette no dejaba de jadear levemente, como un pez.

—Pensaste lo mismo, ¿no es así? —insistió él.

—¿Cómo? ¿Sobre qué? —le preguntó Yvette, cobrando conciencia.

—Sobre mí. Igual que lo que yo siento por ti.

—¿Qué? ¿Cómo? ¿Comprometerme contigo, dices? ¿Yo? ¡No! ¿Cómo podría? Nunca se me había ocurrido semejante cosa. ¡Es imposible!

Hablaba con su habitual e irresponsable franqueza, completamente indiferente a los sentimientos de él.

—¿Qué te lo impediría? —dijo Leo, un poco molesto—. Pensé que querías.

—¿Lo pensaste realmente? —dijo ella, presa del asombro, con aquel suave, despreocupado y virginal candor que tantos admiradores y enemigos le reportaba.

Estaba tan absolutamente estupefacta que a él solo le quedó el recurso de menear sus pulgares con fastidio.

Comenzó la música y él la miró.

—¡No! No bailaré más —dijo irguiéndose con dignidad y mirando a lo lejos, bastante altaneramente, por encima de la concurrencia, como si el muchacho no existiera. Había un rastro de incomprensible sorpresa en su frente, y su rostro suave y virginal se asemejaba a una campanilla de invierno como las de su patético padre.

—Pero tú sí que bailarás —dijo volviéndose hacia él con juvenil condescendencia—. Pide a alguien que baile contigo.

Leo se puso en pie, colérico, y se alejó de ella.

Yvette permaneció en el mismo sitio, ausente y llena de asombro. ¡Esperar que Leo le propusiese matrimonio! También podría haber esperado que lo hiciera el viejo Rover, el perro terranova.

¿Comprometerse con cualquier hombre de este mundo? No, por los cielos. ¡No podía imaginar nada más ridículo!

Fue entonces, en un fugaz pensamiento lateral, cuando comprendió que el gitano existía. Se indignó consigo misma de inmediato. ¡Él, nada menos! ¡Él! ¡Nunca!

Pero ¿por qué?, se preguntó con callado asombro. ¿Por qué no? Es absolutamente imposible. Absolutamente. Pero entonces ¿por qué pensarlo?

Era un hueso muy duro de roer. Observó a los muchachos bailando: los codos hacia fuera, las caderas prominentes y las cinturas moviéndose con elegancia. No le ofrecían la clave del misterio, aunque le desagradaba particularmente la afectada elegancia de sus cinturas y caderas, de las cuales colgaban con afeminada discreción las bien cortadas colas de sus chaqués.

"Hay algo en mí que ellos no ven, y que nunca podrán ver", se dijo a sí misma con enfado. Y al mismo tiempo se sintió aliviada de que así fuera. Convertía la vida en algo mucho más simple.

De nuevo, como era de esas personas cuya conciencia obraba por imágenes visuales, vio el oscuro jersey verde enrollado sobre los negros pantalones del gitano, y sus caderas bien moldeadas y rápidas, tan en guardia como los ojos. Eran elegantes. La elegancia de los que bailaban parecía ahora tan disecada, con las caderas rellenas de carne. ¡Y también Leo, que se creía tan buen bailarín y con tan buena figura!

Vio luego el rostro del gitano: la nariz recta, los labios inquietos y delicados, y el sereno y sugerente mirar de sus ojos negros, que parecían disparar sobre ella, tocándole algún punto vital no descubierto, infalible.

Se irguió enfadada. ¿Cómo osaba mirarla de tal modo? Paseó entonces sus ojos fulgurantes sobre la insípida belleza de la pista de baile, y los despreció. Al igual que desprecian las variopintas gitanas a los hombres que no son gitanos, riéndose de su canina forma de andar por la calle, se sorprendió a sí misma desdeñando aquella compañía. ¿Dónde, entre ellos, estaba el sutil, solitario e insinuante reto que podría llegar hasta Yvette?

No quería aparearse con un perro doméstico.

Levantó su sensible nariz y se sentó a reflexionar. Su suave pelo castaño oscuro caía como una suave funda sobre su rostro tierno como una flor. Parecía tan virginal… Al mismo tiempo, había en ella algo de bruja virginal, que atemorizaba a los perritos domésticos. Podía metamorfosearse en algo asombroso antes de que uno acertara a saber dónde estaba.

Eso le hacía estar sola, a pesar de los cortejos. Tal vez tantos pretendientes la hiciesen sentirse aún más sola.

Leo, que era una especie de mastín entre tanto perro doméstico, volvió después del baile con brío jovial y renovado.

—Lo has pensado mejor, ¿no es así? —dijo sentándose junto a ella. Era un muchacho bien alimentado, complaciente y tenaz. No sabía por qué le irritaba tanto cuando se pellizcaba los pantalones a la altura de las rodillas, a fin de que corrieran algo sobre sus piernas de buen tamaño, aunque no muy elegantes, y se dejaba caer con gesto seguro en una silla.

—¿Eso crees? —dijo vagamente—. ¿A qué te refieres?

—Sabes muy bien a qué me refiero —dijo Leo—. ¿Has tomado alguna decisión?

—¿Una decisión sobre qué? —preguntó ella con toda inocencia. Realmente lo había olvidado.

—¡Oh! —dijo Leo, alisándose los pantalones—. Sobre nosotros. Sobre nuestro compromiso.

Estaba tan fuera de lugar como ella misma.

—¡Oh, eso es absolutamente imposible! —replicó ella con suave amabilidad, como si le hubiesen planteado una pregunta descarriada del resto—. A decir verdad, no había vuelto a pensar en ello. ¡Oh, no deberías hablar de algo tan desprovisto de sentido! Este tipo de cosas es absolutamente imposible —dijo, repitiéndose como los niños.

—Ese tipo de cosas, ¿eh? —dijo Leo con una rara sonrisa ante su serena y distante afirmación—. ¿Cuáles son entonces las cosas que tienen sentido? Imagino que no querrás morir como una vieja solterona, ¿verdad?

—Oh, no me importaría —dijo ella con expresión ausente.

—Pues a mí sí.

Yvette se volvió hacia él, mirándole con asombro.

—¿Por qué? —le preguntó—. ¿Por qué tendría que importarte que me convierta en una vieja solterona?

—Por todas las razones del mundo —contestó, contemplándola con una atrevida y significativa sonrisa que buscaba evidenciar claramente lo que pensaba.

Pero en lugar de penetrar en algún punto profundo y secreto, acertando así en el blanco, la sonrisa audaz y paladina de Leo apenas rozó la parte exterior del cuerpo de ella, como una pelota de tenis, causándole la misma súbita e irritada reacción.

—Creo que todo esto es terriblemente estúpido —dijo con pícaro desdén—. Vamos, si estás comprometido con… con… —pudo contenerse a tiempo—, probablemente con una docena de chicas. No me siento halagada por lo que me has dicho. ¡Odiaría que alguien se enterase! ¡Lo odiaría! No diré una palabra sobre esto, y espero que tú tengas la sensatez de no hacerlo tampoco. ¡Allí está Ella!

Y apartando la mirada de él se alejó, como una flor alta y tierna, en busca de Ella Framley.

Leo sacudió sus guantes blancos.

"¡Estúpida zorra venenosa!", se dijo. Pero era del género de los mastines, y le gustaban las gatitas juguetonas. Empezó a pensar seriamente en quedarse con ella.

VI

A la semana siguiente siguió cayendo una lluvia torrencial. Esto irritaba mucho a Yvette. Habría querido que hiciese buen tiempo, especialmente hacia el fin de la semana. No se preguntó por qué.

El jueves, en que solo se trabajaba medio día, llegó acompañado de una dura helada, aunque hacía sol. Leo fue a buscarlas en su coche acompañado del grupo habitual. Yvette, con gesto de desagradado y sin ninguna razón real, rehusó la invitación.

—No, gracias, no me apetece salir —dijo.

Le divertía llevar la contraria como si fuese una chiquilla.

Resolvió dar un paseo por su cuenta, por las colinas escarchadas y hasta Black Rocks.

El día siguiente fue también soleado y con escarcha. Era febrero, pero en el norte del país el sol no había conseguido fundir el hielo. Yvette anunció que saldría a pasear en bicicleta, llevándose el almuerzo como si no fuese a regresar hasta la tarde.

Salió sin ninguna prisa. A pesar de la escarcha, el sol tenía un toque primaveral. En el parque se veía a los ciervos a lo lejos, bajo el sol, buscando el calor. Una hembra de pelo moteado andaba despacio por el inmóvil paisaje.

Con las manos en el manillar, Yvette encontraba dificultades para mantenerlas calientes, aunque llevaba el cuerpo abrigado. Solo cuando tuvo que subir a la cima de la colina, donde no corría el menor viento, se le calentaron un poco.

La parte superior del terreno era árida y desnuda; parecía otro planeta. Había escalado hasta alcanzar otro nivel. Pedaleaba despacio, temerosa de tomar una ruta equivocada en medio del vasto laberinto de cercados de piedra. Al ir por la senda que creía la buena, escuchó un ruido de golpes apagados, con una ligera resonancia metálica.

El gitano estaba sentado en el suelo de espaldas al eje de uno de los carromatos, y martilleaba un cuenco de cobre. Estaba al sol, sin sombrero, pero llevaba su jersey verde. Tres niños pequeños rondaban sin hacer ruido en torno al refugio del caballo, que no se veía por allí. Una anciana algo torcida, con la cabeza envuelta en un pañuelo, estaba cocinando encima de un fuego hecho con ramas. Solo se escuchaba el rápido y sonoro tap tap tap del martillo sobre el opaco cobre.

El hombre levantó de pronto la mirada al apearse Yvette de la bicicleta, pero no se movió, aunque dejó de martillear. Apenas se vislumbraba en su rostro una delicada sonrisa de triunfo. La anciana miró alrededor con interés, desde debajo de su sucio pelo gris. El hombre le dijo algo apenas audible y ella volvió a atarearse con su comida. El gitano miró de nuevo a Yvette.

—¿Cómo están todos ustedes? —preguntó cortésmente.

—¡Muy bien! ¿Quiere sentarse un minuto? —Volviéndose, tomó un banco de debajo del carromato para que Yvette se sentara en él. Luego, mientras la muchacha llevaba la bicicleta hasta una de las paredes de la cantera, siguió con su trabajo, golpeando el metal con aquellos golpes secos y rápidos, como si se tratase de un pájaro.

Yvette se acercó al fuego para calentarse las manos.

—¿Está preparando ya la cena? —preguntó con tono infantil a la anciana, mientras extendía sus tiernas y alargadas manos, moteadas de rojo a causa del frío, hacia las brasas.

—¡La cena, sí! —le dijo la mujer—. ¡Para él! Y para los niños.

Señaló con un largo tenedor a los tres pequeños de ojos negros que no dejaban de mirarla por debajo de sus morenos flequillos. Estaban limpios. Solo la vieja no lo estaba. La cantera misma estaba perfectamente aseada.

Yvette se puso en cuclillas ante el fuego, en silencio, con el fin de calentarse las manos. El hombre, a intervalos, seguía martilleando rápidamente. La vieja hechicera subió despacio los peldaños del más viejo de los carromatos. Los niños volvieron a sus juegos, tranquilos y ocupados, como animalillos silvestres.

—¿Son sus hijos? —preguntó Yvette poniéndose en pie y mirando al hombre.

El gitano la miró a los ojos y asintió con la cabeza.

—Pero ¿dónde está su esposa?

—Ha salido con la cesta. Se han ido todos, con el carro y lo demás, a vender cosas. Yo no vendo. Las hago, pero no las vendo. No a menudo, al menos.

—¿Hace usted todas esas cosas de cobre y de bronce? —preguntó ella.

Asintió, y de nuevo hizo un gesto ofreciéndole el banco. Ella se sentó.

—Me dijo usted que estaría aquí los viernes —dijo—. Con este tiempo salí a pasear.

—¡Un día estupendo! —asintió el gitano mirando sus mejillas, que todavía estaban un poco blanqueadas por el frío, y su pelo suave sobre la oreja carmesí, y las largas y todavía moteadas manos sobre sus rodillas.

—¿Pasa frío yendo en la bicicleta?

—¡Mis manos! —dijo, estrechándoselas nerviosamente.

—¿No lleva usted guantes?

—Los llevaba, pero no servían de mucho.

—El frío los atraviesa.

—¡Sí! —contestó.

La anciana fue hacia ellos muy despacio, bajando grotescamente la escalerilla con unos platos esmaltados.

—La cena está lista, ¿no? —le dijo él en voz baja.

La mujer murmuró algo al distribuir los platos junto al fuego. Dos ollas colgaban de una larga barra horizontal, sobre las ascuas del fuego, y había una especie de tetera, sostenida sobre un trípode de acero. A la luz del sol, el vapor y el fuego vacilaban juntos en el aire.

El hombre dejó el cuenco y las herramientas en el suelo, y se puso en pie.

—¿Comerá algo con nosotros? —preguntó a Yvette sin mirarla.

—Oh, he traído mi propia comida —dijo Yvette.

—¿Comerá un poco de guisado? —dijo, y de nuevo se dirigió en voz muy baja, casi secreta, a la vieja, quien musitó algo a modo de respuesta mientras deslizaba la olla hasta el extremo de la barra.

—Un poco de judías y cordero —dijo el gitano.

—¡Oh, muchísimas gracias! —dijo Yvette. Luego, armándose de valor, añadió—: Bueno, solo un poquito, si no es molestia.

Fue hasta la bicicleta para coger la comida atada al manillar, mientras él subía la escalerilla de su carromato. Volvió al cabo de unos instantes, secándose las manos con una toalla.

—¿Quiere subir y lavarse las manos? —preguntó a Yvette.

—No, no es necesario —dijo—. Están limpias.

El gitano vació el agua de un recipiente y se dirigió hacia la carretera con un gran jarro de bronce en las manos para coger agua fresca del chorro que caía sobre un pequeño estanque. Llevaba también una taza para enjuagar.

Al volver puso el jarro y el vaso cerca del fuego, y fue en busca de un tronco para sentarse. Los niños lo hicieron en el suelo, apiñados al lado del fuego. Comían la verdura y los trozos de cordero sirviéndose de cucharas o con los dedos. El gitano comía en silencio sentado sobre el tronco. Parecía absorto. La vieja preparó café en la negra tetera que había sobre el trípode y subió cojeando al carromato en busca de las tazas. Reinaba el silencio en el campamento. Yvette seguía sentada en su banco. Se había quitado el sombrero para agitar sus cabellos al sol.

—¿Cuántos hijos tiene? —preguntó súbitamente.

—Digamos que cinco —contestó lentamente, mientras volvía a mirarle a los ojos.

Y de nuevo el pajarito del corazón de Yvette se desplomó y pareció morir. Distraída, como en un sueño, recibió de él la taza de café. Solo era consciente de aquella silenciosa figura, sentada como una sombra sobre el tronco con una taza esmaltada entre los dedos, bebiendo en silencio su café. Su voluntad parecía haberla abandonado; ejercía poder sobre ella: su sombra caía sobre ella.

Entretanto él soplaba su café caliente y solo pensaba en una cosa: en el misterioso fruto de su virginidad, en la preciada ternura de su cuerpo.

Por fin puso su taza junto al fuego y se volvió para mirarla. El cabello de Yvette caía sobre su rostro al tratar de tomar a sorbos el café caliente. Había en su cara esa delicada apariencia de sueño que tiene la flor en su más álgido momento, como una campanilla de invierno que extiende sus tres alas blancas para volar hacia el sueño vigilante de su breve floración. El sueño de vigilia de su abierta virginidad, extasiada como un copo de nieve al sol, se apoderaba de ella.

El gitano, plenamente consciente de lo que sucedía, la esperaba como una sombra.

Finalmente, sin quebrar el encantamiento, se oyó su voz:

—¿Quiere ir al carromato ahora, a lavarse las manos?

Los ojos insomnes e infantiles de aquel momento de perfecta virginidad se posaron en los de él, incapaces de ver. Solo podía sentir la oscura y extraña emanación del hombre lavándose los brazos, despojándola por fin de toda voluntad. Le sentía, como un poder oscuro y completo.

—Creo que sí —repuso.

El hombre se puso en pie en silencio, y se volvió hacia la anciana para darle alguna orden en voz baja. Luego miró otra vez a Yvette, desplegando su dominio sobre ella; ya no era responsable de sí misma, ni tampoco de sus acciones.

—Venga —dijo.

Le siguió sencillamente; siguió el silencioso, secreto y omnipotente movimiento de aquel cuerpo que la precedía. No hacía esfuerzo alguno. Estaba sometida a su voluntad.

El hombre estaba ya en lo alto de la escalerilla, y ella al pie, cuando Yvette advirtió un ruido inoportuno. Se quedó inmóvil. Se acercaba el ruido de un motor. El hombre permaneció en lo alto de la escalerilla, mirando extrañado alrededor. La vieja dijo algo con voz ronca hasta que, con un estruendo, apareció el coche. Parecía pasar de largo.

Entonces escucharon un grito de mujer y los frenos del coche. Se había detenido un poco más allá de la cantera.

El gitano cerró la puerta del carromato y bajó por las escaleras.

—Lo que usted quiere es ponerse el sombrero —dijo a Yvette al pasar.

Obediente, fue hasta el banco de al lado del fuego y cogió su sombrero. El gitano se sentó junto a la rueda del carromato, misteriosamente, y cogió sus herramientas. El rápido tap tap de su martillo, que resonaba ahora con la furia de una pequeña metralleta, comenzó en el momento en que una voz de mujer preguntaba:

—¿Podríamos calentarnos las manos al fuego?

Avanzó, ataviada con un abrigo liso pero abultado, de piel de marta. La seguía un hombre con un abrigo azul, quitándose los guantes de piel y sacando una pipa de entre sus ropas.

—Nos pareció tan tentador —dijo la mujer abrigada con la piel de muchos animalitos muertos mientras esbozaba una sonrisa amplia, condescendiente y algo afectada, que dirigió a todos los presentes.

Nadie dijo nada.

Avanzó hasta el fuego, temblando un poco por debajo del abrigo. Viajaban en un coche sin capota.

Era una mujer muy menuda y con la nariz más bien grande; judía probablemente. Casi tan pequeña como un niño, con aquel abrigo parecía mucho más corpulenta de lo que debiera, y sus grandes ojos pardos, algo resentidos, eran los de una judía consentida, impresión que su cara vestimenta confirmaba.

Se agachó junto al fuego moribundo, extendiendo sus pequeñas manos en las que relucían diamantes y esmeraldas.

—¡Uf! —exclamó sobrecogiéndose—. ¡No debimos haber salido en el coche descubierto! Pero mi marido ni siquiera me deja decir que tengo frío.

Se volvió para mirarle con sus enormes y agraviados ojos infantiles, que conservaban la astuta malicia de una judía burguesa; una de las ricas probablemente.

Daba la impresión de estar enamorada, de una curiosa manera judía, del hombre alto y rubio que la acompañaba. Él le devolvió la mirada con sus ojos azules y abstraídos que parecían no tener pestañas, y una pequeña sonrisa marcó dos grietas en sus mejillas, lisas y extrañamente despobladas. Aquella sonrisa no decía nada en absoluto.

Era la clase de hombre que uno asocia inmediatamente con los deportes de invierno, como el esquí y el patinaje sobre hielo. Atlético, poco conectado con la vida, llenó lentamente su pipa presionando el tabaco con un dedo largo, rojizo y vigoroso.

La mujer siguió mirándole como si esperara una respuesta. Pero no la hubo, solo esa rara sonrisa desprovista de significado. Se volvió de nuevo hacia el fuego, arqueando las cejas y mirando sus pequeñas manos extendidas.

Se quitó el forrado abrigo dejándolo deslizar sobre su cuerpo, quedándose vestida con un jersey muy elegante, tejido a mano y de color amarillo, gris y negro, y que le caía sobre unos pantalones amplios de corte impecable. Llevaban ambos ropas muy caras. El hombre hacía gala de un magnífico cuerpo, atlético y de pecho prominente. A la manera de un veterano campista, se puso tranquilamente a alimentar el fuego, como un soldado que llega al campamento.

—¿Cree usted que se molestarían si añadimos unas cuantas piñas de pino para hacer una llama? —preguntó a Yvette, dirigiendo una silenciosa mirada al gitano, que seguía martilleando su cacharro.

—Creo que les encantaría —dijo Yvette todavía un poco aturdida, mientras iba desapareciendo el hechizo del gitano, dejándola desconcertada y con la mente en blanco.

El hombre fue hasta el coche y volvió con un pequeño saco de piñas, del que sacó un buen puñado.

—¿Le importa si avivo el fuego? —preguntó al gitano.

—¿Eh?

—¿Le importa si avivo el fuego con unas cuantas piñas?

—¡Adelante! —dijo.

El hombre comenzó a colocar las piñas con suavidad encima de las brasas. Una a una fueron prendiéndose enseguida, ardiendo como rosas en el atardecer, y despidiendo un agradable aroma.

—¡Oh, maravilloso! ¡Maravilloso! —exclamó la pequeña judía volviendo a mirar a su hombre. Este le devolvió la mirada amablemente, como hace el sol con el hielo—. ¿No adora el fuego? —dijo la mujer dirigiéndose a Yvette—. ¡Oh, a mí me encanta!

Su voz se alzaba por encima del martillear del gitano. Se veía que aquellos golpes la molestaban. Se volvió frunciendo un poco sus pequeñas y delicadas cejas, como si pidiese al hombre que se detuviera. También Yvette se volvió. El gitano estaba inclinado sobre su cuenco de cobre, con las piernas abiertas, la cabeza gacha y el ágil brazo levantado. Parecía estar ya muy lejos de ella.

El acompañante de la pequeña judía fue hasta el gitano y se quedó mirándole en silencio, conservando la pipa en su boca. Se trataba de dos hombres que, como dos perros extraños, se olisqueaban el uno al otro.

—Estamos de luna de miel —dijo la pequeña judía, mirando traviesa y malhumoradamente a Yvette. Hablaba con voz algo estridente y retadora, como una especie de pájaro, un cuervo o un grajo.

—¿De veras?

—Sí. ¡Antes de casarnos! ¿Ha oído usted hablar de Simon Fawcett? —Era el nombre de un rico y conocido ingeniero del norte—. Bien, yo soy la señora Fawcett, y él ha solicitado el divorcio.

Miró a Yvette con una curiosa mezcla de capricho y desafío.

—¿De veras? —repitió Yvette.

Ahora comprendía la resentida mirada desafiante de aquellos ojos grandes e infantiles. Era sincera, aunque tal vez su sinceridad resultase demasiado racional. Quizá explicase la notoria falta de escrúpulos del bien conocido Simon Fawcett.

—¡Sí! Tan pronto como consiga el divorcio me casaré con el mayor Eastwood.

Había puesto todas sus cartas sobre la mesa. No quería engañar a nadie.

Detrás de ella, los dos hombres hablaban lacónicamente. Se dio la vuelta y miró fijamente al gitano con sus grandes ojos marrones.

El gitano levantaba la mirada, con cierta timidez, hacia el hombre del deslumbrante jersey, quien le miraba a su vez, de hombre a hombre, con la pipa en la boca.

—Con los caballos, detrás de Arras —decía el gitano en voz baja.

Hablaban de la guerra. El gitano había servido en artillería, en el mismo regimiento que el mayor.

—Ein schöner Mensch! —exclamó la judía—. Un hombre atractivo, ¿no le parece?

Para ella, como para el mayor, el gitano era un hombre común, un tommy.

—¡Bastante atractivo! —dijo Yvette.

—¿Vino en bicicleta? —preguntó la otra, sorprendida.

—Sí, desde Papplewick. Mi padre es el párroco allí. El señor Saywell.

—¡Oh! —exclamó la judía—. ¡Le conozco! ¡Un inteligente escritor! ¡Muy inteligente! Le he leído.

Las piñas se habían consumido, y el fuego era ahora una alta pila de rosas de fuego, desplomándose y deshaciéndose. El cielo comenzaba a cubrirse de nubes. Tal vez nevara al atardecer.

El mayor volvió y se puso el abrigo.

—Creí recordar su cara —dijo—. Era soldado en nuestra compañía. Se ocupaba de los caballos.

—Escuche —dijo la judía a Yvette—. ¿Por qué no deja que la acerquemos hasta Normanton? Vivimos en Scoresby. Podríamos atar la bicicleta detrás.

—Creo que aceptaré —repuso Yvette.

—¡Venid! —exclamó la mujer al ver espiando a los niños, mientras el hombre llevaba la bicicleta hasta el coche—. ¡Venid! ¡Venid aquí!

Y abriendo su pequeño bolso, sacó de él un chelín.

—¡Venid! ¡Venid a por él!

El gitano había dejado de trabajar y había entrado en su carromato. La anciana, con voz ronca, llamó a los niños desde el interior. Los dos mayores se acercaron furtivamente a la judía, quien les dio dos moneditas de plata, un chelín y un florín que tomó de su bolso, y de nuevo se escuchó la voz de la vieja sin que ella se dejara ver.

El gitano descendió de su carromato y se acercó al fuego. La judía estudió su rostro con la peculiar audacia burguesa de las de su raza.

—¡De modo que hizo usted la guerra en el regimiento del mayor Eastwood! —dijo.

—¡Sí, señora!

—¡Qué casualidad que los dos se encuentren aquí ahora! Creo que va a nevar. —Y levantó la vista hacia el cielo.

—Más tarde —dijo el hombre, mirando también al cielo.

Se había vuelto inaccesible. Su raza llevaba mucho tiempo con su peculiar lucha contra la sociedad establecida, y no concebía la idea de triunfo. Solo de vez en cuando conseguían marcar algún tanto.

Sin embargo, desde la guerra, incluso la remota posibilidad de lograr alguna victoria parcial había sido sofocada satisfactoriamente. No se trataba de rendirse. Los ojos del gitano conservaban intacta su temeraria expresión, pero habiéndose endurecido y dirigiéndose a lo lejos, el toque de insolente intimidad se había desvanecido. Lo había dejado en la guerra.

Miró a Yvette.

—¿Vuelve en el automóvil? —preguntó.

—Sí —repuso ella, con afectado amaneramiento—. ¡El tiempo es tan traicionero…!

—Traicionero, sí —repitió él, mirando al cielo.

Yvette no podía decir, después de todo, cuáles eran sus sentimientos. A decir verdad, tampoco le interesaba demasiado. Ahora estaba fascinada por la pequeña judía, madre de dos niños, y que iba a arrebatarle el dinero al conocido ingeniero, para transferirlo a la cuenta del joven y deportivo mayor Eastwood, que debía de ser cinco o seis años menor que ella. Era bastante intrigante.

El hombre rubio regresó.

—¡Un cigarrillo, Charles! —pidió la pequeña judía lastimeramente.

El mayor sacó su pitillera con un movimiento atlético y pausado. Algo sensible en él le llevaba a hacer todo con lentitud y cautela, como si se hubiese prevenido a sí mismo contra la gente. Ofreció un cigarrillo a la mujer, tendió luego la caja a Yvette y por fin, con gesto sencillo, al gitano. El gitano cogió uno.

—¡Gracias, señor!

Fue lentamente hasta el fuego y, agachándose, lo encendió con una de las brasas. Las dos mujeres le observaban.

—¡Bueno, adiós! —dijo la judía con su viejo aire de camaradería burguesa—. Gracias por este fuego encantador.

—El fuego es de todos —dijo el gitano.

El más pequeño de los niños se acercó a su padre con paso vacilante.

—¡Adiós! —dijo Yvette—. Espero que no nieve.

—No nos importa un poco de nieve —dijo el gitano.

—¿De veras? —dijo Yvette—. Yo hubiese dicho que sí.

—No.

Se pasó la bufanda alrededor del cuello con ademán majestuoso, y siguió al abrigo de piel de la judía, que parecía andar por sí solo.

<h2 style="text-align:center">VII</h2>

Yvette estaba bastante intrigada por los Eastwood, como les llamaba. La pequeña judía solo debía aguardar tres meses más para obtener la sentencia de divorcio. Había arrendado, descaradamente, una pequeña casa de verano en los pantanos de Scoresby, no muy lejos de las colinas. Era ya invierno, y ella y el mayor vivían relativamente aislados, sin contar siquiera con una sirvienta. El hombre había renunciado al servicio activo en el ejército y se hacía llamar simplemente señor Eastwood. De hecho, para el resto del mundo, eran ya el señor y la señora Eastwood.

La pequeña judía tenía treinta y seis años, y sus dos hijos sobrepasaban ya los doce. Su marido había aceptado cederle la custodia en cuanto se casase con Eastwood.

Así que allí estaba la particular pareja: la minúscula judía de rasgos delicados, grandes ojos rencorosos e increpantes y una negra y rizada mata de pelo cuidadosamente peinada; y aquel hombretón de ojos pálidos, joven, vigoroso y atlético, una reliquia de alguna antigua familia de misterioso origen danés; viviendo juntos en una casa pequeña y moderna, muy cerca del pantano y de las colinas, como cualquier pareja de casados.

Era una casa curiosa. La habían alquilado amueblada, pero la pequeña judía había llevado consigo sus muebles más queridos. Tenía una rara debilidad por el rococó, por los extraños armarios de puertas curvadas con incrustaciones de perlas, concha, ébano y Dios sabe qué más; por las sillas de enorme y extravagante respaldo, traídas de Italia, y tapizadas de color verdemar; por los asombrosos santos tallados, vestidos con túnicas de vivos colores, arremolinadas por el viento y de rostro rosado; por las ménsulas repletas de antiguas piezas de porcelana de Sajonia y figurillas de Capo di Monte; y finalmente, una extrañísima colección de asombrosas pinturas, realizadas sobre vidrio y fabricadas, probablemente, a principios del siglo diecinueve o a finales del dieciocho.

Fue en ese espacio apiñado y extraordinario donde recibió a Yvette cuando esta le hizo una visita a escondidas. Habían instalado en la casita un completo juego de estufas, de manera que toda la casa estaba caldeada, quizá demasiado. Allí estaba la pequeña estatuilla rococó de la propia judía, vestida con un encantador vestido y un delantal, sirviendo lonchas de jamón en los platos mientras el gran pájaro de las nieves, con su jersey inmaculado y sus pantalones grises, cortaba el pan, mezclaba la mostaza, preparaba el café y se ocupaba de todo lo demás. Incluso había preparado la liebre en una cacerola de barro, para servir después del caviar y los fiambres.

La plata y la porcelana eran realmente muy valiosas, y eran parte del ajuar de la novia. El mayor bebía cerveza en una jarra de plata, mientras Yvette y la pequeña judía sorbían champán en deliciosas copas. El mayor trajo el café y hablaron por los codos. La mujer guardaba una viva indignación hacia su primer marido. Era intensamente moral, tanto que había preferido convertirse en una divorciada. Y el mayor, aquel extraño pájaro invernal, vigoroso y guapo a su manera, aunque con los ojos rodeados de una piel blanquísima en la que no se veían las pestañas — también en esto se parecía a un pájaro—, guardaba asimismo una curiosa indignación contra la vida, a causa de los falsos moralismos. Aquel pecho atlético y poderoso albergaba una rara y difusa clase de ira. Su ternura por la pequeña judía se fundaba en su ultrajado sentido de la justicia. La abstracta moralidad septentrional le azotaba como un viento tenaz, impulsándolo al aislamiento.

Poco antes del atardecer fueron a la cocina. El mayor se recogió las mangas de la camisa mostrando sus robustos y atléticos brazos blancos y, con gran cuidado y habilidad, lavó los platos mientras las dos mujeres se dedicaban a secarlos. No en vano sus músculos estaban entrenados. Después recorrió la casita a fin de vigilar las estufas, que solo necesitaban cuidados una o dos veces a lo largo del día. Y después llevó hasta la puerta el pequeño coche cerrado y condujo a Yvette a su casa en medio de la lluvia, dejándola frente al portillo trasero de la casa, prácticamente oculto entre los cedros que bajaban escalonadamente hasta la casa.

Yvette estaba verdaderamente asombrada con aquella pareja.

—¡De verdad, Lucille! ¡He conocido a las personas más extraordinarias que puedas imaginar!

Le ofreció una detallada descripción de ambos.

—Parecen agradables —dijo Lucille—. Me gusta eso de que el mayor se ocupe de las faenas de la casa sin perder su elegante aspecto de la calle Bond. Creo que, cuando se hayan casado, será divertido conocerles.

—Sí —repuso Yvette con vaguedad—. Sí que lo será.

La inesperada pareja formada por la pequeña judía y el joven y atlético oficial de ojos pálidos hizo a Yvette pensar de nuevo en el gitano, que había estado completamente ausente de su cabeza, pero que ahora volvía a ocupar sus reflexiones con súbita y dolorosa fuerza.

—¿Qué será, Lucille —preguntó— lo que atrae mutuamente a las personas? ¿Gente como los Eastwood, por ejemplo? ¿O papá y mamá, tan terriblemente distintos? ¿O esa gitana que me dijo la buenaventura, parecida a un enorme caballo, y el gitano, de rasgos tan finos y delicados? ¿Qué será?

—Supongo que es el sexo, sea lo que sea eso.

—Sí, ¿qué será? No puede tratarse de algo corriente, como la sensualidad, ¿sabes? ¡Tiene que ser otra cosa!

—No, supongo que no —dijo Lucille—. De todos modos, no tiene por qué serlo.

—Porque si ves a los chicos corrientes, ya sabes, los que hacen que las mujeres se sientan degradadas, nadie les presta mucha atención. Nadie siente ninguna vinculación hacia ellos. Y se supone que ellos son los sexuales.

—Supongo que está esa clase de sexo que podría llamarse bajo —dijo Lucille—, y luego está la otra, que no lo es. ¡Es terriblemente complicado! Detesto a los hombres corrientes, y nunca siento nada sexual —Lucille puso un extraño énfasis en la palabra, como si la idea le resultara repulsiva— por los hombres que no lo son. Tal vez yo no sea sexual en absoluto.

—¡De eso se trata! —dijo Yvette—. Quizá ninguna de las dos lo seamos. A lo mejor no podemos vincularnos de esa forma a los hombres.

—¡Qué horrible suena eso! Vincularse a los hombres —exclamó Lucille con repugnancia—. ¿No odiarías vincularte de ese modo? ¡Creo que es deplorable que el sexo tenga que existir! Sería tanto mejor si pudiéramos seguir siendo simplemente hombres y mujeres, sin esa clase de cosas.

Yvette reflexionó. Muy lejos, en el trasfondo de su mente, estaba la imagen del gitano volviéndose hacia ella al oírla decir: "El tiempo es tan traicionero...". Negándose de esa forma, se sentía un poco como Pedro al cantar el gallo; o más bien no, no se había negado; simplemente no prestó atención a su parte en el asunto. Era alguna escondida parte de sí misma lo que había negado, la parte que respondía a él de manera misteriosa e inconfesable. Fue un raro gallo el que cantó burlonamente, riéndose de ella.

—Sí —dijo con vaguedad—. Sí, el sexo es realmente un estorbo, ya sabes. Si no lo tienes, sientes que de un modo u otro has de tenerlo, y cuando lo tienes, o si lo tienes... —levantó la cabeza, arrugando desdeñosamente la nariz—, acabas por odiarlo.

—¡Oh, no lo sé! —replicó Lucille—. Creo que me gustaría enamorarme terriblemente de algún hombre.

—Eso es lo que crees —dijo Yvette, arrugando de nuevo la nariz—; pero si te encontraras en esa situación dejaría de gustarte.

—¿Cómo lo sabes?

—Bueno, en realidad no lo sé —repuso Yvette—. ¡Pero así lo creo! Sí, eso es lo que creo.

—Oh, es muy posible —concedió a disgusto Lucille—. Y de todos modos, seguro que un buen día el amor terminaría; y eso sería simplemente asqueroso.

—Sí —dijo Yvette—. Es un verdadero problema.

Canturreó un estribillo.

—Bueno, dejemos el asunto. No es algo que nos ataña de momento. Ninguna de nosotras está realmente enamorada, y probablemente no lleguemos a estarlo nunca, de modo que el problema quizá esté ya solucionado.

—¡Yo no estoy tan segura! —exclamó sabiamente Yvette—. No estoy tan segura. Creo que un buen día me enamoraré espantosamente.

—Probablemente nunca lo harás —repuso Lucille con aspereza—. Eso es lo que piensan todo el tiempo las solteronas.

Yvette contempló a su hermana con ojos pensativos aunque aparentemente despreocupados.

—¿Sí? ¿Realmente piensas eso, Lucille? ¡Es verdaderamente terrible, pobrecillas! ¿Por qué tendrán que enamorarse?

—¿Por qué? —preguntó Lucille—. Bueno, quizá no lo hagan, en realidad. Probablemente todo sucede porque la gente dice: "Pobrecilla, no pudo pescar a un hombre".

—¡Supongo que sí! —dijo Yvette—. Se preocupan por todas las estupideces que dice la gente sobre las solteronas. ¡Qué vergüenza!

—Sea como sea nos divertimos, y realmente contamos con muchos chicos que están locos por nosotras.

—¡Sí! —dijo Yvette—. ¡Sí! Pero yo no podría casarme con ninguno de ellos.

—Yo tampoco podría —dijo Lucille—. Pero ¿por qué tendríamos que hacerlo? ¿Por qué deberíamos preocuparnos por el matrimonio si nos lo pasamos de maravilla con los muchachos? Porque tendrás que reconocer, Yvette, que son tipos estupendos, y que se portan muy bien con nosotras.

—¡Oh, claro que lo son! —dijo Yvette con gesto ausente.

—Creo que será hora de pensar en casarse con alguien cuando ya no nos diviertan. Entonces nos casaremos, y sentaremos la cabeza.

—¡Eso!

Pero Yvette, por debajo de su complaciente amabilidad, se sentía ahora enojada con ella. De pronto, quería dar la espalda a Lucille.

Además, bastaba mirar las sombras bajo los ojos de la pobre Lucille, y el anhelo que traicionaban sus bellos ojos. ¡Ah, ojalá un hombre bueno, fino y protector quisiera casarse con ella! ¡Y ojalá la buena de Lucille le aceptara!

Yvette nada dijo al párroco y a la abuela sobre los Eastwood. Solo hubiese servido para iniciar las interminables consideraciones que ella detestaba. Al párroco, personalmente, no le habría importado; pero conocía demasiado bien la necesidad de mantenerse lo más apartado posible de esa venenosa serpiente de muchas cabezas que es la humana maledicencia.

—¡No quiero que vengas si tu padre no lo sabe! —le dijo la pequeña judía.

—Supongo que tendré que decírselo —admitió Yvette—. Estoy segura de que no le importa. Pero si se entera, tendrá que oponerse, supongo.

El joven oficial la miró con expresión divertida, como de pájaro y desprovista de cualquier emoción. También él iba camino de enamorarse de Yvette. Era su particular ternura virginal, su manera vagabunda y a veces ausente de desvincularse de las cosas lo que le atraía.

Yvette era consciente de lo que sucedía y se vanagloriaba un poco. Eastwood despertaba su curiosidad. ¡Un joven oficial tan elegante, de tan buena cuna, tan sereno y admirable al volante del automóvil, y todo un campeón de natación! Le resultaba extraño verle lavar tranquilamente los platos mientras fumaba su pipa, llevando a cabo la tarea atentamente y con habilidad; o el mismo cuidado con que se ponía a investigar las misteriosas interioridades del automóvil, o guisaba una liebre en la cocina de la casa. Le gustaba cuando salía a lavar su coche aunque hubiese helado, hasta que parecía verdaderamente vivo, como un gato que se ha lamido el cuerpo a conciencia; o cuando entraba sencillamente a hablar, de forma receptiva pero breve, con la pequeña judía. Aparentemente, no se aburría nunca, sentado junto a la ventana cuando el tiempo era malo, fumando en silencio su pipa durante horas, abstraído, reflexionando, con su atlético cuerpo siempre alerta, aunque inmóvil.

Yvette no coqueteaba, pero se sentía atraída por él.

—¿Qué ocurre con su futuro? —le preguntó.

—¿Qué pasa con él? —dijo el mayor, quitándose la pipa de la boca. Una sonrisa despreocupada asomó en sus ojos de pájaro.

—¡Una carrera! ¿No debe todo hombre labrarse un porvenir?

Miró a los ojos del hombre con una curiosa ingenuidad.

—Hoy me siento perfectamente bien, y estaré igualmente bien mañana —dijo con mirada fría y resuelta—. ¿Por qué no tendría que ser mi futuro una sucesión de días así?

La contempló con ojos inmóviles y escrutadores.

—¡Claro! —exclamó Yvette—. Odio los empleos, y todo ese aspecto de la vida.

Pero ella estaba pensando en el dinero de la judía, a lo cual Eastwood no había contestado. Su enfado era de los suaves, de los que arropan el alma confortablemente.

Había llegado al punto en que se hablaban filosóficamente. La pequeña judía estaba un poco pálida. Era extrañamente ingenua, y nada posesiva en lo referente al mayor. Tampoco albergaba malicia alguna contra Yvette. Solo estaba un poco pálida, y permanecía en silencio.

Yvette, en un impulso repentino, pensó que sería mejor hablar con toda claridad.

—Pienso que la vida es terriblemente complicada —dijo.

—¡Desde luego que sí! —exclamó la judía.

—Lo más molesto es qué se espera de una que se enamore y se case —siguió diciendo Yvette, levantando su naricilla.

—¿No quiere usted enamorarse y casarse? —preguntó la judía, con los ojos muy abiertos, relucientes de asombro y desaprobación.

—No, no especialmente —repuso Yvette—. Particularmente si se considera como la única alternativa. Es como un gallinero al que necesariamente has de ir a meterte.

—Pero ¿usted no sabe qué es el amor? —exclamó la judía.

—No —contestó Yvette—. ¿Lo sabe usted?

—¡Yo! —gritó su interlocutora—. ¡Yo! Dios mío, ya lo creo que sí.

Miró a Eastwood con pensativa melancolía. Estaba fumando de su pipa y tenía dos hoyuelos a cada lado de su rostro liso y aseado, mostrando su apartada diversión. Tenía una piel fina y tersa, en la que el tiempo todavía no había hecho mella, de modo que su rostro parecía el de un niño. No era una cara redonda, sin embargo, más bien tenía los rasgos marcados, con aquellos dos irónicos hoyuelos que parecían una máscara cómica pero a la vez helada.

—¿Quiere decir que no sabe qué es el amor? —insistió la anfitriona.

—No, creo que no —dijo Yvette con indiferente franqueza—. ¿Acaso es tan terrible a mi edad?

—¿Nunca ha habido un hombre que la hiciera sentirse completamente distinta?

La judía dirigió otra expresiva mirada a Eastwood, quien seguía fumando, completamente al margen de la discusión.

—No lo creo —repuso Yvette—. A menos que… ¡Claro! A menos que piense en aquel gitano.

Había inclinado la cabeza pensativamente.

—¿Qué gitano? —gritó la pequeña judía.

—El que era soldado en el regimiento del mayor Eastwood y cuidaba de los caballos durante la guerra —contestó Yvette con toda serenidad.

La mujer la miró con ojos estupefactos.

—¡Usted no está enamorada de ese gitano!

—Bueno, no lo sé. Es el único hombre que me hace sentir… ¡diferente! ¡Realmente es el único!

—Pero ¿cómo? ¿Cómo? ¿Le ha dicho a usted algo alguna vez?

—¡No, no!

—Entonces ¿cómo? ¿Qué es lo que ha hecho?

—Oh, solo me miró.

—¿De qué manera?

—Bueno, no lo sé, de manera diferente. ¡Sí, diferente! De un modo distinto al de cualquier otro hombre.

—Pero ¿cómo la miró? —insistió la mujer.

—Como si realmente… realmente me deseara —contestó Yvette. Su rostro pensativo parecía el capullo de una flor.

—¡Que insolente! ¿Con qué derecho la mira de ese modo? —dijo indignada la judía.

—Un gato puede también mirar a un rey —apuntó el mayor con calma, y su sonrisa parecía realmente la de un gato.

—¿Cree usted que no debería haberlo hecho? —preguntó Yvette, volviéndose hacia él.

—¡Claro que no! —vociferó la mujer—. ¡Un gitano cualquiera, con media docena de sucias mujeres a sus espaldas! ¡Claro que no debía mirarla así!

—Me lo pregunto porque fue realmente algo estupendo, algo que se sale por completo de lo habitual en mi vida —dijo Yvette.

—Creo —dijo el mayor quitándose la pipa de la boca— que el deseo es lo más maravilloso de la vida. Cualquiera que sea capaz de sentirlo es un rey, y es la única clase de personas que yo envidio.

La judía le miró estupefacta.

—¡Pero Charles! —exclamó—. ¡Un hombre vulgar de Halifax no siente otra cosa!

De nuevo se quitó la pipa de la boca.

—Eso es mero apetito —dijo.

Y devolvió la pipa a su lugar.

—¿Cree usted que lo del gitano es algo real? —preguntó Yvette.

El mayor se encogió de hombros.

—No podría decirlo —contestó—. Si yo fuese usted, lo sabría. No lo preguntaría a los demás.

—Sí, pero… —Yvette perdía impulso.

—¡Charles! ¡Te equivocas! ¿Cómo podría ser algo real? ¡Como si fuese posible que se casara con él y se fuera a vivir a un carromato!

—Yo no he dicho que deba casarse con él —dijo Eastwood.

—¿Una aventura, entonces? ¡Es monstruoso! ¿Qué pensaría de sí misma en tal caso? ¡Eso no es amor! Eso es, es… ¡prostitución!

Charles fumó durante unos instantes.

—Ese gitano era el mejor hombre con que contábamos cuando se trataba de vérselas con los caballos. Casi muere de una neumonía. En realidad, creía que había muerto. Para mí se trata de un resucitado. Yo mismo puedo decir que soy un hombre resucitado, dicho sea de paso.

Miró a Yvette.

—Estuve enterrado en la nieve durante veinte horas. Lo daba todo por perdido cuando me desenterraron.

Se produjo un silencio helado en la conversación.

—¡La vida es terrible! —dijo Yvette.

—Me desenterraron por casualidad —dijo el mayor.

—¡Oh! —Yvette perdía bríos—. Debe de ser el destino, ya sabe.

Pero Charles no contestó.

VIII

El párroco supo de la intimidad de Yvette con los Eastwood, y ella se quedó un tanto asustada con su reacción. Había pensado que no le importaría. Verbalmente, a su manera un poco humorística, era hombre muy poco convencional, una persona enormemente comprensiva. Como él mismo decía, era un anarquista conservador, lo que significaba que era igual que muchas personas: un simple descreído. La anarquía abarcaba su divertida conversación y su secreto pensar. Su conservadurismo, basado en un híbrido miedo a la anarquía, controlaba todas sus acciones. Sus pensamientos eran algo que, secretamente, podían asustar a cualquiera. En consecuencia, en la vida diaria, era fanáticamente enemigo de cuanto no era convencional.

Cuando su conservadurismo y su abyecto temor le dominaban, fruncía hacia arriba el labio, dejando ver un poco sus dientes, con expresión perruna.

—He oído que tus más recientes amigos son la casi divorciada señora Fawcett y su maquereau, Eastwood —le dijo.

Ella no sabía qué era un maquereau, pero pudo sentir el veneno en los colmillos del párroco.

—Solo les conozco —repuso—. Son terriblemente simpáticos, de veras. Y estarán casados dentro de un mes.

El párroco contempló el rostro desenvuelto de su hija con verdadero odio. En su interior se sentía intimidado; había nacido intimidado; y quienes nacen así son esclavos naturales y el profundo instinto les hace temer con miedo envenenado a aquellos que súbitamente se arrancan el grillete del cuello.

Era por eso que el párroco había fruncido el labio tan abyectamente, como tantas otras veces ante "aquella que fue Cynthia": a causa de su temor de esclavo ante el desprecio, el desprecio de quien ha nacido libre por naturaleza por quien ha nacido por naturaleza ruin.

Yvette también había nacido libre. También ella le reconocería algún día, y encajaría los grilletes de su desprecio alrededor de su cuello.

Pero ¿podría hacerlo? Esta vez lucharía hasta la muerte; golpearía primero. El esclavo estaba atrapado como una rata, y sentía su mismo coraje.

—Supongo que son de tu tipo —dijo él con desprecio.

—Bueno, en realidad lo son —exclamó con burlona vaguedad—. Me gustan muchísimo. Me parecen tan firmes, ya sabes: honestos.

—¡Tienes un peculiar sentido de la honestidad! ¡Un aprovechado que se va a vivir con una mujer mayor que él, para aprovecharse de su dinero! ¡Una mujer que deja su hogar y a sus hijos! No sé de dónde sacas tu idea de la honestidad. No de mí, espero. Pareces saber mucho de ellos, considerando que has dicho que acababas de conocerlos. ¿Dónde los conociste?

—Cuando salí con la bicicleta. Iban en su coche y empezamos a hablar. Enseguida me dijo quiénes eran, a fin de que no me equivocara sobre ellos. Son honestos.

La pobre Yvette se esforzaba por mantener el ánimo.

—¿Y cuántas veces les has visto desde entonces?

—Oh, solo he ido dos veces a su casa.

—¿Adónde?

—A su casa de Scoresby.

El párroco la miró con odio, como si fuese a matarla. Se separó de ella dándole la espalda, colocándose junto a las cortinas que cubrían las ventanas de su estudio, como una rata acorralada. En algún lugar de su cabeza estaba pensando inexpresables depravaciones sobre su hija, como también las había pensado de "aquella que fue Cynthia". Se sentía impotente ante las más bajas insinuaciones de su propia mente; y esas depravaciones que atribuía a la todavía no acobardada pero sí asustada muchacha que estaba ante él le hacían retroceder mostrando los colmillos.

—Así que apenas les conoces, ¿no es así? —dijo—. Ya veo que llevas la mentira en la sangre. No creo que la hayas heredado de mí.

Yvette apartó un poco la cabeza sin decir nada, pensando en los embustes de su abuela.

—¿Qué te hace andar con parejas como esa? —preguntó el párroco—. ¿No hay en el mundo bastantes personas decentes que conocer? Cualquiera diría que eres un perro callejero, obligado a ir con parejas indecentes porque las otras no te quieren. ¿Tienes en la sangre algo peor que la mentira?

—¿Y qué es lo que tengo? —preguntó Yvette. Un frío entumecimiento se estaba apoderando de ella. ¿Era acaso una persona anormal, con inclinaciones anormales? La idea le hacía sentir frío.

A los ojos de su padre no hacía más que negar descaradamente la depravación que yacía bajo su tierno y alado rostro de virgen. Así había sido "aquella que fue Cynthia": una flor de las nieves; y el párroco sufría convulsiones de sádico horror al pensar en cuáles serían en realidad las depravaciones de "aquella que fue Cynthia". Incluso su propio amor por ella, el amor soez de quien había nacido cobarde, había constituido, en secreto, una depravación para él. ¿Qué sería entonces un amor ilegítimo?

—Tú sabes mejor que nadie lo que has conseguido —dijo con desdén—. Pero es algo a lo que tendrás que poner freno cuanto antes, a menos que pretendas terminar en un asilo para criminales dementes.

—¿Por qué? —preguntó ella, lívida y aturdida. El miedo la paralizaba—. ¿Por qué para criminales dementes? ¿Qué es lo que he hecho?

—Eso es algo que tendrás que debatir con el Hacedor. Nunca te haré preguntas. Pero ciertas tendencias acaban en locura criminal, a menos que se frenen a tiempo.

—¿Te refieres a frecuentar la casa de los Eastwood? —preguntó Yvette tras una pausa de aturdido miedo.

—¿Que si me refiero a meter las narices en casa de gente como la señora Fawcett, una judía, y ese mayor Eastwood, un hombre que va detrás de una mujer mayor que él por su dinero? ¡Sí, a eso me refiero!

—¡Pero no puedes decir eso! —exclamó Yvette—. Es un hombre terriblemente sencillo, y recto.

—Aparentemente es de tu especie.

—Bueno, en cierto modo creo que sí. Y creí que a ti también te gustaría —dijo ella con sencillez, sin saber muy bien qué decía.

El párroco se acercó más a la cortina, como si su hija le amenazara con algo aterrador.

—Cállate —gruñó vilmente—. No digas nada más. Ya has dicho muchas cosas que te comprometen. No quiero conocer nuevos horrores.

—Pero ¿qué horrores? —dijo Yvette, persistente.

La propia ingenuidad de su inocencia sin escrúpulos repelía al párroco, acobardándole todavía más.

—¡No hables más! —exclamó, con voz grave y sibilante—. Te mataría con tal de no verte seguir los pasos de tu madre.

Yvette le miró mientras él seguía frente a las cortinas de terciopelo de su estudio, con la cara amarilla y los ojos angustiados como los de una rata furiosa y asustada, y una helada soledad se apoderó de ella. También para ella las cosas habían perdido su significado.

Era difícil romper el helado y estéril silencio que siguió. Sin embargo, Yvette acabó por mirarle. A su pesar, sin que ella lo advirtiese siquiera, su desprecio por él apareció en sus ojos jóvenes, claros y perplejos; y cayó sobre él finalmente, como si fuera el collar de un esclavo.

—¿Quieres decir que no debo frecuentar más a los Eastwood? —dijo.

—Puedes hacerlo si lo deseas —masculló él—. Pero en tal caso no esperes mezclarte con la abuela, tía Cissie y Lucille. No quiero que ellas se contaminen. Tu abuela fue una fiel esposa y una madre entregada; la mejor que ha existido nunca. Ya ha tenido que soportar un golpe de abominación y vergüenza. Nunca permitiré que se exponga a otro.

Yvette le oyó borrosamente, escuchando solo a medias.

—Puedo enviarles una nota diciéndoles que desapruebas mis visitas —dijo con voz apagada.

—Sigue tu propia conciencia. Pero recuerda que habrás de escoger entre las personas decentes como tu abuela, a cuyos años sin mácula debes reverencia, y las personas impuras de mente y cuerpo.

De nuevo se produjo otro silencio, al cabo del cual Yvette miró a su padre. Su rostro expresaba perplejidad, más que cualquier otra cosa. Sin embargo, detrás de aquella expresión había una curiosa serenidad, el virginal menosprecio del nacido libre por quien ha nacido ruin. El párroco y todos los Saywell eran seres ruines.

—Muy bien —dijo—. Les escribiré diciéndoles que lo desapruebas.

Su padre no respondió. En parte se sentía halagado, secretamente triunfal; pero su goce era abyecto.

—He tratado de dejar a tu abuela y a tía Cissie fuera de este asunto —dijo—. No hay necesidad de hacerlo público desde el momento en que tú misma elegiste la clandestinidad.

Hubo otro lúgubre silencio.

—De acuerdo —dijo Yvette—. Iré a escribirles.

Salió de la habitación.

Dirigió la pequeña nota a la señora Eastwood: "Querida señora Eastwood, mi padre no aprueba mis visitas, de modo que entenderá usted que me vea obligada a romper nuestra relación. Lo siento terriblemente". Eso fue todo.

Sintió un gran vacío cuando hubo echado la carta al buzón. Estaba asustada de sus propios pensamientos. Deseaba ser estrechada contra el esbelto pecho del gitano. Quería que él la tuviese entre sus brazos, solo por una vez, una sola, que la reconfortase y amparase. Quería que él la protegiese contra su padre, a quien solo inspiraba un miedo repulsivo.

Y al mismo tiempo se estremeció y se encogió sin apenas poder andar, asustada de sus obscenos pensamientos; de su locura criminal. El terror; el terror parecía herirle los talones al andar; el enorme y frío terror de su rastrero padre, tan mezquinamente humano. La humanidad la retenía como un gran lodazal, y a ella le parecía hundirse en él, con las rodillas temblorosas, llena de repulsión y de miedo hacia todas las personas que conocía.

Sin embargo, se amoldó con gran rapidez a su nueva concepción de la gente. Tenía que vivir. Es inútil reñir con el pan de cada día; y resulta pueril esperar gran cosa de la vida. Así que, con la rápida capacidad de adaptación de la generación de posguerra, se adaptó enseguida a las nuevas circunstancias. Su padre era como era. Siempre se conduciría de acuerdo con las apariencias. Ella haría lo mismo. También ella jugaría con las apariencias.

Así, bajo una sutil y despreocupada indiferencia, se fue formando, como una roca cristalizada, cierta dureza en su corazón. Perdió las ilusiones al desplomarse la realización de sus anhelos. Exteriormente era la misma; pero por dentro se volvió de piedra, distante, y, sin darse cuenta, vengativa.

Desde fuera parecía la misma. Era parte de su juego. Mientras las circunstancias permanecieran igual, debía seguir aparentando ser, exteriormente al menos, lo que de ella se esperaba.

Pero el afán vindicativo trascendía a su nueva visión de los demás. Bajo la aparentemente afable simpatía del párroco, apreció su pobre y frágil nulidad. Le despreciaba por ello, aunque, en cierto sentido, todavía le agradara su compañía. ¡Qué complicados resultan a veces los sentimientos!

Fue a su abuela a quien llegó a detestar con toda su alma. Aquella vieja obesa, siempre sentada y ciega como un inmenso hongo de manchas rojas, con el cuello inflado entre sus cargados hombros y su vieja y blanda barbilla, tan desprovista de cuello como una patata doble, era a quien Yvette odiaba realmente, con ese odio puro y prístino que resulta casi gozoso. Tan claro era su odio que, cuando se sentía vigorosa, gozaba alimentándolo.

La anciana estaba sentada su cara grande y rojiza un poco inclinada hacia atrás, su toca de encaje sobre su escaso y blanco pelo, la nariz aplastada y todavía autoritaria, y la boca cerrada como una trampa. Aquella boca revelaba los secretos de un alma maternal. Había sido siempre la clase de boca que tiende a comprimirse, pero, en la vejez, se había ido quedando sin labios, como un sapo, y la mandíbula inferior presionaba hacia arriba como los dientes de una trampa. No había nada que Yvette aborreciera más que aquella quijada que siempre presionaba hacia arriba, implacable, como la de un antiguo prognato, de manera que, al moverse, empujaba a su vez hacia lo alto su corta y afilada nariz, y toda la cabeza resultaba impulsada ligeramente hacia atrás, por debajo de la frente, tan amplia como una pared. La voluntad, la antigua y obscena voluntad de sapo de la vieja, resultaba aterradora una vez vista: el egocéntrico sentimiento de un sapo sin Dios y no del todo humano. Pertenecía a la vieja y duradera raza de los sapos y las tortugas, y parecía que la anciana nunca moriría. Seguiría viviendo como los reptiles superiores, en estado de semicoma, para siempre.

Yvette no se atrevía siquiera a sugerir a su padre que la abuela no era perfecta. La habría amenazado de nuevo con llevarla al manicomio. Tal era la amenaza que siempre parecía tener a mano: el asilo para locos; como si la repulsión por su madre y por aquella horrible casa poblada de parientes fuera en sí suficiente prueba de una peligrosa demencia.

Sin embargo, cierta vez, en uno de sus arrebatos de irritada depresión, dejó escapar lo que sentía:

—¡Qué horrible es esta casa! Llega tía Lucy, y tía Nell, y tía Alice, y forman un anillo de cuervos en torno a la abuela y tía Cissie, levantándose las faldas para calentarse a la lumbre, y echándonos a Lucille y a mí de la habitación. ¡No somos más que unas extrañas en esta asquerosa casa!

Su padre la miró con curiosidad. Pero Yvette se las había arreglado para poner cierta petulancia en sus palabras y una grosera expresión de enfado en sus ojos, de modo que podía echarse a reír, como si solo fuese la rabieta de una chiquilla. Aunque en el fondo de su alma sabía que Yvette, fría y venenosamente, quería realmente decir lo que decía, mantenía cierta cautela al dirigirse a ella.

La vida de Yvette no era ahora nada más que una irritante fricción contra la desagradable casa de los Saywell, en la que estaba irremediablemente sumergida. Detestaba la parroquia con un odio que consumía su vida, un odio tan fuerte que ni siquiera podía apartarse de ella. Mientras durase, estaría vinculada a ella por un repulsivo encantamiento.

Se olvidó de los Eastwood. Después de todo, ¿qué era la rebelión de la pequeña judía comparada con la abuela y toda la tribu de los Saywell? Un marido no es nada más que algo casual. ¡Pero una familia! Una horrible y nauseabunda familia que nunca se dispersaría, y que se aprestaba a permanecer medio muerta en torno a la vieja fungosa. ¿Cómo enfrentarse a eso?

No había olvidado del todo al gitano, pero no tenía tiempo para él. Ella, que se aburría agónicamente, y que no tenía absolutamente nada que hacer, era incapaz de pensar en nada seriamente. De momento se dejaba llevar, sintiendo fluir la corriente de su alma.

Vio dos veces al gitano. Una vez llegó hasta la casa con cosas para vender, pero ella, observándole desde la ventana del rellano, no quiso bajar. Él la vio también, mientras volvía a colocar las cosas en el carro, pero no hizo señal alguna. Siendo de una raza que solo vive del saqueo de los arrabales, siempre hostil y viviendo invariablemente del pillaje, el gitano era su propio dueño, y demasiado cauteloso para exponerse abiertamente a la enorme y espeluznante zarpa de nuestras leyes. Había estado en la guerra y supo allí qué era estar esclavizado contra su voluntad.

De modo que ahora se presentaba en la parroquia y se ocupaba de lo suyo pausada y silenciosamente, dejando su carro fuera de la blanca reja, asumiendo esa actitud silenciosa y siempre inflexible, independiente de los demás, que le otorgaba aquel solitario y depredador encanto suyo. Sabía que ella le había visto. Le vería implacable, pregonando serenamente sus mercancías, siguiendo el antiquísimo sendero belicoso que le separaba de la gente como ella.

¿Como ella? Tal vez se equivocara. El corazón de la muchacha golpeaba ahora con la misma fuerza que su martillo al moldear el cobre, luchando contra las circunstancias. Mientras el gitano arremetía furtivamente contra lo exterior, Yvette lo hacía, más secretamente aún, contra el interior de lo establecido. Le gustaba aquel hombre. Le gustaba su presencia tranquila, silenciosa y bien perfilada; le gustaba su misteriosa resistencia, a sabiendas de que no lograría la victoria; su peculiar implacabilidad, su hostil desilusión, propia de quienes sobreviven a la guerra. Sí, si ella pertenecía a algún bando, a algún clan, era al suyo. Su corazón casi le decía que se fuera con él y se convirtiese en una paria.

Pero había nacido dentro de la empalizada. Quería prestigio y comodidades. Incluso la hija del párroco tenía cierto prestigio; y eso le gustaba, como también le gustaba astillar los pilares del templo desde dentro, aunque sin dejar de sentirse segura bajo su techo. Disfrutaba picando las columnas del edificio hasta arrancarles fragmentos. Sin duda, habían sido arrancados muchos fragmentos de las columnas de los filisteos antes de que Sansón derribara el templo.

No estaba segura de que una debiera abstenerse de correr alguna aventura antes de los veintiséis, y luego serenarse, y casarse. Tal era la filosofía de Lucille, aprendida de las mujeres mayores que ella. Yvette tenía veintiún años, lo que significaba que tenía aún cinco preciosos años para coquetear con la aventura. Y la aventura, de momento, significaba el gitano. El matrimonio, a la edad de veintiséis, significaba Leo o Gerry. Una mujer podía comerse todo el pastel sin renunciar a los aperitivos.

Yvette, lanzada a una tremenda y cerrada hostilidad contra la casa de los Saywell, se mostraba experta y sabia, con esa sabiduría y experiencia de los jóvenes que prescinde siempre de la experiencia y de la sabiduría de los mayores.

La segunda vez se había encontrado accidentalmente con el gitano. Corría el mes de marzo y el tiempo era soleado tras unas inauditas lluvias. Las celidonias tocaban de amarillo los setos y lucían las primaveras sobre las rocas. Todavía se podía oler el azufre de las lejanas acererías bajo el metálico cielo azul.

Y sin embargo, era primavera.

Yvette pedaleaba despacio a lo largo de Codnor Gate, más allá de las verdes canteras, cuando vio al gitano salir por la puerta de una casita de piedra. Su carro estaba parado en el camino y él regresaba con los plumeros y los cacharros.

Bajó de su bicicleta. En cuanto le vio, apreció con curiosa ternura las gráciles líneas de su cuerpo debajo del verde jersey, y los rasgos de su rostro silencioso. Le pareció conocerle mejor que a cualquier otra persona en la tierra. Mejor que a Lucille; y que, de alguna forma, ella le pertenecía para siempre.

—¿Ha hecho usted algo nuevo? —le preguntó inocentemente, mirando sus utensilios de cobre.

—Creo que no —contestó él, devolviéndole la mirada.

El deseo estaba todavía allí, en sus ojos, extraño y desnudo; pero parecía más remoto. Su audacia había disminuido. Creyó percibir un leve reflejo, como si le disgustase, pero pronto desapareció al ver que ella escudriñaba entre sus cacharros. Los estudiaba con diligencia.

Había una pequeña bandeja ovalada, de bronce, con un extraño dibujo, parecido a una palmera, grabado sobre el metal.

—Me gusta este —dijo—. ¿Cuánto cuesta?

—Lo que usted quiera.

Eso la puso nerviosa. Había hablado con brusquedad, casi burlonamente.

—Prefiero que me lo diga usted —dijo mirándole a los ojos.

—Déme lo que quiera —dijo el gitano.

—¡No! —dijo ella de pronto—. Si no dice usted el precio, no lo quiero.

—De acuerdo —contestó—, dos chelines.

Encontró media corona, y él extrajo de su bolsillo un puñado de monedas, tomando de ellas seis peniques. Se los tendió.

—La vieja ha soñado con usted —le dijo mirándola con ojos curiosos e inquisitivos.

—¿Ah, sí? —exclamó Yvette, súbitamente interesada—. ¿De qué trataba el sueño?

—Ella decía: "Desarrolla el vigor de tu cuerpo o la suerte te abandonará". Y también dijo: "Escucha la voz del agua".

Yvette estaba muy impresionada.

—¿Y qué significa? —preguntó.

—Se lo pregunté. Dijo que no lo sabía.

—Cuéntemelo de nuevo.

—"Desarrolla el vigor de tu cuerpo o la suerte te abandonará." "Escucha la voz del agua."

El gitano miró en silencio su rostro suave y reflexivo. Algo parecido a un perfume parecía fluir de su joven seno, directamente hacia él, en una agradable vinculación.

—Tendré que ser más valiente con mi cuerpo y escuchar la voz del agua. ¡De acuerdo! No lo entiendo, pero tal vez llegue a lograrlo.

Miró al hombre con ojos desprovistos de malicia. El hombre y la mujer están hechos de muchas personalidades. Con una de ellas Yvette amaba al gitano; con otras muchas le ignoraba y rechazaba.

—¿No vendrá más a Head? —preguntó él.

De nuevo miraba hacia él con expresión ausente.

—Tal vez sí. Algún día —dijo—. ¡Algún día!

—¡Llega la primavera! —dijo el gitano, sonriendo apenas y mirando hacia el sol—. Pronto levantaremos el campamento y nos marcharemos.

—¿Cuándo?

—Tal vez la semana que viene.

—¿Hacia dónde?

De nuevo hizo un gesto con la cabeza.

—Tal vez al norte.

Yvette le miró.

—¡De acuerdo! —dijo—. Quizá me acerque antes de que se vayan. Así me despediré de todos ustedes, de su mujer y de la anciana que me ha enviado el mensaje.

LA ESTATUA DE SAL

Por **LEOPOLDO LUGONES**[7]

He aquí cómo refirió el peregrino la verdadera historia del monje Sosistrato:

—Quien no ha pasado alguna vez por el monasterio de San Sabas, diga que no conoce la desolación. Imagínense un antiquísimo edificio situado sobre el Jordán, cuyas aguas, saturadas de arena amarillenta, se deslizan ya casi agotadas hacia el Mar Muerto, entre bosquecillos de terebintos y manzanos de Sodoma. En toda aquella comarca no hay más que una palmera cuya copa sobrepasa los muros del monasterio. Una soledad infinita, apenas interrumpida de vez en cuando por el paso de algunos nómadas que trasladan sus rebaños; un silencio colosal que parece descender de las montañas cuya eminencia amuralla el horizonte. Cuando sopla el viento del desierto, llueve arena impalpable; cuando el viento viene del lago, todas las plantas quedan cubiertas de sal. El ocaso y la aurora se confunden en una misma tristeza. Sólo aquellos que deben expiar grandes crímenes se atreven a habitar semejantes soledades.

En el convento se puede oír misa y comulgar. Los monjes, que no son más que cinco —y todos de al menos sesenta años—, ofrecen al peregrino una modesta colación de dátiles fritos, uvas, agua del río y, a veces, vino de palmera. Jamás salen del monasterio, aunque las tribus vecinas los respetan porque son buenos médicos. Cuando uno muere, lo sepultan en las cuevas que hay debajo, a la orilla del río, entre las rocas.

---

[7] Nació en Villa de María del Río Seco, Córdoba, Argentina, el 13 de junio de 1874 y murió en Tigre, Buenos Aires, el 18 de febrero de 1938. Fue poeta, narrador, ensayista, periodista y figura clave del modernismo hispanoamericano. Considerado uno de los escritores más influyentes de Argentina, su obra abarcó múltiples géneros y estilos, desde la poesía simbolista hasta la ciencia ficción y el cuento fantástico. Entre sus libros más destacados se encuentran Las montañas del oro, Los crepúsculos del jardín, Las fuerzas extrañas y El imperio jesuítico. Fue pionero en el uso del relato fantástico y científico en la literatura en español y precursor de autores como Borges y Bioy Casares. Su vida estuvo marcada por profundos cambios ideológicos y terminó trágicamente en el suicidio.

En esas cuevas anidan ahora parejas de palomas azules, amigas del convento; antes, hace ya muchos años, habitaron en ellas los primeros anacoretas, uno de los cuales fue el monje Sosistrato, cuya historia he prometido contarles. Que me ayude nuestra Señora del Carmen, y ustedes escuchen con atención. Lo que van a oír me lo refirió palabra por palabra el hermano Porfirio, que ahora está sepultado en una de las cuevas de San Sabas, donde terminó su santa vida a los ochenta años, en la virtud y la penitencia. Dios le haya acogido en su gracia. Amén.

Sosistrato era un monje armenio, que había resuelto pasar su vida en la soledad junto a varios jóvenes compañeros suyos del mundo, recién convertidos a la religión del crucificado. Pertenecía, pues, a la fuerte raza de los estilitas. Después de largo vagar por el desierto, encontraron un día las cavernas de que les he hablado y se instalaron en ellas. El agua del Jordán y los frutos de una pequeña huerta que cultivaban en común bastaban para cubrir sus necesidades. Pasaban los días orando y meditando. De aquellas grutas surgían columnas de plegarias, que contenían con su esfuerzo la vacilante bóveda de los cielos, próxima a desplomarse sobre los pecados del mundo. El sacrificio de aquellos desterrados, que ofrecían diariamente la mortificación de sus cuerpos y la pena de sus ayunos a la justa ira de Dios, para aplacarla, evitó muchas pestes, guerras y terremotos. Esto no lo saben los impíos, que se burlan con ligereza de las penitencias de los cenobitas. Y sin embargo, los sacrificios y oraciones de los justos son las claves del techo del universo.

Al cabo de treinta años de austeridad y silencio, Sosistrato y sus compañeros habían alcanzado la santidad. El demonio, vencido, aullaba de impotencia bajo el pie de los santos monjes. Estos fueron terminando sus vidas uno tras otro, hasta que al fin Sosistrato se quedó solo. Estaba muy viejo, muy pequeñito. Se había vuelto casi transparente. Oraba de rodillas quince horas diarias, y tenía revelaciones. Dos palomas amigas le traían cada tarde algunos granos de granada y se los daban de comer con el pico. Nada más que eso comía; en cambio, olía como un jazmín al atardecer.

Cada año, el viernes de Dolores, encontraba al despertar, en la cabecera de su lecho de ramas, una copa de oro llena de vino y un pan con cuyas especies comulgaba, absorbiéndose en éxtasis inefables. Jamás se le ocurrió pensar de dónde vendrían aquello, pues bien sabía que el Señor Jesús podía hacerlo. Y aguardando con devoción perfecta el día de su ascensión a la bienaventuranza, continuaba soportando sus años. Desde hacía más de cincuenta, ningún caminante había pasado por allí.

Pero una mañana, mientras el monje rezaba con sus palomas, estas, asustadas de pronto, echaron a volar abandonándolo. Un peregrino acababa de llegar a la entrada de la caverna. Sosistrato, después de saludarlo con santas palabras, lo invitó a descansar, indicándole un cántaro de agua fresca. El desconocido bebió con ansia, como si estuviese agotado de fatiga; y después de consumir un puñado de frutas secas que sacó de su alforja, oró en compañía del monje.

Transcurrieron siete días. El caminante contó su peregrinación desde Cesarea hasta las orillas del Mar Muerto, terminando su relato con una historia que preocupó a Sosistrato.

—He visto los cadáveres de las ciudades malditas —dijo una noche a su anfitrión—. He visto humear el mar como una hornalla y he contemplado, lleno de espanto, a la mujer de sal, la castigada esposa de Lot. La mujer está viva, hermano mío, y yo la he escuchado gemir y la he visto sudar al sol del mediodía.

—Cosa parecida cuenta Juvenco en su tratado De Sodoma —dijo en voz baja Sosistrato.

—Sí, conozco el pasaje —añadió el peregrino—. Pero hay algo más definitivo en él todavía, y de ello resulta que la esposa de Lot ha seguido siendo, fisiológicamente, mujer. Yo he pensado que sería obra de caridad liberarla de su condena…

—Es la justicia de Dios —exclamó el solitario.

—¿No vino Cristo a redimir también con su sacrificio los pecados del mundo antiguo? —replicó suavemente el viajero, que parecía docto en letras sagradas—. ¿Acaso el bautismo no lava igualmente el pecado contra la Ley que el pecado contra el Evangelio?

Después de estas palabras, ambos se entregaron al sueño. Fue aquella la última noche que pasaron juntos. Al día siguiente, el desconocido partió, llevando consigo la bendición de Sosistrato. Y no necesito decirles que, a pesar de sus buenas apariencias, aquel fingido peregrino era Satanás en persona.

El plan del maligno fue sutil. Una preocupación tenaz asaltó desde aquella noche el espíritu del santo. ¡Bautizar la estatua de sal, liberar de su suplicio aquel espíritu encadenado! La caridad lo exigía, la razón argumentaba. En esta lucha transcurrieron meses, hasta que por fin el monje tuvo una visión. Un ángel se le apareció en sueños y le ordenó ejecutar el acto.

Sosistrato oró y ayunó durante tres días, y en la mañana del cuarto, apoyándose en su bastón de acacia, tomó, costeando el Jordán, la senda del Mar Muerto. La jornada no era larga, pero sus piernas cansadas apenas podían sostenerlo. Así marchó durante dos días. Las fieles palomas continuaban alimentándolo como de costumbre, y él rezaba mucho, profundamente, pues aquella resolución le afligía en extremo. Por fin, cuando sus pies iban a faltarle, las montañas se abrieron y el lago apareció.

Los esqueletos de las ciudades destruidas iban poco a poco desapareciendo. Algunas piedras quemadas eran todo lo que quedaba: trozos de arcos, hileras de ladrillos carcomidos por la sal y cimentados en betún… El monje apenas reparó en tales restos, que procuró evitar para no mancillar sus pies con su contacto. De repente, todo su viejo cuerpo tembló. Acababa de advertir hacia el sur, fuera ya de las ruinas, en un recodo de las montañas desde donde apenas se distinguían, la silueta de la estatua.

Bajo su manto petrificado, que el tiempo había roído, era larga y delgada como un fantasma. El sol brillaba con límpida incandescencia, calcinando las rocas, haciendo espejear la capa salobre que cubría las hojas de los terebintos. Aquellos arbustos, bajo la reverberación meridiana, parecían de plata. En el cielo no había una sola nube. Las aguas amargas dormían en su característica inmovilidad. Cuando el viento soplaba, decían los peregrinos, podía escucharse cómo se lamentaban los espectros de las ciudades.

Sosistrato se acercó a la estatua. El viajero había dicho la verdad. Una humedad tibia cubría su rostro. Aquellos ojos blancos, aquellos labios blancos, estaban completamente inmóviles bajo la invasión de la piedra, en el sueño de sus siglos. Ni un indicio de vida salía de aquella roca. ¡El sol la quemaba con tenacidad implacable desde hacía milenios, y sin embargo, esa figura estaba viva, pues sudaba! Aquel sueño resumía el misterio de los espantos bíblicos. La cólera de Jehová había caído sobre aquel ser, espantosa amalgama de carne y piedra.

¿No era temerario intentar turbar ese sueño?

¿No caería el pecado de la mujer maldita sobre el insensato que procurara redimirla? Despertar el misterio es una locura criminal, tal vez una tentación del infierno. Sosistrato, lleno de congoja, se arrodilló a orar a la sombra de un bosquecillo…

Cómo se verificó el acto, no se los voy a contar. Sepan únicamente que, cuando el agua sacramental cayó sobre la estatua, la sal se disolvió lentamente, y a los ojos del solitario apareció una mujer, vieja como la eternidad, envuelta en harapos terribles, de una palidez cenicienta, flaca y temblorosa, llena de siglos. El monje que había visto al demonio sin miedo, sintió pavor ante aquella aparición. Era el pueblo réprobo lo que se levantaba en ella. ¡Esos ojos vieron la combustión de los azufres llovidos por la cólera divina sobre la ignominia de las ciudades; esos harapos estaban tejidos con el pelo de los camellos de Lot; esos pies pisaron las cenizas del incendio del Eterno!

Y la espantosa mujer le habló con su voz antigua. Ya no recordaba nada. Sólo una vaga visión del incendio, una sensación tenebrosa despertada a la vista de aquel mar. Su alma estaba vestida de confusión. Había dormido mucho, un sueño negro como el sepulcro. Sufría sin saber por qué, en aquella inmersión de pesadilla. Ese monje acababa de salvarla.

Lo sentía. Era lo único claro en su visión reciente. Y el mar… el incendio… la catástrofe… las ciudades ardidas… todo aquello se desvanecía en una clarividente visión de muerte. Iba a morir. Estaba salvada, pues. ¡Y era el monje quien la había salvado!

Sosistrato temblaba, formidable. Una llama roja incendiaba sus pupilas. El pasado acababa de desvanecerse en él, como si el viento de fuego hubiera barrido su alma. Y solo este convencimiento ocupaba su conciencia: ¡la mujer de Lot estaba allí!

El sol descendía hacia las montañas. Púrpuras de incendio manchaban el horizonte. Los días trágicos revivían en aquel aparato de llamaradas. Era como una resurrección del castigo, reflejándose por segunda vez sobre las aguas del lago amargo. Sosistrato acababa de retroceder en los siglos. Recordaba.

Había sido actor en la catástrofe. Y esa mujer… ¡esa mujer le era conocida!

Entonces, una ansia espantosa le quemó la carne. Su lengua habló, dirigiéndose a la espectral resucitada:

—Mujer, respóndeme una sola palabra.

—Habla… pregunta…

—¿Responderás?

—Sí, habla; ¡me has salvado!

Los ojos del anacoreta brillaron, como si en ellos se concentrara el resplandor que incendiaba las montañas.

—Mujer, dime qué viste cuando tu rostro se volvió para mirar.

Una voz anudada de angustia le respondió:

—¡Oh, no… por Elohim, no quieras saberlo!

—¡Dime qué viste!

—No… no… ¡Sería el abismo!

—Yo quiero el abismo.

—Es la muerte…

—¡Dime qué viste!

—¡No puedo… no quiero!

—Yo te he salvado.

—No… no…

El sol acababa de ponerse.

—¡Habla!

La mujer se aproximó. Su voz parecía cubierta de polvo; se apagaba, se tornaba crepuscular, agonizante.

—¡Por las cenizas de tus padres!…

—¡Habla!

Entonces aquel espectro acercó su boca al oído del cenobita, y dijo una palabra. Y Sosistrato, fulminado, anonadado, sin lanzar un solo grito, cayó muerto.

Roguemos a Dios por su alma.

EL VAMPIRO

Por HORACIO QUIROGA[8]

—Sí —dijo el abogado Rhode—. Yo tuve esa causa. Es un caso bastante raro por aquí, de vampirismo. Rogelio Castelar, un hombre hasta entonces normal fuera de algunas fantasías, fue sorprendido una noche en el cementerio arrastrando el cadáver recién enterrado de una mujer. El individuo tenía las manos destrozadas porque había removido un metro cúbico de tierra con las uñas. En el borde de la fosa yacían los restos del ataúd, recién quemado. Y como complemento macabro, un gato —sin duda forastero— yacía por allí con los riñones rotos. Como ven, no faltaba nada al cuadro.

En la primera entrevista con el hombre vi que tenía que habérmelas con un loco fúnebre. Al principio se obstinó en no responderme, aunque no dejaba de asentir con la cabeza a mis razonamientos. Por fin, pareció hallarme digno de oírle. La boca le temblaba por la ansiedad de comunicarse.

—¡Ah! ¡Usted me entiende! —exclamó, fijando en mí sus ojos febriles. Y continuó con un vértigo de palabras del que apenas puedo reconstruir lo que recuerdo:

—¡A usted le diré todo! ¡Sí! ¿Que cómo fue eso del ga… de la gata? ¡Yo! ¡Solamente yo! Óigame: cuando yo llegué… allá, mi mujer…

—¿Dónde allá? —lo interrumpí.

—Allá… ¿La gata o no? ¿Entonces?... Cuando yo llegué, mi mujer corrió como una loca a abrazarme. Y enseguida se desmayó. Todos se precipitaron entonces sobre mí, mirándome con ojos desorbitados. ¡Mi casa! ¡Se había quemado, derrumbado, hundido con todo lo que tenía dentro! ¡Esa, esa era mi casa! ¡Pero ella no, mi mujer mía! Entonces un miserable devorado por la locura me sacudió el hombro, gritándome:

—¿Qué hace? ¡Conteste!

---

[8] Nació en Salto, Uruguay, el 31 de diciembre de 1878 y murió en Buenos Aires el 19 de febrero de 1937. Fue cuentista, dramaturgo y poeta, considerado el gran maestro del cuento latinoamericano. Su obra, marcada por la selva misionera y lo macabro, incluye títulos como Cuentos de la selva, El almohadón de plumas y Los desterrados.

Y yo le contesté:

—¡Es mi mujer! ¡Mi mujer mía que se ha salvado!

Entonces se levantó un clamor:

—¡No es ella! ¡Esa no es!

Sentí que mis ojos, al bajarse a mirar lo que yo tenía entre mis brazos, querían salirse de las órbitas. ¿No era esa María, mi María, y desmayada? Un golpe de sangre me encendió los ojos y, de mis brazos, cayó una mujer que no era María. Entonces salté sobre una barrica y dominé a todos los trabajadores. Y grité con la voz ronca:

—¡¿Por qué?! ¡¿Por qué?!

Ni uno solo estaba peinado porque el viento les echaba el pelo hacia un lado. Y los ojos de todos, mirándome. Entonces comencé a oír por todas partes:

—Murió.

—Murió aplastada.

—Murió.

—Gritó.

—Gritó una sola vez.

—Yo sentí que gritaba.

—Yo también.

—Murió.

—La mujer de él murió aplastada.

—¡Por todos los santos! —grité yo entonces, retorciéndome las manos—. ¡Salvémosla, compañeros! ¡Es un deber nuestro salvarla!

Y corrimos todos. Todos corrimos con silenciosa furia hacia los escombros. Los ladrillos volaban, los marcos caían desajustados y la remoción avanzaba a saltos.

A las cuatro de la mañana yo solo trabajaba. No me quedaba una uña sana, ni en mis dedos había otra cosa que escarbar. ¡Pero en mi pecho! ¡Angustia y furia de tremenda desgracia que temblabas en mi pecho al buscar a mi María!

No quedaba sino el piano por remover. Había allí un silencio de epidemia, una enagua caída y ratas muertas. Bajo el piano tumbado, sobre el piso granate de sangre y carbón, estaba aplastada la sirvienta.

Yo la saqué al patio, donde no quedaban sino cuatro paredes silenciosas, viscosas de alquitrán y agua. El suelo resbaladizo reflejaba el cielo oscuro. Entonces cogí a la sirvienta y comencé a arrastrarla alrededor del patio.

Eran míos esos pasos. ¡Y qué pasos! ¡Un paso, otro paso, otro paso!

En el hueco de una puerta —carbón y agujero, nada más— estaba acurrucada la gata de casa, que había escapado al desastre, aunque malherida. La cuarta vez que la sirvienta y yo pasamos frente a ella, la gata lanzó un aullido de cólera.

—¡Ah! ¿No era yo, entonces? —grité desesperado—. ¿No fui yo el que buscó entre los escombros, la ruina y la mortaja de los marcos un solo pedazo de mi María?

La sexta vez que pasamos delante de la gata, el animal se erizó. La séptima vez se levantó, arrastrando las patas traseras. Y nos siguió entonces así, esforzándose por mojar la lengua en el pelo grasiento de la sirvienta —¡de ella, de María, no maldito buscador de cadáveres!

—¡Buscador de cadáveres! —repetí yo mirándolo—. ¡Pero entonces eso fue en el cementerio!

El vampiro se aplastó entonces el cabello mientras me miraba con sus inmensos ojos de loco.

—¡Conque lo sabías entonces! —articuló—. ¡Conque todos lo saben y me dejan hablar una hora! ¡Ah! —rugió en un sollozo, echando la cabeza hacia atrás y deslizándose por la pared hasta caer sentado—: ¡Pero quién me dice a mí, miserable, aquí, por qué en mi casa me arranqué las uñas sin poder salvar del alquitrán ni siquiera el cabello colgante de mi María!

—No necesitaba más, como ustedes comprenden —concluyó el abogado—, para orientarme totalmente respecto del individuo. Fue internado enseguida. Hace ya dos años de esto, y anoche ha salido, perfectamente curado…

—¿Anoche? —exclamó un hombre joven de riguroso luto—. ¿Y de noche se da de alta a los locos?

—¿Por qué no? El individuo está curado, tan sano como usted y como yo. Por lo demás, si reincide —lo que es frecuente en estos vampiros—, a estas horas debe de estar ya en funciones. Pero esos no son asuntos míos. Buenas noches, señores.

EL RETRATO OVAL

Por **EDGAR ALLAN POE**[9]

El castillo en el cual a mi criado se le ocurrió penetrar por la fuerza, en vez de permitirme —malhadadamente herido como estaba— pasar una noche al raso, era uno de esos edificios mezcla de grandeza y melancolía que durante tanto tiempo levantaron sus altivas frentes en medio de los Apeninos, tanto en la realidad como en la imaginación de Mistress Radcliffe. Por todo lo que parecía, el castillo había sido recientemente abandonado, aunque de forma temporal. Nos instalamos en una de las habitaciones más pequeñas y menos suntuosamente amuebladas. Estaba situada en una torre aislada del resto del edificio. Su decoración era rica, pero antigua y muy deteriorada. Los muros estaban cubiertos de tapices y adornados con numerosos trofeos heráldicos de toda clase, y de ellos colgaban un número verdaderamente prodigioso de pinturas modernas, ricas en estilo, encerradas en sendos marcos dorados, de gusto arabesco.

Me produjeron un profundo interés —quizás a causa de mi incipiente delirio— aquellos cuadros colgados no sólo en las paredes principales, sino también en una serie de rincones que la arquitectura caprichosa del castillo hacía inevitables. Hice que Pedro cerrara los pesados postigos del salón, pues ya era hora avanzada, encendiera un gran candelabro de muchos brazos colocado al lado de mi cama, y abriera completamente las cortinas de terciopelo negro, guarnecidas de festones, que rodeaban el lecho. Quise hacerlo así para poder, si no conciliaba el sueño, distraerme alternativamente entre la contemplación de esas pinturas y la lectura de un pequeño volumen que había encontrado sobre la almohada, en el que se analizaban y comentaban críticamente.

Leí largo tiempo; contemplé las pinturas con devoción; las horas pasaron, rápidas y silenciosas, y llegó la medianoche. La posición del

---

[9] Nacido en Boston el 19 de enero de 1809 y fallecido en Baltimore el 7 de octubre de 1849, fue poeta, narrador y crítico literario estadounidense. Pionero del relato de terror y del cuento policial, se destacó con obras como El cuervo, El corazón delator y El retrato oval. Su estilo combina simbolismo oscuro, musicalidad y obsesión psicológica.

candelabro me molestaba, y extendiendo la mano con dificultad para no despertar a mi criado, lo coloqué de modo que arrojara la luz de lleno sobre el libro.

Pero este movimiento produjo un efecto completamente inesperado. La luz de sus numerosas velas dio de pleno en un nicho del salón que una de las columnas del lecho había hasta entonces mantenido sumido en sombra profunda. Vi, bañado en plena luz, un cuadro que hasta ese momento no había advertido. Era el retrato de una joven ya formada, casi mujer. Lo contemplé rápidamente y cerré los ojos. ¿Por qué? No lo comprendí al principio; pero mientras mis ojos permanecieron cerrados, analicé rápidamente el motivo que me había llevado a cerrarlos. Fue un movimiento involuntario, un intento de ganar tiempo y recapacitar, de asegurarme de que mi vista no me había engañado, de calmar y preparar mi espíritu para una contemplación más fría y serena. Al cabo de algunos momentos, miré de nuevo el lienzo fijamente.

No podía dudar, aun cuando lo hubiese querido, porque el primer rayo de luz que cayó sobre el lienzo había desvanecido el estupor delirante que dominaba mis sentidos, haciéndome volver repentinamente a la realidad de la vida.

El cuadro representaba, como ya he dicho, a una joven. Se trataba simplemente de un retrato de medio cuerpo, todo en ese estilo que se llama, en lenguaje técnico, estilo de viñeta; había en él mucho de la manera de pintar de Sully en sus cabezas favoritas. Los brazos, el pecho y las puntas de sus radiantes cabellos se perdían en la sombra vaga pero profunda que servía de fondo a la imagen. El marco era ovalado, magníficamente dorado y de un bello estilo morisco. Tal vez no fuera ni la ejecución de la obra, ni la extraordinaria belleza de su rostro lo que me impresionó tan repentina y profundamente. No podía creer que mi imaginación, al salir del delirio, hubiese confundido aquella cabeza con la de una persona viva. Sin embargo, los detalles del dibujo, el estilo de viñeta y el aspecto del marco no me permitían dudar ni un solo instante.

Abismado en estas reflexiones, permanecí una hora entera con los ojos fijos en el retrato. Aquella inexplicable expresión de realidad y vida que al principio me hiciera estremecer, terminó por subyugarme. Lleno de terror y respeto, devolví el candelabro a su posición original, y apartando así de mi vista la causa de mi profunda agitación, tomé ansiosamente el volumen que contenía la historia y descripción de los cuadros. Busqué inmediatamente el número correspondiente al que marcaba el retrato ovalado, y leí la extraña y singular historia siguiente:

"Era una joven de extraordinaria belleza, tan graciosa como amable, que en mala hora amó al pintor y se casó con él. Él tenía un carácter apasionado, estudioso y austero, y había puesto en el arte todos sus amores; ella, joven, de rarísima hermosura, toda luz y sonrisas, con la alegría de un cervatillo, amaba todo y no odiaba más que el arte, que era su rival, y no temía nada excepto la paleta, los pinceles y los demás instrumentos importunos que le arrebataban el amor de su adorado.

Terrible impresión le causó oír al pintor hablar de su deseo de retratarla. Pero era humilde y sumisa, y se sentó pacientemente, durante largas semanas, en la sombría y alta habitación de la torre, donde la luz entraba al lienzo sólo por el cielo raso. El artista cifraba su gloria en su obra, que avanzaba hora tras hora, día tras día. Y era un hombre vehemente, extraño, pensativo, y se perdía en mil fantasías; tanto, que no veía que la luz lúgubre que penetraba en aquella torre aislada secaba la salud y los encantos de su esposa, que se consumía para todos excepto para él.

Ella, no obstante, sonreía cada vez más, porque veía que el pintor —quien gozaba de gran fama— experimentaba un vivo y ardiente placer en su tarea, y trabajaba noche y día para trasladar al lienzo la imagen de la mujer que tanto amaba, quien de día en día se volvía más débil y desanimada. Y, en verdad, quienes contemplaban el retrato comentaban en voz baja su semejanza extraordinaria, prueba irrefutable del genio del pintor y del profundo amor que su modelo le inspiraba.

Pero, al final, cuando el trabajo estaba casi terminado, ya no se permitió a nadie entrar en la torre, pues el pintor se había vuelto loco por el fervor con que se entregaba a su labor, y rara vez levantaba la vista del lienzo, ni siquiera para mirar el rostro de su esposa. No podía ver que los colores que aplicaba al lienzo se borraban de las mejillas de la mujer que tenía sentada a su lado.

Y cuando muchas semanas hubieron pasado, y no quedaba por hacer más que una sola cosa —un pequeño toque sobre la boca, otro sobre los ojos— el alma de la dama palpitaba aún, como la llama de una lámpara que está a punto de apagarse. Entonces el pintor dio los últimos toques, y durante un instante se quedó en éxtasis ante la obra que había creado. Pero un minuto después, estremeciéndose, palideció, herido de terror, y gritó con voz terrible:

—¡En verdad, esta es la vida misma!

Se volvió bruscamente para mirar a su bienamada... ¡Estaba muerta!"

LA VENUS DE ILLE

Por PROSPER MÉRIMÉE[10]

Bajaba yo la última ladera del Canigó, y, aunque el sol ya se había puesto, distinguía en la llanura las casas del pequeño pueblo de Ille, hacia el cual me dirigía.

—Usted debe saber —le dije al catalán que me servía de guía desde el día anterior—, debe saber sin duda dónde vive el señor de Peyrehorade.

—¡Cómo no voy a saberlo! —exclamó—. Conozco su casa como la mía, y si no estuviera tan oscuro, se la mostraría. Es la más bonita de Ille. Tiene dinero, sí, el señor de Peyrehorade; y casa a su hijo con alguien aún más rico que él.

—¿Y esa boda se celebrará pronto? —le pregunté.

—¡Pronto! Puede que ya estén encargados los músicos para la fiesta. Esta noche, tal vez; mañana, pasado mañana, ¡qué sé yo! Será en Puygarrig donde se celebre; porque es la señorita de Puygarrig con quien el joven señor se casa. ¡Será todo un espectáculo, sí señor!

Yo había sido recomendado al señor de Peyrehorade por mi amigo el señor de P. Me había dicho que se trataba de un anticuario muy sabio y de una amabilidad a toda prueba. Sería un placer para él mostrarme todas las ruinas en diez leguas a la redonda. Contaba con él para visitar los alrededores de Ille, que sabía ricos en monumentos antiguos y medievales. Esta boda, de la que acababa de enterarme, venía a trastocar todos mis planes.

—Seré un aguafiestas —me dije—. Pero ya me esperan; anunciado por el señor de P., no tenía más remedio que presentarme.

—Apuesto, señor —me dijo mi guía mientras llegábamos a la llanura—, apuesto un cigarro a que adivino lo que va a hacer usted en casa del señor de Peyrehorade.

---

[10] Nacido en París el 28 de septiembre de 1803 y muerto en Cannes el 23 de septiembre de 1870, fue narrador, arqueólogo e historiador. Es conocido por Carmen, que inspiró la famosa ópera, y por relatos como La Venus de Ille y Colomba, donde mezcla lo fantástico, lo exótico y el misterio con una prosa sobria e intensa.

—Pues —le respondí, tendiéndole un cigarro—, no es muy difícil de adivinar. A estas horas, después de haber caminado seis leguas por el Canigó, lo más importante es cenar.

—Sí, pero ¿y mañana?... Mire, yo apostaría a que usted ha venido a Ille para ver la estatua. ¡Lo adiviné cuando lo vi dibujando a los santos de Serrabona!

—¿La estatua? ¿Qué estatua? —La palabra despertó mi curiosidad.

—¿Cómo? ¿No le han contado en Perpiñán cómo el señor de Peyrehorade encontró una estatua enterrada?

—¿Una estatua de barro, de arcilla?

—¡No! ¡De bronce, y del bueno! Pesa tanto como una campana de iglesia. Estaba muy enterrada, al pie de un olivo, cuando la desenterramos.

—¿Usted estuvo presente en el hallazgo?

—Sí, señor. El señor de Peyrehorade nos dijo hace quince días a Jean Coll y a mí que arrancáramos un viejo olivo que se había secado el año pasado —que fue muy malo, como usted sabe—. Así que estábamos trabajando, y Jean Coll, que se empleaba a fondo, dio un golpe de pico, y se oyó bimm, como si hubiese golpeado una campana. "¿Qué es eso?", dije.

Seguimos cavando, cavando, y apareció una mano negra, que parecía la de un muerto saliendo de la tierra. Me dio miedo. Fui corriendo donde el señor y le dije: "¡Señor, hay muertos bajo el olivo! ¡Hay que llamar al cura!". "¿Muertos?", me dijo. Vino, y apenas vio la mano exclamó:

—¡Un objeto antiguo! ¡Una antigüedad! —Hubiera usted creído que había encontrado un tesoro. Y allí se puso, con el pico, con las manos, a excavar como loco, trabajando casi tanto como nosotros dos.

—¿Y al final qué encontraron?

—Una gran mujer, negra, más que medio desnuda —con perdón, señor—, toda de bronce, y el señor de Peyrehorade nos dijo que era una estatua pagana… ¡del tiempo de Carlomagno, creo yo!

—Ya veo… Alguna Virgen de bronce de un convento destruido.

—¿Una Virgen? ¡Qué va! La habría reconocido si hubiera sido una Virgen. ¡Es una estatua pagana, le digo! Se nota por su expresión. Te clava esos ojos blancos... parece que te observa. Dan ganas de bajar la mirada, de verdad.

—¿Ojos blancos? Deben de estar incrustados en el bronce. Quizá sea una estatua romana.

—¡Romana! Eso es. El señor de Peyrehorade también dijo que era romana. ¡Ah, ya veo que usted es sabio como él!

—¿Está completa? ¿Bien conservada?

—Oh, señor, no le falta nada. Es más hermosa y mejor hecha que el busto de Luis Felipe que está en el ayuntamiento, y ese es de yeso pintado. Pero con todo eso, la cara de esa estatua no me gusta. Tiene cara de mala… y lo es también.

—¿Mala? ¿Qué mal les ha hecho?

—No a mí, precisamente; pero ya verá. Éramos cuatro los que nos pusimos a levantarla, y el señor de Peyrehorade, que también tiraba de la cuerda, aunque no tiene más fuerza que un pollo —¡el buen hombre!

Con mucho esfuerzo, conseguimos ponerla de pie. Yo estaba amontonando ladrillos para calzarla, cuando ¡pataplum!, cayó de espaldas con todo su peso. Grité: "¡Cuidado!", pero no lo suficientemente rápido, porque Jean Coll no alcanzó a retirar la pierna…

—¿Y fue herido?

—¡Quebrada de un tajo, como una rama seca, su pobre pierna! ¡Pobrecito! Cuando vi eso, me enfurecí. Quería reventar la estatua a golpes de pico, pero el señor de Peyrehorade me detuvo. Le dio dinero a Jean Coll, que, sin embargo, aún está en cama quince días después del accidente, y el médico dice que no volverá a caminar igual con esa pierna.

Es una lástima, siendo el mejor corredor del pueblo y, después del joven señor, el mejor jugador de pelota.

Porque al señor Alphonse de Peyrehorade eso le dolió. Jean Coll era su pareja de juego. ¡Qué espectáculo era verlos jugar! ¡Paf! ¡Paf! Jamás dejaban caer la pelota.

Conversando así, entramos en Ille y pronto estuve frente al señor de Peyrehorade.

Era un pequeño anciano aún ágil y animado, empolvado, con la nariz roja, aire jovial y burlón. Antes siquiera de abrir la carta del señor de P., ya me había instalado ante una mesa bien servida y me había presentado a su esposa y a su hijo como un arqueólogo ilustre que vendría a sacar al Rosellón del olvido en que lo tienen sumido los sabios indiferentes.

Mientras comía con buen apetito —pues nada abre más el hambre que el aire fresco de las montañas—, observaba a mis anfitriones. Ya he dicho algo del señor de Peyrehorade; debo añadir que era la vivacidad en persona. Hablaba, comía, se levantaba, corría a su biblioteca, me traía libros, me mostraba grabados, me servía vino; no estaba quieto ni dos minutos.

Su esposa, un poco demasiado robusta —como suele suceder con las catalanas pasados los cuarenta—, me pareció una provinciana a carta cabal, totalmente dedicada al cuidado de la casa. Aunque la cena era suficiente para al menos seis personas, fue a la cocina, hizo matar palomas, freír tortillas, abrir no sé cuántos frascos de mermeladas. En un instante, la mesa quedó atestada de platos y botellas, y sin duda habría muerto de indigestión si hubiese probado todo lo que me ofrecían. Sin embargo, con cada plato que rechazaba, venían nuevas excusas. Temían que no me sintiera cómodo en Ille. En provincia hay tan pocos recursos, y ¡los parisinos son tan exigentes!

En medio de las idas y venidas de sus padres, el señor Alphonse de Peyrehorade no se movía más que una estatua. Era un joven alto, de unos veintiséis años, con facciones hermosas y regulares, aunque carente de expresión. Su estatura y complexión atlética justificaban su fama local de infatigable jugador de pelota. Aquella noche vestía con elegancia, siguiendo al pie de la letra la moda del último número del Journal des modes.

Pero me parecía incómodo en su atuendo; estaba rígido como un palo en su cuello de terciopelo, y se movía en bloque. Sus manos, grandes y curtidas, con uñas cortas, contrastaban fuertemente con su vestimenta. Eran manos de labrador saliendo de las mangas de un dandi. Además, aunque me observaba de arriba abajo con curiosidad —como es costumbre con los parisinos—, no me dirigió la palabra en toda la velada más que una vez, para preguntarme dónde había comprado la cadena de mi reloj.

—¡Vaya, mi querido huésped! —me dijo el señor de Peyrehorade al finalizar la cena—. Usted es mío, está en mi casa. Ya no lo dejo irse hasta que haya visto todo lo interesante que tenemos en nuestras montañas. Tiene que conocer nuestro Rosellón y hacerle justicia. ¡Ni se imagina lo que vamos a mostrarle!

—Monumentos fenicios, celtas, romanos, árabes, bizantinos— decía—, verá usted de todo, desde el cedro hasta el hisopo. Lo llevaré a todas partes, y no le perdonaré ni un solo ladrillo.

Un acceso de tos lo obligó a detenerse. Aproveché para decirle que lamentaría molestarlo en una circunstancia tan importante para su familia. Si quería tener la amabilidad de darme sus excelentes consejos sobre las excursiones que debía hacer, podría hacerlas sin necesidad de que me acompañara…

—¡Ah! ¿Usted habla del casamiento de este muchacho? —exclamó interrumpiéndome—. ¡Bah! ¡Una bagatela! Todo estará listo pasado mañana.

Usted celebrará la boda con nosotros, en familia, pues la novia está de luto por una tía de la cual ha heredado.

Así que no habrá fiesta, ni baile… Es una lástima… habría visto bailar a nuestras catalanas… Son hermosas, y tal vez le habría dado a usted ganas de imitar a mi Alphonse. Un matrimonio, dicen, trae otro…

El sábado, ya casados los jóvenes, estaré libre, y saldremos de excursión.

Le pido perdón por tener que hacerlo pasar por una boda de provincia. Para un parisino cansado de fiestas… y ¡una boda sin baile, además! Sin embargo, verá usted una novia… una novia… ya me dirá… Pero usted es un hombre serio, y ya no se fija en las mujeres. ¡Tengo algo mejor para mostrarle! Le tengo reservada una gran sorpresa para mañana.

—¡Dios mío! —le dije—. Es difícil tener un tesoro en casa sin que el público lo sepa.

Creo adivinar la sorpresa que me prepara. Pero si se trata de su estatua, la descripción que me hizo mi guía no ha hecho más que despertar mi curiosidad y predisponerme a la admiración.

—¡Ah! ¿Le habló de la ídolo? Porque así es como llaman a mi bella Venus… de Tur… pero no quiero decirle nada. Mañana, a la luz del día, la verá, y me dirá si tengo razón en considerarla una obra maestra.

¡Por Dios! ¡No podía usted llegar en mejor momento! Tiene inscripciones que yo, pobre ignorante, interpreto a mi manera… pero ¡un sabio de París!

Tal vez se ría de mi interpretación… porque escribí un artículo… yo mismo, este viejo anticuario de provincia, me lancé… quiero hacer que la prensa tiemble… Si usted quisiera leerlo y corregírmelo, podría tener esperanzas… Por ejemplo, estoy muy curioso de saber cómo traducirá esta inscripción en la base: CAVE… Pero no quiero preguntarle nada aún. ¡Hasta mañana, hasta mañana! ¡Ni una palabra más sobre la Venus hoy!

—Tienes razón, Peyrehorade —dijo su esposa—, en dejar tu estatua en paz. Deberías ver que estás impidiendo que el señor cene. Vamos, señor, usted ha visto en París estatuas mucho más bonitas que la suya. En las Tullerías hay docenas, y también de bronce.

—¡Ah, la ignorancia! ¡La santa ignorancia de provincia! —interrumpió el señor de Peyrehorade—. ¡Comparar una admirable antigüedad con las figuras planas de Coustou!

¡Y qué falta de respeto tiene mi señora al hablar así de los dioses!

¿Sabe usted que mi mujer quería que fundiera mi estatua para hacer con ella una campana para nuestra iglesia? Claro, ¡ella quería ser la madrina! ¡Una obra maestra de Mirón, señor!

—¡Obra maestra! ¡Obra maestra! ¡Bonita obra maestra ha hecho! ¡Romperle la pierna a un hombre!

—Mira, mujer —dijo el señor de Peyrehorade con tono resuelto, mientras extendía hacia ella su pierna derecha enfundada en una media de seda rayada—, si mi Venus me hubiera roto esta pierna, ¡no la lamentaría!

—¡Por Dios, Peyrehorade! ¡Cómo puedes decir eso!

Por suerte el hombre está mejor… Y aun así no puedo mirarla sin pensar en la desgracia que trajo. ¡Pobre Jean Coll!

—¡Herido por Venus, señor! —dijo el señor de Peyrehorade, soltando una gran carcajada—. ¡Herido por Venus, y el pícaro se queja!

¡Los encantos de Venus no los conocerás tú!

¿Quién no ha sido herido por Venus?

El señor Alphonse, que comprendía mejor el francés que el latín, me guiñó el ojo con aire de complicidad, como preguntándome: "¿Y usted, parisino, lo entiende?"

Terminó la cena. Hacía ya una hora que yo no comía. Estaba fatigado, y no lograba ocultar los frecuentes bostezos que se me escapaban.

Madame de Peyrehorade fue la primera en notarlo, y observó que era hora de dormir. Comenzaron entonces nuevas disculpas por el alojamiento tan malo que me esperaba. No estaría tan cómodo como en París. ¡En provincia se vive tan mal! Se requería indulgencia para con los roussillonnais.

Por más que yo insistiera en que, después de una caminata por las montañas, un montón de paja me parecería una cama deliciosa, no cesaban de pedirme que perdonara a esos pobres campesinos si no me trataban como hubieran querido.

Finalmente subí al cuarto destinado para mí, acompañado del señor de Peyrehorade. La escalera, cuyas últimas gradas eran de madera, daba a un pasillo en el que se abrían varias habitaciones.

—A la derecha —me dijo mi anfitrión— está el apartamento destinado a la futura señora Alphonse. Su cuarto queda al otro extremo del pasillo.

Usted comprende —añadió con una sonrisa cómplice— que hay que aislar a los recién casados. Usted está en un extremo de la casa, ellos en el otro.

Entramos en una habitación bien amueblada, donde lo primero que vi fue una cama de más de dos metros de largo, casi igual de ancha, y tan alta que era necesario un banquito para subirse.

Mi anfitrión me mostró el lugar de la campanilla, se aseguró personalmente de que el azucarero estuviera lleno, los frascos de agua de colonia bien colocados sobre el tocador, y, tras preguntarme varias veces si no me faltaba nada, me deseó buenas noches y me dejó solo.

Las ventanas estaban cerradas. Antes de desvestirme, abrí una para respirar el aire fresco de la noche, delicioso después de una cena copiosa.

Enfrente se alzaba el Canigó, siempre admirable, pero que aquella noche me pareció la montaña más hermosa del mundo, iluminada como estaba por una luna resplandeciente. Me quedé algunos minutos contemplando su silueta maravillosa, y estaba por cerrar la ventana cuando, al bajar los ojos, vi la estatua, sobre un pedestal, a unos veinte metros de la casa.

Estaba situada en la esquina de un seto que separaba un pequeño jardín de un gran espacio perfectamente llano, que más tarde supe que era la cancha de pelota del pueblo. Este terreno, propiedad del señor de Peyrehorade, había sido cedido por él a la comuna, a petición insistente de su hijo.

Desde donde estaba me resultaba difícil distinguir la actitud de la estatua; sólo podía juzgar su altura, que calculé en unos dos metros.

En ese momento, dos muchachos del pueblo cruzaban por la cancha, bastante cerca del seto, silbando la alegre tonada del Rosellón: Montagnes régalades.

Se detuvieron para observar la estatua; uno de ellos incluso le habló en voz alta.

Hablaba en catalán, pero llevaba el tiempo suficiente en el Rosellón como para entender más o menos lo que decía:

—¡Ah, ahí estás, bruja! —(El término catalán era más fuerte)—. ¡Ahí estás! —decía—. ¡Así que tú le rompiste la pierna a Jean Coll! Si fueras mía, ¡te rompería el cuello!

—¿Con qué? —respondió el otro—. Es de bronce, y tan duro que Étienne rompió su lima intentando rayarla. Es bronce del tiempo de los paganos; más duro que no sé qué.

—Si tuviera mi cincel, —(al parecer era aprendiz de cerrajero)— le sacaría esos ojos blancos como quien saca una almendra de su cáscara. ¡Vale más de cien sueldos de plata!

Se alejaron unos pasos.

—¡Voy a despedirme de la ídolo! —dijo de pronto el más alto.

Se agachó, probablemente para recoger una piedra. Lo vi alzar el brazo, lanzar algo, y de inmediato se oyó un golpe seco sobre el bronce.

Al mismo instante, el aprendiz llevó la mano a su cabeza y lanzó un grito de dolor.

—¡Me la devolvió! —exclamó.

Y mis dos pilluelos huyeron a toda carrera.

Era evidente que la piedra había rebotado en el metal y había castigado al muchacho por la ofensa hecha a la diosa.

Cerré la ventana riéndome a carcajadas.

—¡Otro vándalo castigado por Venus! ¡Ojalá todos los destructores de nuestros antiguos monumentos terminaran con la cabeza rota!

Con ese piadoso deseo, me dormí.

Era pleno día cuando desperté. Junto a mi cama estaban, de un lado, el señor de Peyrehorade, en bata; del otro, un sirviente enviado por su esposa con una taza de chocolate en la mano.

—¡Vamos, arriba, parisino! ¡Así son estos perezosos de la capital! —decía mi anfitrión mientras yo me vestía apresuradamente—. ¡Son las ocho y aún en la cama! Yo me levanté a las seis. Ya he subido tres veces; me acerqué a su puerta de puntillas: nada, ni un signo de vida. Dormir tanto a su edad le hará daño. ¡Y aún no ha visto mi Venus! Vamos, tome esta taza de chocolate de Barcelona… auténtico contrabando… chocolate como no hay en París. ¡Tome fuerzas, porque cuando esté frente a mi Venus, no se podrá despegar de ella!

En cinco minutos estuve listo, es decir, medio afeitado, mal abotonado, y con la lengua quemada por el chocolate que bebí casi hirviendo. Bajé al jardín, y me encontré ante una estatua admirable.

Era en efecto una Venus, y de una belleza maravillosa.

Tenía el torso desnudo, como los antiguos solían representar a las grandes divinidades; la mano derecha, levantada a la altura del pecho, estaba girada con la palma hacia adentro, el pulgar y los dos primeros dedos extendidos, los otros dos ligeramente curvados. La otra mano, cerca de la cadera, sostenía el manto que cubría la parte inferior del cuerpo.

La actitud de la estatua recordaba la del jugador de morra que llaman, no sé por qué, "Germanicus". Tal vez se quiso representar a la diosa jugando a la morra.

Sea como fuere, es imposible imaginar algo más perfecto que el cuerpo de esa Venus, nada más suave, más voluptuoso que sus contornos, nada más elegante y noble que su vestidura.

Esperaba alguna obra del Bajo Imperio; estaba viendo una obra maestra del mejor período de la escultura.

Lo que más me impresionaba era la verdad exquisita de las formas, al punto que uno habría dicho que habían sido tomadas directamente de un modelo vivo, si la naturaleza pudiera producir semejantes perfecciones.

El cabello, recogido sobre la frente, parecía haber estado dorado. La cabeza, pequeña como en casi todas las estatuas griegas, estaba levemente inclinada hacia adelante.

Pero el rostro… jamás lograré expresar su carácter extraño, un tipo que no se parece a ninguna estatua antigua que yo recuerde.

No era esa belleza serena y severa de los escultores griegos que, por principio, imprimían una majestuosidad inmóvil a todos los rasgos.

Aquí, por el contrario, observé con sorpresa la marcada intención del artista de representar la malicia, incluso hasta la crueldad.

Todos los rasgos estaban ligeramente contraídos: los ojos algo oblicuos, la boca con las comisuras alzadas, las aletas de la nariz levemente hinchadas.

Desdén, ironía, crueldad… todo eso se leía en ese rostro, de una belleza sin embargo increíble.

En verdad, cuanto más se contemplaba esta admirable estatua, más se sentía el penoso asombro de que una belleza tan prodigiosa pudiera ir unida a la ausencia total de compasión.

—Si ese modelo existió alguna vez —le dije al señor de Peyrehorade—, y dudo que el cielo haya producido una mujer así, ¡cuánto compadezco a sus amantes! Debió de disfrutar haciéndolos morir de desesperación. Hay algo feroz en su expresión, y sin embargo, jamás he visto nada tan hermoso.

—¡Es Venus por completo aferrada a su presa! —exclamó el señor de Peyrehorade, satisfecho con mi entusiasmo.

Aquella expresión de ironía infernal tal vez se veía acentuada por el contraste entre sus ojos incrustados de plata, muy brillantes, y la pátina de verde negruzco que el tiempo había dado a toda la estatua.

Esos ojos brillantes producían una cierta ilusión, evocando la realidad, la vida.

Recordé lo que me había dicho mi guía, que esa estatua hacía bajar la mirada a quienes la observaban.

Era casi cierto, y no pude evitar un sentimiento de molestia conmigo mismo al notar que me sentía incómodo frente a ese rostro de bronce.

—Ahora que ha admirado todo en detalle, mi estimado colega anticuario —me dijo mi anfitrión—, abramos, si le parece, una conferencia científica.

¿Qué opina de esta inscripción, en la que aún no ha reparado?

Me señalaba la base de la estatua, donde leí las palabras:

CAVE AMANTEM.

—¿Qué dice usted, docto colega? —me preguntó, frotándose las manos—. A ver si coincidimos en el sentido de ese cave amantem.

—Pues —respondí—, tiene dos posibles sentidos. Puede traducirse como: "Cuídate del que te ama", es decir, desconfía de los amantes. Pero en ese sentido, no estoy seguro de que cave amantem sea un buen latín.

Viendo la expresión diabólica de la dama, creo más bien que el artista quiso advertir al espectador contra esa belleza temible. Yo lo traduciría entonces: "Cuídate si ella te ama".

—¡Hum! —dijo el señor de Peyrehorade—. Sí, es un sentido admirable; pero, con su permiso, prefiero la primera interpretación, que además puedo desarrollar.

¿Usted conoce al amante de Venus?

—Hay varios.

—Sí, pero el primero fue Vulcano. ¿No habrá querido decir: "A pesar de toda tu belleza, de tu aire altanero, tendrás por amante a un herrero, un cojo vulgar"? ¡Una lección profunda, señor, para las coquetas!

No pude evitar sonreír; la explicación me pareció un tanto forzada.

—Es una lengua terrible el latín con su concisión —observé, para no contradecir directamente al anticuario—, y me retiré unos pasos para contemplar mejor la estatua.

—¡Un momento, colega! —dijo el señor de Peyrehorade, deteniéndome por el brazo—. No lo ha visto todo. Hay otra inscripción.

Suba al pedestal y mire el brazo derecho.

Mientras hablaba, me ayudaba a subir.

Me agarré sin muchos miramientos al cuello de la Venus, con la que empezaba ya a sentirme familiarizado.

La miré incluso un instante desde muy cerca, justo debajo de la nariz, y la encontré aún más cruel y aún más hermosa de cerca.

Entonces noté que había grabados en el brazo algunos caracteres cursivos antiguos, o eso me pareció.

Con gran esfuerzo de gafas, deletreé lo siguiente, mientras el señor de Peyrehorade repetía cada palabra que yo pronunciaba, asintiendo con gestos y voz. Leí entonces:

VENERI TVRBVL,
EVTYCHES MYRO
IMPERIO FECIT

Después de la palabra TVRBVL en la primera línea, me pareció que algunas letras estaban borradas; pero TVRBVL era perfectamente legible.

—¿Qué significa eso? —me preguntó mi anfitrión, radiante, con una sonrisa maliciosa, convencido de que TVRBVL me resultaría un hueso duro de roer.

—Hay una palabra que aún no logro entender —le dije—; el resto es fácil. Eutiques (Eutychès), de parte de Mirón, hizo esta ofrenda a Venus por su mandato.

—Perfecto. Pero TVRBVL, ¿qué hace usted con eso?

¿Qué es TVRBVL?

—TVRBVL me desconcierta bastante. Busco en vano alguna epíteto conocida de Venus que me sirva de guía.

Veamos, ¿qué le parece turbulenta? Venus que perturba, que agita… Verá que sigo obsesionado con su expresión maligna.

Turbulenta… no sería una mala epíteto para Venus —añadí con tono modesto, pues ni yo mismo estaba muy satisfecho con mi explicación.

—¡¿Venus turbulenta?! ¡¿Venus la escandalosa?! Ah, ¿usted cree que mi Venus es una Venus de taberna?

¡En absoluto, señor! Es una Venus de buena familia.

Pero le voy a explicar ese TVRBVL…

Eso sí, prométame que no divulgará mi descubrimiento antes de que publique mi artículo.

Verá, esta es una de mis glorias… Los pobres diablos de la provincia también queremos dejar algo que cosechar.

¡Ustedes los sabios de París son tan voraces!

Desde lo alto del pedestal donde aún me encontraba, le prometí solemnemente que jamás tendría la indignidad de robarle su descubrimiento.

—TVRBVL, señor —dijo, acercándose y bajando la voz, temeroso de que alguien más lo oyera—, lea: TVRBVLNERAE.

—No lo entiendo tampoco.

—Escuche bien. A una legua de aquí, al pie de la montaña, hay un pueblo que se llama Boultemère. Es una corrupción del término latino Turbvlnéra. Nada más común que esas inversiones.

Boultemère, señor, fue una ciudad romana. Siempre lo había sospechado, pero nunca había tenido la prueba. ¡Y aquí está la prueba!

Esta Venus era la divinidad local de la ciudad de Boultemère; y ese nombre, que acabo de demostrar de origen antiguo, prueba algo aún más curioso: ¡que Boultemère, antes de ser una ciudad romana, fue una ciudad fenicia!

Se detuvo un momento para respirar y disfrutar de mi aparente sorpresa. Logré reprimir una fuerte tentación de reírme.

—En efecto —continuó—, Turbvlnera es puro fenicio. Tur, pronuncie Tur o Sur, es la misma palabra, ¿no es cierto? Sur es el nombre fenicio de Tiro, no necesito recordarle su significado. Bvl, es Baal, Bâl, Bel, Bul… ligeras diferencias de pronunciación.

En cuanto a nera, eso me cuesta un poco más. Me inclino a pensar —al no encontrar una palabra fenicia— que proviene del griego ὑγρός (hygros), húmedo, pantanoso. Sería entonces una palabra híbrida. Para justificar hygros, le mostraré en Boultemère cómo los arroyos de la montaña forman allí estanques pestilentes. Por otra parte, la terminación nera podría haberse añadido mucho más tarde en honor a Nera Pivesuvia, esposa de Tétrico, quien habría hecho algún bien a la ciudad de Turbul.

Pero, por los estanques, prefiero la etimología de hygros.

Tomó una pizca de rapé con aire satisfecho.

—Pero dejemos a los fenicios y volvamos a la inscripción. Traduzco entonces: "A Venus de Boultemère, Mirón dedica por su orden esta estatua, su obra."

Me guardé bien de criticar su etimología, pero quise también mostrar cierta agudeza, y le dije:

—Un momento, señor. Mirón ha consagrado algo, sí, pero no veo que sea esta estatua.

—¡Cómo! —exclamó—. ¿Acaso Mirón no fue un célebre escultor griego? El talento habrá permanecido en su familia: uno de sus descendientes habrá hecho esta estatua. ¡No hay duda!

—Pero —repliqué— veo en el brazo un pequeño orificio.

Pienso que servía para fijar algo, un brazalete, por ejemplo, que este Mirón ofreció a Venus como ofrenda expiatoria.

Mirón era un amante desgraciado. Venus estaba irritada con él: la apaciguó consagrándole un brazalete de oro.

Observe que fecit se toma frecuentemente como consecravit; son términos sinónimos.

Podría mostrarle más de un ejemplo si tuviera a mano a Gruter o a Orellius.

Es natural que un enamorado vea a Venus en sueños y crea que ella le ordena regalarle un brazalete de oro a su estatua.

Mirón le consagró un brazalete…

Luego, los bárbaros o algún ladrón sacrílego…

—¡Ah, se nota que usted ha escrito novelas! —exclamó mi anfitrión, dándome la mano para ayudarme a bajar—. No, señor, ¡es una obra de la escuela de Mirón! Mire solamente el trabajo y lo admitirá.

Como me había impuesto la regla de no contradecir abiertamente a los anticuarios obstinados, bajé la cabeza con aire convencido y dije:

—Es una obra admirable.

—¡Ah, Dios mío! —exclamó el señor de Peyrehorade— ¡otro acto de vandalismo! ¡Le han lanzado una piedra a mi estatua!

Acababa de notar una marca blanca un poco por encima del pecho de la Venus. Observé una señal similar en los dedos de la mano derecha, que, supuse entonces, habían sido tocados en el trayecto de la piedra, o bien un fragmento de esta se había desprendido por el golpe y había rebotado en la mano.

Le conté a mi anfitrión la ofensa de la que había sido testigo, y el castigo inmediato que le siguió.

Se rió mucho, y comparando al aprendiz con Diomedes, le deseó, como al héroe griego, ver transformados a todos sus compañeros en pájaros blancos.

El repique de la campana del desayuno interrumpió aquella conversación clásica, y, como la noche anterior, me vi obligado a comer como por cuatro.

Después llegaron algunos campesinos de las tierras del señor de Peyrehorade; y mientras él los recibía, su hijo me llevó a ver un carruaje que había comprado en Toulouse para su prometida, y que admiré, naturalmente.

Luego entramos en la caballeriza, donde pasó media hora presumiendo de sus caballos, contándome su genealogía y relatándome los premios que habían ganado en las carreras del departamento.

Finalmente, llegó a hablarme de su futura esposa, mediante la transición de una yegua gris que le destinaba.

—La veremos hoy —dijo—. No sé si le parecerá bonita. Ustedes, los parisinos, son exigentes; pero todo el mundo aquí y en Perpiñán la considera encantadora.

Lo mejor es que es muy rica. Su tía de Prades le dejó su herencia. ¡Oh, voy a ser muy feliz!

Me sorprendió y decepcionó que un joven pareciera más conmovido por la dote que por los ojos de su prometida.

—Usted entiende de joyas —continuó Alphonse—. ¿Qué le parece esto?

Este es el anillo que le daré mañana.

Mientras hablaba, sacaba de la primera falange de su meñique un anillo grueso, adornado con diamantes, formado por dos manos entrelazadas: una alusión que me pareció infinitamente poética.

El trabajo era antiguo, pero juzgué que había sido retocado para engastar los diamantes.

En el interior del anillo se leían estas palabras en letras góticas: Sempr ab ti, es decir, "siempre contigo".

—Es un anillo bonito —le dije—, pero los diamantes añadidos le han quitado algo de su carácter.

—¡Oh! Es mucho más bonito así —respondió, sonriendo—. Hay allí diamantes por mil doscientos francos. Me lo dio mi madre. Es un anillo de familia, muy antiguo… de tiempos caballerescos.

Lo usó mi abuela, que lo recibió de la suya. Dios sabrá de cuándo data.

—La costumbre en París —le dije— es ofrecer un anillo sencillo, normalmente hecho con dos metales distintos, como oro y platino. Mire, ese otro anillo que lleva en ese dedo sería muy apropiado.

Este, con sus diamantes y las manos en relieve, es tan grande que no se podría usar un guante encima.

—Oh, Madame Alphonse se las arreglará como quiera. Creo que siempre estará feliz de tenerlo. ¡Mil doscientos francos en el dedo, no está nada mal!

Este otro anillo —añadió, mirando con satisfacción el anillo liso que llevaba puesto—, me lo dio una mujer en París, un día de carnaval.

¡Ah, cuánto me divertí cuando estuve en París hace dos años!

—¡Ah, allí sí que uno se divierte!… —Y suspiró con pesar.

Ese día debíamos cenar en Puygarrig, en casa de los padres de la futura esposa; subimos a un coche de caballos y nos dirigimos al castillo, situado a una legua y media de Ille.

Fui presentado y recibido como amigo de la familia. No hablaré de la cena ni de la conversación que siguió, en la cual participé poco. El señor Alphonse, sentado al lado de su prometida, le susurraba algo al oído cada cuarto de hora. Ella, por su parte, apenas levantaba la vista y, cada vez que su prometido le hablaba, se sonrojaba con modestia, pero le respondía sin incomodidad.

Mademoiselle de Puygarrig tenía dieciocho años; su talle, flexible y delicado, contrastaba con las formas huesudas de su robusto prometido. Era no solo bella, sino encantadora. Admiraba la naturalidad perfecta de todas sus respuestas; y su aire bondadoso, que sin embargo no carecía de una ligera pizca de picardía, me recordó, a pesar mío, a la Venus de mi anfitrión. En esa comparación que hice para mí mismo, me preguntaba si la superioridad de belleza que sin duda había que conceder a la estatua no se debía, en gran parte, a su expresión de tigresa; pues la energía, incluso en las pasiones malas, siempre despierta en nosotros una especie de admiración involuntaria.

—¡Qué lástima —me dije al salir de Puygarrig— que una persona tan encantadora sea rica, y que su dote haga que la busque un hombre indigno de ella!

Al regresar a Ille, sin saber muy bien qué decir a Madame de Peyrehorade, a quien consideraba apropiado dirigirle la palabra de vez en cuando:

—¡Qué espíritus fuertes son ustedes en el Rosellón! —exclamé—. ¿Cómo, señora, celebran un matrimonio un viernes? En París seríamos más supersticiosos; nadie se atrevería a casarse un día así.

—¡Ay, no me hable de eso! —me dijo ella—. Si solo de mí hubiera dependido, ciertamente se habría elegido otro día. Pero Peyrehorade lo quiso así, y hubo que ceder.

Sin embargo, me angustia un poco. ¿Y si ocurriera alguna desgracia? Tiene que haber una razón, al fin y al cabo, ¿por qué todo el mundo le tiene miedo al viernes?

—¡Viernes! —exclamó su marido—. ¡Es el día de Venus! ¡Un buen día para casarse! Lo ve usted, querido colega, no pienso más que en mi Venus. ¡Por honor! Fue por ella que escogí el viernes.

Mañana, si usted quiere, antes de la boda, le haremos un pequeño sacrificio; sacrificaremos dos palomas torcaces, y si supiera dónde encontrar incienso…

—¡Qué horror, Peyrehorade! —lo interrumpió su esposa, escandalizada al máximo—. ¡Incienso para una ídolo! ¡Sería una abominación! ¿Qué dirían de nosotros en el pueblo?

—Al menos —dijo M. de Peyrehorade— permíteme ponerle en la cabeza una corona de rosas y lirios:

"Prodiga lirios a manos llenas"

¿Lo ve usted, señor? ¡La Carta es una palabra vana!

¡No tenemos libertad de cultos!

Los preparativos del día siguiente se organizaron así: todo el mundo debía estar vestido y listo a las diez en punto. Después de tomar el chocolate, se iría en coche a Puygarrig. El matrimonio civil tendría lugar en el ayuntamiento del pueblo, y la ceremonia religiosa en la capilla del castillo. Después vendría un desayuno. Tras el desayuno, se pasaría el tiempo como se pudiera hasta las siete. A las siete se regresaría a Ille, a casa de M. de Peyrehorade, donde las dos familias cenarían juntas.

El resto se sigue naturalmente. Al no poder bailar, se había decidido comer lo más posible.

A las ocho ya estaba yo sentado frente a la Venus, con un lápiz en la mano, empezando por vigésima vez la cabeza de la estatua, sin lograr captar su expresión. M. de Peyrehorade iba y venía a mi alrededor, me daba consejos, repetía sus etimologías fenicias; luego disponía rosas de Bengala sobre el pedestal de la estatua y, con tono trágico-cómico, le dirigía votos para la pareja que iba a vivir bajo su techo. Hacia las nueve regresó para pensar en su atuendo, y al mismo tiempo apareció M.

Alphonse, bien ajustado en un traje nuevo, con guantes blancos, zapatos de charol, botones cincelados, una rosa en el ojal.

—¿Hará usted el retrato de mi esposa? —me dijo inclinándose sobre mi dibujo—. También es bonita.

En ese momento empezaba, en el juego de pelota del que ya hablé, una partida que atrajo de inmediato la atención de M. Alphonse. Y yo, fatigado y desesperado por no poder captar aquella expresión diabólica, dejé pronto mi dibujo para observar a los jugadores. Entre ellos había algunos arrieros españoles que habían llegado la víspera. Eran aragoneses y navarros, casi todos de una destreza maravillosa. Por eso los de Ille, aunque animados por la presencia y los consejos de M. Alphonse, fueron rápidamente vencidos por aquellos nuevos campeones. Los espectadores locales estaban consternados. M. Alphonse miró su reloj. No eran aún las nueve y media. Su madre no estaba peinada. No dudó más: se quitó el traje, pidió una chaqueta y desafió a los españoles.

Lo observaba sonriendo, algo sorprendido.

—Hay que defender el honor del país —dijo.

Entonces lo encontré verdaderamente hermoso. Estaba apasionado. Su atuendo, que tan ocupado lo tenía momentos antes, ya no significaba nada para él. Unos minutos antes habría temido girar la cabeza por miedo a desarreglarse la corbata. Ahora ya no pensaba en sus cabellos rizados ni en su jabot tan bien plisado. ¿Y su prometida?... ¡Vaya! Si hubiese sido necesario, creo que habría aplazado la boda.

Lo vi calzarse a toda prisa unas sandalias, arremangarse y, con aire resuelto, ponerse al frente del equipo derrotado, como César reuniendo a sus soldados en Dirraquio. Salté la valla y me coloqué cómodamente a la sombra de un almez, de forma que pudiera ver bien a los dos bandos.

Contra toda expectativa, M. Alphonse falló la primera pelota; es cierto que vino rozando el suelo y lanzada con una fuerza sorprendente por un aragonés que parecía ser el jefe de los españoles.

Era un hombre de unos cuarenta años, seco y nervudo, de más de un metro ochenta, y su piel aceitunada tenía un tono casi tan oscuro como el bronce de la Venus.

M. Alphonse arrojó la raqueta al suelo con furia.

—¡Es este maldito anillo —exclamó— que me aprieta el dedo y me hace fallar una pelota segura!

Se quitó, no sin dificultad, su anillo de diamantes; me acerqué para recibirlo, pero él se me adelantó, corrió hasta la Venus, le puso el anillo en el dedo anular y retomó su puesto al frente de los de Ille.

Estaba pálido, pero tranquilo y resuelto. Desde entonces no cometió ni un solo error, y los españoles fueron completamente derrotados.

Fue un espectáculo magnífico el entusiasmo de los espectadores: unos lanzaban gritos de alegría y arrojaban sus boinas al aire; otros le estrechaban las manos, llamándolo el honor del país. Si hubiese rechazado una invasión, dudo que hubiese recibido felicitaciones más vivas y sinceras. La tristeza de los vencidos hacía aún más brillante su victoria.

—Jugaremos otras partidas, valiente —le dijo al aragonés con tono de superioridad—, pero les daré ventaja.

Me habría gustado que M. Alphonse fuera más modesto, y me apenó casi la humillación de su rival.

El gigante español sintió profundamente esa ofensa. Lo vi palidecer bajo su piel morena. Miraba con aire sombrío su raqueta, apretando los dientes; luego, con voz apagada, dijo en voz baja:

—Esto me lo pagarás.

La voz de M. de Peyrehorade interrumpió el triunfo de su hijo; mi anfitrión, muy sorprendido de no encontrarlo supervisando los preparativos del coche nuevo, lo estuvo aún más al verlo empapado en sudor, raqueta en mano. M. Alphonse corrió a la casa, se lavó la cara y las manos, se puso su traje nuevo y sus zapatos de charol, y cinco minutos después estábamos al trote camino de Puygarrig.

Todos los jugadores de pelota del pueblo y gran número de espectadores nos seguían con gritos de alegría. Apenas los vigorosos caballos que nos arrastraban podían mantener la ventaja sobre esos intrépidos catalanes.

Ya estábamos en Puygarrig, y el cortejo iba a ponerse en marcha hacia el ayuntamiento, cuando M. Alphonse, golpeándose la frente, me dijo en voz baja:

—¡Qué cabeza la mía! ¡He olvidado el anillo! Está en el dedo de la Venus, ¡que se lo lleve el diablo! Pero no se lo diga a mi madre, al menos. Tal vez no se dé cuenta.

—Podría enviar a alguien —le dije.

—¡Bah! ¡Mi criado se quedó en Ille! A estos de aquí no les tengo mucha confianza. ¡Mil doscientos francos en diamantes! Eso podría tentar a más de uno. Además, ¿qué pensarían aquí de mi distracción? Se burlarían demasiado de mí.

¡Me llamarían el marido de la estatua! ¡Con tal que no me la roben! Por suerte, la estatua les da miedo a esos granujas. No se atreven a acercarse a ella ni a un brazo de distancia. ¡Bah! No es nada; tengo otro anillo.

Las dos ceremonias, civil y religiosa, se realizaron con la pompa adecuada; y Mlle de Puygarrig recibió el anillo de una modista de París, sin sospechar que su prometido acababa de sacrificarle una joya amorosa. Luego nos sentamos a la mesa, donde se bebió, se comió, incluso se cantó, y todo eso duró bastante. Me sentía agobiado por la alegría desbordante que estallaba en torno a la novia; sin embargo, ella mantuvo una compostura mejor de la que yo habría esperado, y su confusión no era ni torpeza ni afectación.

Quizá el coraje surja en las situaciones difíciles.

Cuando por fin terminó el almuerzo, eran las cuatro. Los hombres salieron a pasear por el parque, que era magnífico, o a observar cómo bailaban sobre el césped del castillo las campesinas de Puygarrig, vestidas con sus trajes de fiesta. Así empleamos algunas horas. Mientras tanto, las mujeres rodeaban con entusiasmo a la novia, admirando su canastilla. Luego ella se cambió de ropa, y observé que cubrió su hermoso cabello con una cofia y un sombrero con plumas, porque las mujeres tienen siempre prisa por ponerse, tan pronto como pueden, los adornos que les prohíbe la costumbre mientras son solteras.

Eran casi las ocho cuando nos dispusimos a partir hacia Ille. Pero primero tuvo lugar una escena patética. La tía de Mlle de Puygarrig, que le hacía de madre, mujer muy anciana y muy devota, no debía acompañarnos a la ciudad. En el momento de la partida, le dio a su sobrina un conmovedor sermón sobre sus deberes de esposa, del cual resultó un torrente de lágrimas y abrazos interminables. M. de Peyrehorade comparó esta despedida al rapto de las sabinas. Partimos, sin embargo, y durante el camino, todos se esforzaron por distraer a la novia y hacerla reír; pero fue en vano.

En Ille nos esperaba la cena, ¡y qué cena! Si ya la alegría bulliciosa de la mañana me había incomodado, mucho más lo hicieron las bromas y los dobles sentidos de los que fueron objeto los recién casados, especialmente la esposa. El novio, que había desaparecido un momento antes de sentarse a la mesa, estaba pálido y con un aire de seriedad helada. Bebía continuamente vino viejo de Collioure, casi tan fuerte como el aguardiente. Yo estaba a su lado y me sentí obligado a advertirle:

—¡Cuidado! Dicen que el vino...

No sé qué tontería le dije para sintonizar con los demás comensales.

Me empujó con la rodilla y, muy bajo, me dijo:

—Cuando nos levantemos de la mesa… quiero decirle dos palabras.

Su tono solemne me sorprendió. Lo miré más atentamente y noté la extraña alteración de sus rasgos.

—¿Se siente mal? —le pregunté.

—No —respondió. Y volvió a beber.

Mientras tanto, entre gritos y aplausos, un niño de once años, que se había metido bajo la mesa, mostró a los presentes una bonita cinta rosa y blanca que acababa de quitar del tobillo de la novia. Eso es lo que llaman la liga. Fue cortada inmediatamente en pedazos y distribuida entre los jóvenes, quienes la pusieron en sus ojales, según una antigua costumbre que aún se conserva en algunas familias patriarcales. Fue para la novia una ocasión de ruborizarse hasta el blanco de los ojos. Pero su desconcierto llegó al colmo cuando M. de Peyrehorade, pidiendo silencio, le cantó unos versos catalanes, improvisados, según él. He aquí el sentido, si lo comprendí bien:

—¿Qué pasa, amigos míos? ¿Será que el vino me hace ver doble? ¡Hay dos Venus aquí...!

El novio giró bruscamente la cabeza con un aire de sobresalto, lo que hizo reír a todos.

—Sí —prosiguió M. de Peyrehorade—, hay dos Venus bajo mi techo. Una, la encontré bajo tierra como una trufa; la otra, bajada del cielo, acaba de compartirnos su cinturón.

(Quería decir su liga.)

—Hijo mío, escoge entre la Venus romana o la catalana, la que prefieras. El bribón toma a la catalana, y su parte es la mejor. La romana es morena, la catalana es blanca. La romana es fría, la catalana enciende todo lo que la rodea.

Esta última frase provocó un hurra general, aplausos estruendosos y risas tan fuertes que pensé que el techo se nos vendría abajo.

Alrededor de la mesa solo había tres rostros serios: el de los recién casados y el mío. Yo tenía un fuerte dolor de cabeza; además, no sé por qué, las bodas siempre me entristecen; y esta, además, me causaba algo de repulsión.

Una vez que el teniente del alcalde terminó de cantar los últimos versos, bastante subidos de tono, debo decirlo, pasamos al salón para asistir a la partida de la novia, que debía ser conducida pronto a su habitación, pues ya era casi medianoche.

M. Alphonse me llevó aparte, al hueco de una ventana, y me dijo, evitando mirarme:

—Se va a reír de mí… ¡Pero no sé qué me pasa… estoy embrujado! ¡Que me lleve el diablo!

Mi primer pensamiento fue que temía estar afectado por alguna desgracia del tipo de las que mencionan Montaigne y Mme de Sévigné: "Todo el imperio del amor está lleno de historias trágicas", etc. Me dije que esas cosas solo les pasaban a los hombres ingeniosos.

—Ha bebido usted demasiado vino de Collioure, mi estimado señor Alphonse —le dije—. Se lo advertí.

—Sí, tal vez. Pero esto es algo mucho más terrible.

Tenía la voz entrecortada. Lo creí completamente ebrio.

—¿Se acuerda de mi anillo? —prosiguió tras un silencio.

—¿Y bien? ¿Se lo han robado?

—No.

—¿Entonces lo tiene usted?

—No… no puedo quitárselo del dedo a esa maldita Venus.

—¡Bah! No ha tirado lo suficientemente fuerte.

—¡Sí que lo hice!... Pero la Venus… le ha apretado el dedo.

Me miraba fijamente con aire desquiciado, apoyado en la contraventana para no caerse.

—¡Qué cuento! —le dije—. Ha empujado demasiado el anillo. Mañana lo sacará con unas pinzas. Pero tenga cuidado de no dañar la estatua.

—¡No! Le digo que el dedo de la Venus se ha movido, se ha doblado; está apretando la mano, ¿me entiende?… ¡Es mi esposa, aparentemente, ya que le di mi anillo… No quiere devolvérmelo!

Sentí un escalofrío repentino, se me erizó la piel. Luego, un gran suspiro que lanzó me envió una bocanada de vino, y toda emoción desapareció.

Pobre hombre, pensé, está completamente borracho.

—Usted es anticuario, señor —añadió el recién casado con tono lastimero—; conoce esas estatuas… tal vez haya algún resorte, alguna triquiñuela, que yo desconozca… ¿No podría ir a ver?

—Con gusto —le dije—. Venga conmigo.

—No, prefiero que vaya usted solo.

Salí del salón.

El tiempo había cambiado durante la cena, y comenzaba a llover con fuerza. Iba a pedir un paraguas cuando una reflexión me detuvo. ¡Sería un gran tonto —me dije— en ir a comprobar lo que me ha dicho un borracho! Además, tal vez haya querido gastarme una broma pesada para que se rían estos buenos provincianos; y lo menos que podría pasarme es terminar empapado y con un buen resfriado.

Desde la puerta eché un vistazo a la estatua, empapada por la lluvia, y subí a mi cuarto sin volver al salón. Me acosté, pero el sueño tardó en llegar. Todas las escenas del día desfilaban por mi mente. Pensaba en esa joven tan bella y tan pura, entregada a un bruto borracho. ¡Qué cosa más odiosa —me decía— que un matrimonio por conveniencia! Un alcalde se pone una banda tricolor, un cura una estola, ¡y he aquí a la mujer más honesta del mundo entregada al Minotauro! Dos seres que no se aman, ¿qué pueden decirse en un momento semejante, que dos verdaderos amantes comprarían al precio de su vida? ¿Puede una mujer amar alguna vez a un hombre a quien haya visto ser grosero una sola vez? Las primeras impresiones no se borran, y estoy seguro de que ese tal M. Alphonse bien se ganará el ser odiado…

Durante mi monólogo, que he resumido mucho, había oído un gran ir y venir por la casa, puertas que se abrían y cerraban, carruajes que partían; luego me pareció escuchar en la escalera pasos ligeros de varias mujeres que se dirigían al extremo del pasillo opuesto a mi habitación. Probablemente era el cortejo de la novia, llevándola al lecho nupcial. Después se había vuelto a bajar la escalera. La puerta de la señora de Peyrehorade se cerró.

—¡Qué turbada y fuera de lugar debe sentirse esa pobre muchacha! —me dije. Me revolvía en la cama de mal humor. Un joven juega un papel tonto en una casa donde se celebra una boda.

El silencio reinó por un tiempo, cuando fue interrumpido por pasos pesados que subían la escalera. Los peldaños de madera crujieron con fuerza.

—¡Qué bestia! —exclamé—. ¡Apuesto a que se va a caer por las escaleras!

Todo volvió a quedar tranquilo. Tomé un libro para cambiar el curso de mis pensamientos. Era una estadística del departamento, adornada con una memoria de M. de Peyrehorade sobre los monumentos druídicos del distrito de Prades. Me adormecí en la tercera página.

Dormí mal y me desperté varias veces. Serían las cinco de la mañana, y llevaba más de veinte minutos despierto cuando cantó el gallo. El día comenzaba a clarear. Entonces escuché claramente los mismos pasos pesados, el mismo crujido de la escalera que había oído antes de dormirme. Me pareció extraño.

Bostezando, intenté adivinar por qué M. Alphonse se levantaba tan temprano. No se me ocurría nada verosímil.

Estaba a punto de cerrar los ojos de nuevo cuando mi atención fue excitada por unos pisotones extraños, pronto acompañados por el tintinear de campanas y el ruido de puertas que se abrían violentamente. Luego distinguí gritos confusos.

—¡Ese borracho habrá provocado un incendio! —pensé, saltando de la cama.

Me vestí rápidamente y salí al pasillo.

Desde el extremo opuesto venían gritos y lamentos, y una voz desgarradora dominaba a todas las demás:

—¡Mi hijo! ¡Mi hijo!

Era evidente que algo terrible había sucedido a M. Alphonse. Corrí a la habitación nupcial: estaba llena de gente. El primer espectáculo que me golpeó la vista fue el del joven medio desnudo, tendido de través sobre la cama cuyo marco estaba roto. Estaba lívido, sin movimiento. Su madre lloraba y gritaba a su lado. M. de Peyrehorade se agitaba, le frotaba las sienes con agua de colonia, o le ponía sales bajo la nariz. ¡Ay! Hacía ya mucho tiempo que su hijo estaba muerto.

En un sofá, al otro extremo de la habitación, estaba la novia, presa de horribles convulsiones. Lanzaba gritos inarticulados, y dos robustas sirvientas apenas lograban contenerla.

—¡Dios mío! —exclamé— ¿Qué ha pasado?

Me acerqué a la cama y levanté el cuerpo del desgraciado joven; ya estaba rígido y frío. Sus dientes apretados y su rostro ennegrecido expresaban las más atroces angustias. Era evidente que su muerte había sido violenta y su agonía terrible. Sin embargo, no había rastro de sangre en sus ropas. Abrí su camisa y vi en su pecho una marca lívida que se extendía por las costillas y la espalda. Se diría que había sido apretado por un aro de hierro. Mi pie tropezó con algo duro sobre la alfombra; me agaché y vi el anillo de diamantes.

Llevé a M. de Peyrehorade y su esposa a su habitación; luego hice llevar allí a la novia.

—Todavía tienen una hija —les dije—, deben cuidar de ella.

Entonces los dejé solos.

No me cabía duda de que M. Alphonse había sido víctima de un asesinato cuyos autores habían logrado introducirse durante la noche en la habitación nupcial. Sin embargo, las marcas en su pecho, su forma circular, me desconcertaban, pues un bastón o una barra de hierro no podrían haberlas causado.

De repente recordé haber oído que en Valencia algunos asesinos usaban largos sacos de cuero llenos de arena fina para matar sin dejar rastros. Inmediatamente pensé en el aragonés y su amenaza; no obstante, apenas podía creer que hubiese tomado una venganza tan terrible por una simple broma.

Recorrí la casa buscando huellas de intrusión, sin encontrar ninguna. Bajé al jardín para ver si los asesinos podían haber entrado por allí; pero no hallé ningún indicio claro. La lluvia del día anterior había empapado tanto el suelo que no habría podido conservar huellas nítidas. Sin embargo, observé algunas pisadas profundamente marcadas en la tierra: iban en dos direcciones contrarias, pero sobre una misma línea, desde la esquina del seto contiguo al juego de pelota hasta la puerta de la casa. Podían ser las huellas de M. Alphonse cuando fue a buscar su anillo al dedo de la estatua. Por otro lado, ese punto del seto era menos espeso que los demás; debía ser por donde los asesinos habrían podido pasar.

Pasando varias veces frente a la estatua, me detuve un instante para observarla. Esta vez, lo confieso, no pude contemplar sin temor su expresión de malicia irónica; y, con la mente llena de las escenas horribles de las que acababa de ser testigo, me pareció ver en ella una deidad infernal que aplaudía la desgracia que azotaba esa casa.

Regresé a mi habitación y allí permanecí hasta el mediodía.

Entonces salí y pregunté por mis anfitriones.

Estaban un poco más calmados. Mlle de Puygarrig, debería decir la viuda de M. Alphonse, había recobrado el conocimiento. Incluso había hablado con el fiscal de Perpiñán, que estaba de visita en Ille, y ese magistrado había recibido su declaración. Me pidió también la mía. Le conté lo que sabía y no oculté mis sospechas sobre el aragonés. Ordenó que se lo arrestara de inmediato.

—¿Ha sabido algo de Mme Alphonse? —pregunté al fiscal una vez firmada mi declaración.

—Esa pobre joven se ha vuelto loca —me dijo, sonriendo tristemente—. ¡Loca! Completamente loca. Esto es lo que cuenta:

Estaba acostada, dice ella, desde hacía pocos minutos, con las cortinas cerradas, cuando la puerta de su habitación se abrió y alguien entró. Mme Alphonse estaba recostada contra la pared, sin moverse, convencida de que era su marido.

Pasó un momento, y la cama crujió como si soportara un peso enorme. Tuvo mucho miedo, pero no se atrevió a volverse. Cinco minutos, diez tal vez… no puede precisar el tiempo, transcurrieron así.

Entonces hizo un movimiento involuntario, o la persona en la cama hizo uno, y sintió el contacto de algo tan frío como el hielo —esas son sus palabras. Se hundió aún más contra la pared, temblando de pies a cabeza. Poco después, la puerta se abrió por segunda vez y alguien entró, diciendo: "Buenas noches, mujercita."

Poco después se descorrieron las cortinas. Oyó un grito ahogado.

La persona que estaba en la cama se incorporó y pareció extender los brazos hacia adelante. Entonces ella se volvió… y vio, dice, a su marido de rodillas junto al lecho, la cabeza a la altura de la almohada, entre los brazos de una especie de gigante verdoso que lo apretaba con fuerza.

Ella dice, y me lo ha repetido veinte veces, ¡pobre mujer!… que reconoció… ¿lo adivina usted? ¡A la Venus de bronce, la estatua de M. de Peyrehorade!

Desde que llegó al pueblo, todos sueñan con ella. Pero retomo el relato de la pobre loca.

Ante este espectáculo, perdió el conocimiento, y probablemente ya había perdido la razón. No puede decir cuánto tiempo permaneció desmayada. Al recobrar el sentido, volvió a ver el fantasma, o la estatua, como ella siempre la llama, inmóvil, con las piernas y la parte inferior del cuerpo dentro de la cama, el torso y los brazos extendidos hacia adelante, y entre sus brazos su marido, sin vida. Un gallo cantó. Entonces la estatua salió de la cama, dejó caer el cadáver y salió de la habitación.

Mme Alphonse tiró de la campana… y usted ya conoce el resto.

Trajeron al español; estaba tranquilo y se defendió con gran sangre fría y presencia de ánimo. Además, no negó la frase que yo había escuchado; pero la explicó, alegando que solo quiso decir que al día siguiente, ya descansado, le ganaría una partida de pelota a su vencedor. Recuerdo que añadió:

—Un aragonés, cuando se siente ofendido, no espera hasta el día siguiente para vengarse. Si hubiese creído que M. Alphonse quería insultarme, le habría hundido mi cuchillo en el vientre allí mismo.

Compararon sus zapatos con las huellas del jardín; sus zapatos eran mucho más grandes.

Finalmente, el posadero donde se alojaba ese hombre aseguró que había pasado toda la noche frotando y medicando a uno de sus mulos enfermos.Además, este aragonés era un hombre bien reputado, muy conocido en la región, donde venía cada año por su comercio. Así que lo dejaron en libertad, presentándole disculpas.

Olvidaba mencionar la declaración de un criado que fue el último en ver a M. Alphonse con vida. Fue en el momento en que iba a subir al cuarto de su esposa. Llamó a ese hombre y le preguntó, con aire preocupado, si sabía dónde estaba yo.

El criado respondió que no me había visto. Entonces M. Alphonse suspiró y se quedó más de un minuto sin decir nada, luego dijo:

—¡En fin! ¡También el diablo se lo habrá llevado!

Pregunté si el criado había visto el anillo de diamantes en el dedo de M. Alphonse cuando le habló. El criado dudó en responder; finalmente dijo que no lo creía, que en realidad no le había prestado atención.

—Si hubiera tenido ese anillo en el dedo —añadió recapacitándolo—, sin duda lo habría notado, porque yo creía que se lo había dado a Mme Alphonse.

Al interrogar a ese hombre, sentía un poco del terror supersticioso que la declaración de Madame Alphonse había sembrado en toda la casa. El fiscal me miró sonriendo, y me cuidé mucho de insistir.

Pocas horas después del funeral de M. Alphonse, me disponía a abandonar Ille. El coche de M. de Peyrehorade debía llevarme a Perpiñán. A pesar de su estado de debilidad, el pobre anciano quiso acompañarme hasta la puerta de su jardín. Lo atravesamos en silencio, él apenas podía arrastrarse, apoyado en mi brazo.

En el momento de separarnos, eché una última mirada a la Venus. Preveía que mi anfitrión, aunque no compartiera los temores ni los odios que ella inspiraba a parte de su familia, querría deshacerse de un objeto que le recordaría constantemente una desgracia espantosa. Mi intención era sugerirle que la colocara en un museo.

Vacilaba en abordar el tema cuando M. de Peyrehorade volvió mecánicamente la cabeza hacia donde me veía mirar fijamente. Divisó la estatua y, en seguida, rompió en llanto. Lo abracé y, sin atreverme a decirle una sola palabra, subí al carruaje.

Desde mi partida no he sabido que haya surgido ningún dato nuevo que arroje luz sobre esta misteriosa catástrofe.

M. de Peyrehorade murió algunos meses después que su hijo. Por testamento, me legó sus manuscritos, que quizás publique algún día. No he encontrado entre ellos el escrito relativo a las inscripciones de la Venus.

P.D.: Mi amigo M. de P. acaba de escribirme desde Perpiñán que la estatua ya no existe.

Tras la muerte de su marido, el primer cuidado de Madame de Peyrehorade fue hacerla fundir para convertirla en una campana, y bajo esta nueva forma sirve hoy a la iglesia de Ille.

Pero —añade M. de P.—, parece que una maldición persigue a quienes poseen ese bronce.

Desde que esta campana suena en Ille, las viñas se han helado dos veces.

EL PADRE ORTEGA

Por ARTURO MARTÍNEZ GALINDO[11]

—¡Marta! ¡Marta!

Al mismo tiempo que gritaba este nombre, el Padre Ortega se levantaba de su sillón de cuero y se dirigía parsimoniosamente hacia el otro extremo de la estancia, allí donde en su hornacina de cedro, abría los brazos un crucifijo de buen tamaño. A su llamado llegó corriendo por la puerta que daba al patio una muchacha descalza; venía secándose las manos en el delantal prendido a su cintura; precipitadamente, con gestos maquinales de quien ha hecho algo cien veces, desató el delantal de la cintura y lo tiró medio extendido sobre un arcón, llevó ambas manos con rapidez a su cabeza, y una sola vez se alisó los cabellos; luego, calladamente, cayó de rodillas frente a la hornacina, al lado del padre que permaneció de pie. Se santiguaron y el sacerdote inició:

—El Ángel del Señor anunció a María...

La voz del Padre Ortega era una de esas voces veladas que parecen ocultar algún secreto. Las palabras de Marta alternaban en el rezo con sus notas agudas y exultantes. Al terminar los padrenuestros, las avemarías y las jaculatorias del Ángelus, tornaron a persignarse. La moza fue a traer el sillón de cuero para que se sentase el padre, y atendiendo a que las sombras habían caído, encendió una vela, fue a revolver en la repisa hasta encontrar un libro con envoltura de cuero negro, y lo puso en manos del sacerdote; en seguida se quedó muy quieta, al lado de la silla, teniendo en su mano la vela para alumbrar la lectura. Se trataba de las Meditaciones y el Manual de San Agustín. El Padre Ortega hojeó un momento el volumen, vaciló algunos momentos entre una página y otra, y al fin empezó con aquello de:

"Las alabanzas que da el ánima a Dios, contemplando su soberana majestad."

---

[11] Escritor hondureño del siglo XX, fue narrador, ensayista y periodista. Aunque no se conoce con certeza su fecha de nacimiento o muerte, es recordado por cuentos como El padre Ortega y El incesto, en los que aborda temas morales, religiosos y familiares con un estilo reflexivo y profundo, aportando a la literatura hondureña una mirada ética y crítica.

El Padre Ortega leía mal; su voz uniforme daba al texto místico una somnolienta monotonía; él procuraba acentuar algunos pasajes, mas sabiendo que no lo conseguía, intercalaba su lectura con exclamaciones como estas: "¿Has oído, Marta? ¿Comprendes, Marta?" Esta noche, como si tuviese un interés especialísimo, leyó y releyó el pasaje que dice:

"Pero nuestro ánimo suba de estas cosas bajas, y traspase todo lo criado, corta, suba y vuele, y dejando todas las otras cosas, fije los ojos de la fe cuanto pudiere en Aquél que las crió todas. Yo, pues, haré una escalera en mi corazón y unas gradas para subir a lo más alto de mi ánima; y por ella subiré a mi Señor que está sobre mi cabeza. Despediré con una mano fuerte, y apartaré, lejos de la vida de mi corazón, todo lo que se ve en este mundo visible..."

Luego, insistía tercamente:

—...y dejando todas las otras cosas... ¿comprendes, Marta?... y apartaré con una mano fuerte, lejos de la vida de mi corazón, todo lo que se ve en este mundo visible... ¿lo has oído, Marta, lo has oído bien?

Y no parecía satisfecho, aunque a cada una de sus preguntas respondiese la voz presurosa de Marta para decir:

—He oído, sí Padre, lo he oído bien...

Terminado el ejercicio, Marta se levantó santiguándose, recogió su delantal y empezó a tender un mantel de grandes cuadros azules sobre la mesa; luego arregló la vajilla tosca y pesada, y en pocos minutos humeaba invitadora la cena sencilla del Padre Ortega. Este comía despacio, y aunque relucían los cubiertos a su alcance, él los desdeñaba y prefería comer con los dedos, unos dedos temblones, largos, secos, peludos y manchados de nicotina.

—Así la comida no tiene sabor a metal —se disculpaba, cuando había alguna persona extraña observándole.

Y gruñía a medio comer, gruñía como un marrano hambriento, y al tragar, quizá porque los bocados fueran muy grandes o porque los deglutía incompletamente con sus escasos dientes, siempre hacía un gesto peculiar, estirando el pescuezo y la cabeza hacia adelante, como los pavos.

El Padre Ortega tenía muchos años, más de ochenta, pero se movía con cierta energía, a pesar de su reumatismo que lo hacía sufrir tanto en los inviernos y que le había derrengado una pierna y lo había dejado cojo. Cojeaba con un movimiento giratorio de todo el cuerpo que daba la sensación de que quería regresar a cada paso. Había vivido su vida entera sofocado y dominado por una hermana mayor, la Sebastiana Ortega, solterona, iglesiera y fanática. Ella lo crió desde que perdieron a su madre; ella lo enfundó en la sotana; ella lo hizo a su manera: terco, tonto y bueno.

Si el Padre Ortega era bueno lo sabían los vecinos del curato, y lo aceptaban y declaraban como una verdad. Con esto queda dicho todo, pues aquellos vecinos montaraces y desconfiados no se dejaban convencer fácilmente. Pero habían visto al Padre Ortega, durante más de medio siglo, sin aguardiente y sin barragana, haciendo el bien siempre que podía, y quedaron convencidos de su virtud.

Cierto día, hacía diecisiete años, Bastiana, que acostumbraba desempeñar el papel de enfermera visitadora entre la pobrería, llegó a la casa cural muy sofocada, llevando bajo el brazo una gran cesta, y luego llamó a gritos a su hermano:

—¡Señor Cura! ¡Señor Cura!

Al principio lo llamaba así, un tanto para enseñar a los vecinos el respeto debido a la dignidad de su hermano, y dos tantos para regodearse en la satisfacción de su sueño realizado. Después siguió llamándolo así por hábito, porque ya no sabía llamarlo de otra manera. Mas a pesar del "señor Cura", lo tuteaba, lo gritaba y lo zarandeaba, en público y en privado, como si todavía fuera el mocoso desteñido de sesenta años atrás, que se orinaba en los pantalones.

Aquella vez los gritos eran más imperiosos que de ordinario. El Padre Ortega se acercó a ella, arrastrando la pierna enferma. Bastiana levantó la tapa de la cesta, lo obligó a mirar su contenido y le ordenó:

—Anda a colgarte los perendengues, que vas a bautizar este pellejo.

En el fondo de la cesta, entre trapos percudidos, había un nudito de carne rojiza que chillaba como un gato tierno. Bastiana explicó a gritos, mientras iba y venía en los preparativos, que la madre había muerto del parto, y que el padre era una bala perdida. Dijo nombres conocidos del pueblo, lanzó juramentos, y después fue a buscar a Don Bartolo, un ganadero, vecino de puerta con puerta, y sacristán voluntario y ad honorem.

—Este será el padrino —sentenció Bastiana, señalando con el dedo a Don Bartolo—; y el niño se llamará Pedro, como el apóstol.

Ya se había traído el agua bendita y ya empezaba el Padre Ortega a tartamudear sus latinajos, cuando le asaltó una duda, tal vez la única duda de su vida; se puso todo rojo, bajó los ojos y preguntó:

—¿Estás segura, Bastiana..., estás segura de que puede llamarse Pedro?

Bastiana se acortó; tal vez la única vez en su vida que se acortó; le arrebató el bulto de las manos al sacristán, lo registró con decisión, mientras se veían surgir de los trapos unas patitas flacas como de rana, y luego sentenció:

—Se llamará Marta y yo seré la madrina.

Así vino Marta a la casa cural.

Bastiana reventó un día, hacía cinco años, con la misma decisión que había demostrado en todos sus actos. Un mediodía, poco después de almorzar, mientras remendaba una sotana deslustrada del Padre Ortega, le subió una sombra roja a la cara y rodó al suelo sin sentido. Ya para morir, el color rojo del rostro se le tornó violáceo, cárdeno. Sólo duró dos horas.

—Se le rompió una vena del corazón —explicó el curandero.

Pero una vecina de mucha experiencia y muy vieja no aceptó el veredicto.

—No se le ha rompido nada a la Niña Bastiana —argumentó—. A la Niña Bastiana la mató la gota; se le subió la gota a la cabeza; cuando la gota se sube a la cabeza, no hay remedio.

La enterraron en cajón blanco porque murió doncella, incontaminada de varón. Sobre el cajón pusieron una palma blanca de papel de China.

—Su palma bien merecida —comentaba el mujerío.

El Padre Ortega le cantó en un latín lloriqueante los responsos, mientras Bastiana mostraba al público por última vez su perfil de lora picotera. Y esa fue la primera vez en que Bartolito contestó los cánticos y jaculatorias, porque Don Bartolo, su padre, había reventado el año anterior, a consecuencia de un dolor cólico.

A Bartolito ya le apuntaba el bozo y tenía una voz firme y grata.

—Domine, exaudi orationem meam —lloriqueaba el Padre Ortega.

—Et clamor meus ad te veniat —secundaba el mozo.

Bartolito, como Don Bartolo, nunca supo el significado de aquellas palabras, pero ambos las gritaron por muchos años, ante el asombro de las gentes. Mas si ellos no comprendían nada, ahí está el Buen Dios que todo lo comprende.

Muchas preocupaciones asaltaban al Padre Ortega sobre el porvenir de Marta, a quien amaba como una madre. Él mismo se lo decía: —Mi cariño para ti, Marta, es el cariño de una buena madre. Yo soy tu madre.

Y se le humedecían los ojos por la emoción de esta insospechada maternidad. Otras veces se le achicaba el espíritu, acobardado acaso por las embestidas de su soledad.

—¡Marta, Marta, ay Marta! —suspiraba quejumbroso—. Somos dos pobres huérfanos, no tenemos padres que velen por nosotros...

Y en esos ataques de infantilismo octogenario, era Marta la madrecita que lo consolaba y alentaba:

—No se ablande, mi Padre, que usted me tiene a mí..., yo velaré por usted.

Pero el Padre Ortega tenía sus dudas. Marta acababa de cumplir los dieciocho años y estaba hecha una mujer. Luego, ahí estaba Bartolito; se le veía en los ojos a Bartolito, y a Marta también se le veía en los ojos. Un día el Padre Ortega llamó al mozo, y en presencia de Marta le dijo sus verdades:

—Con Marta no hay arreglos, Bartolito. Está de más...

Bartolito respingó como un potro, pero le respondió con comedimiento:

—Padre Ortega, yo no quiero mal a la Marta, y si pensaba decirle unas palabras, era entendido que lo haría con su permiso y con su bendición.

—¡Majaderías! —atronó indignado el Padre Ortega—. ¡Zarandajas! ¿Qué bendición ni qué palabras! Te vas de aquí y no vuelvas, grandísimo gandul.

Después de esta escena, el Padre Ortega se sintió más tranquilo. Bartolito no volvió nunca a la casa cural. Marta demostró al principio su disgusto; hablaba poco y parecía desmejorarse; pero eso sólo fue al principio; después tornó a reír y parlotear como antes.

—Así es el corazón humano y el amor del mundo: variantes, ondeantes y sin consistencia —pensaba el Padre Ortega.

Y todas las tardes, a la hora del Ángelus, cimentaba su labor cristianísima de limpiar de pasiones insanas a Marta, y de prepararle su ánima para el amor celestial y eterno, que sólo arde para el Sumo Creador y que sólo a Él es debido. Y tras de las Meditaciones y Manual de San Agustín, Marta tuvo que oír la lectura confortante de La Imitación de Kempis.

—Kempis es para el alma, como el alimento es para el cuerpo, Marta. Somos sombras vanas, sólo eso somos mientras no nos ilumine la Luz Eterna.

Y al ver los ojos primaverales y la boca fresca y las ubres trémulas de la muchacha, el Padre Ortega no sentía vacilar su fe y su esperanza, sino que las blandía como un arma sobre la cabeza de Marta y terminaba agitando sus dedos peludos e inocentes y gritando encolerizado:

—Nada somos, Marta, somos nada, nada..., porque somos hechos de carne miserable y la carne es una porquería, ¿me oyes bien, Marta?, la carne es una porquería...

El Padre Ortega despertó sobresaltado aquella noche. Había oído un ruido extraño dentro de la casa. Se sentó en el lecho y aguzó los oídos. Era una ventana que batía el viento. Encendió una vela y miró el reloj; eran las dos de la mañana. Metió los pies en las chancletas, se envolvió en la sábana, cogió la vela y se dirigió hacia el próximo cuarto, donde Marta dormía. Era la ventana del cuarto de Marta, que daba al patio, la que se batía.

—¡Qué descuido de muchacha! —pensaba—. Con estos vientos fríos y dejar la ventana mal cerrada.

Iba arrastrando las chancletas sin hacer ruido, para no despertar a la moza, pero al penetrar en la estancia el Padre Ortega se detuvo pasmado. Sobre el lecho revuelto Marta estaba desnuda, totalmente desnuda, y a su lado dormía Bartolito, como un Eros cansado, los cuerpos juveniles muy juntos, en un grato abandono. Cuando pudo reponerse de su asombro, el Padre Ortega se quitó la sábana que llevaba sobre los hombros, y cubrió a los amantes.

—¡Cochinos! —murmuró—. ¡Buena pareja de cochinos!

Y salió de la alcoba. Con la vela encendida en su mano temblona, su camisón de dormir que le caía hasta los tobillos, su gorro de noche y su andar derrengado, parecía un fantasma. Se sentó en el borde del lecho; sus ojos tropezaron con el crucifijo de su mesa de noche; lo contempló largo rato con los ojos enrojecidos y secos; la vela se le cayó de las manos y se apagó. El Padre Ortega se echó de bruces sobre el lecho y rompió a llorar. En la sombra densa, se escucharon por mucho rato sus hipos y sus razones entrecortadas por el llanto:

—¿Qué voy a hacer yo ahora... Dios mío... qué voy a hacer? ¿Por qué lo permitiste, Señor?... ¡Marta... hija mía... mi Marta!... ¡Grandísimos cochinos...!

Y el viento siguió batiendo la ventana.

EL INCESTO

Serían las diez de la noche. A Bernarda le pareció, así como en sueños, que alguien empujaba la puerta de su cuarto, y después, unos pasos cautelosos que se arrastraban por el pavimento, cada vez más cerca de su cama, cada vez más cerca. Luego, unas manos álgidas la desnudaron.

—¿Eres tú, padre?

—Cállate que puede despertarse la Nana.

Bernarda nada veía porque el cuarto estaba a oscuras, pero adivinó que ocurriría algo extraordinario, pues su padre temblaba extrañamente. Hasta creyó que, sobre sus ojos abiertos a las tinieblas, fulguraban otros ojos febriles y desorbitados, y, sobre su boca, un aliento trémulo y rojo la encendía como una llama. Pero guardó silencio para no despertar a la Nana.

Por la madrugada, Bernarda percibió borrosamente, como en sueños, unas pisadas medrosas que huían de su lecho, y después, como si alguien cerrase la puerta de su cuarto.

Bernarda despertó ya entrado el día. Sentía una pesadez dolorosa en los riñones y como entumecidos los miembros. La Nana andaba ya por la cocina. Bernarda la oyó canturrear una letrilla cascada y antigua, e imaginóse la figura desteñida de la viejecita, curvándose en el quehacer. La moza bostezó, desperezóse con fruición, arqueó el torso con un movimiento elástico y felino; luego, rápidamente, echó fuera de las sábanas dos piernas largas, desnudas, espléndidas, y quedó sentada al borde del lecho. Vestíase con especial pachorra; desde la cocina continuaba llegando el canturreo de la Nana. Bernarda tornó a representarse la blandura de los ojos zarcos de la abuela, la sequedad de la piel abundante, que se plegaba mil veces en la frente saltona y en las mejillas hondas; y sobre el busto tácito, un sartal de cuentas verdes, grandotas y relucientes, que contrastaban con el paño desteñido del escapulario santurrón. ¿Cómo sería la Nana cuando joven? Bernarda hizo un esfuerzo para reconstruir las mocedades de su abuela: la pensó con sus mejillas redondas, almagrada la boca húmeda, rica de ubres, curvada de caderas, prieta de carnes... pero se le fatigó el esfuerzo y olvidó de ponerle la dentadura y de sustituirle las trenzas cortas, que parecían dos rabillos blancos. No, no fue así la Nana; no siempre estuvieron tan desnudas sus encías, y quizá cayó muy poderosa y hasta muy bajo, la cascada de sus cabellos. Para enmendar su falta empezó por dentarla, pero continuaba traviesa su fantasía porque sólo logró formar una dentadura basta y amarillenta que, unida al conjunto, ofrecía un aspecto momo y burlón. Bernarda no pudo menos que estallar en risas ante su abuela dentada y jovenzona.

¡Bah, se acabó! La Nana era la Nana, menuda, arrugadita y santa; así la había conocido y así la quería. La madre de Bernarda murió dejándola de brazos, y los de la abuela se le habían abierto desde entonces ampliamente; en ellos se habían redondeado sus quince años empapados de vida.

En el vano de la puerta atisbaba la abuelita.

—Muy buenos días. ¿En qué piensa mi niña?

Bernarda dio un grito de júbilo.

—Muy buenos, Nana. Estaba pensando en que yo te quiero mucho, muchísimo... ¿Cómo has amanecido?

—Muy atareada. ¡Como no tengo quien me ayude en el quehacer...!

La abuela acaramelaba la voz para reprochar a la nieta.

—Si no lo hago de intento, Nana. Y es tan rico el sueño del amanecer.

Bernarda le echó los brazos al cuello, la besó en la frente y salieron abrazadas hacia la cocina.

La mañana surgía bajo el signo cálido de la primavera del trópico. Goteaba el rocío de las hojas de los árboles y rodaba entre la grama nueva y sobre la tierra negra y pródiga. Mugían las vacadas entre los pastos temblorosos de las dehesas; no muy lejos oíase el monólogo perenne del arroyo que bajaba de la montaña, despeinándose en las cascadas y azulándose en los remansos. El senderillo serpeaba a lo largo de las cercas de piedra. De la tierra, de la grama, de los árboles y aún de los húmedos pedruzcos, parecía emanar un vaho turbador y ardoroso.

Esteban es un recio varón que frisa en los cuarenta años. Salió de casa cuando todavía parpadeaban los últimos luceros; cejijunto, enfebrecido y desolado, llevaba aún la boca envenenada por el beso que no se debe dar y en sus dedos hormigueaba la caricia del incesto. No le había servido para nada su vida de hombre probo y normal; para nada la blanca fortaleza del que se ha forjado sobre la entraña taumaturga del surco. Bernarda lo había tentado; Bernarda lo había lanzado al vórtice del pecado imperdonable. Ante los hechizos de su propia hija, en vano había clamado al Dios escondido de su corazón. Ese Dios de los desesperados y de los débiles no vio su desesperación ni su flaqueza; ese Dios que todo lo puede no pudo nada cuando en sus noches interminables de insomnio y de deseo, pugnó por amordazar la rebeldía ignominiosa de su carne y de su sangre que le gritaban: ¡tómala, aunque sea tu hija, tómala! ¡Ah, su carne y su sangre que le hicieron, durante infinitas noches, arrastrarse y babear como un perro rabioso, ante la puerta que guardaba el pudor y la inocencia prohibidos a su anhelar! ¡Ah, su carne y su sangre que le vendaron los ojos y le guiaron hasta el lecho imposible, poniéndole sedas en la planta para cautelar los pasos que no debían despertar a la Nana!

Bajo su frente oscura corría en una fuga doliente toda su vida. Y en un minuto de evocación y de locura fue otra vez el chico moreno que sabía reír en el regazo blando de la Nana; y otra vez el mozo garrido que endilgaba en los oídos de las doncellas la palabra endomingada y triunfal; y otra vez vibró entre sus brazos la primera Bernarda, su muerta, su Bernarda legítima, aquella que le fue entregada toda blanca, delante de todos, en la iglesia del pueblo. Y aunque su ansiedad se acogía desesperadamente a las viejas imágenes, el torrente ominoso de su sangre aún no aplacada lo arrastraba implacable hacia la otra, hacia la Bernarda de la noche anterior, hacia la prohibida, hacia aquella que había hurtado en medio de las sombras, a espaldas de los hombres y a espaldas de Dios. Recordó cómo la había visto alzarse y madurar; evocó el primer latigazo del deseo maldito, tres años atrás, cuando ella, al servirle la mesa, le rozó descuidadamente su hombro con el seno aún informe; luego, ante sus ojos que no querían ver, cómo fue surgiendo y redondeándose la hembra atormentadora y cabal; y la mañana en que la vio surgir desnuda, prieta y húmeda de las aguas del río; y la fuerza invencible que lo obligó a agazaparse detrás de los arbustos para violarla con los ojos; y el tormento de los largos meses de tenerla cerca, sin tenerla como su sangre la quería, hasta que al fin, aquella noche, rotos todos los diques, su desbordamiento en el regazo de la virgen que no supo negarse ni resistir, y se le entregó, muda y total, en el lecho sombrío.

Saltó sobre la cerca de piedras y se quedó parada en medio del sendero; sus finos remos parecían vibrar; su piel rojiza lucía como de raso a los rayos oblicuos del sol madrugador; venteó un instante y dejó escapar un relincho triunfal, elevando hacia el cielo la cabeza insolente.

Esteban se detuvo de golpe; luego, con cautela, sin quitarle los ojos de encima, empezó a acercársele. El animal lo observaba con insistencia y con recelo; sacudía la bella testa como diciendo a veces sí, como diciendo a veces no; mas cuando el hombre estuvo ya a corta distancia, lanzó un nuevo relincho, escarbó la grama con la pata, dio un corcovo y echó a correr. A lo lejos, otro relincho sacudió la mañana.

Aquello era tremendo para Esteban; su yegua de raza, el orgullo de su rancho, su sueño de pequeño propietario, hecho realidad después de largas economías angustiosas, se le iba ahora por los predios libres donde podían arruinarla los garañones de mala sangre. Se echó a correr tras de ella. La persecución llenó la mañana. Acezante, pero sin darse tregua, Esteban siguió al animal, apedreándolo, gritándole, diciéndole frases mimosas y lanzándole injurias. Por fin, jadeante, enronquecido, cubierto de sudor, logró alejarla de la peligrosa zona y acercarla a la casa. Entonces, como un rayo, entró a la cuadra, en cosa de segundos ensilló su caballo, cogió la soga y saltó en la montura.

En el momento de partir, la Nana salió de la cocina y tras de ella salió también Bernarda. Con un golpe de rienda, Esteban detuvo su caballo y les contó a gritos lo ocurrido.

Sus ojos encontraron los de su hija. ¡Todo se había olvidado! ¡No había pasado nada! En los rostros de los tres campesinos sólo había una inquietud: ¡la yegua!

Picó espuelas el hombre y se perdió en las curvas del sendero. Por un instante sus hombros vigorosos, cubiertos por la camisa oscura manchada de sudor, se balancearon ante los ojos de las dos mujeres, sobre el lomo del fogoso animal que lo llevaba como en alas del viento. Un nuevo relincho partió la atmósfera como una clarinada.

Al entrar de nuevo en la cocina, la Nana dejó caer su comentario:
—¡Así es la primavera!

Y bajo los árboles, sobre la tierra pródiga, la mañana volvió a quedar como cualquiera otra mañana.

CONTENIDO

www.ingramcontent.com/pod-product-compliance
Lightning Source LLC
Chambersburg PA
CBHW032302310726

48973CB00008B/2490